شام کریسمس؛ خورش قیمه‌بادنجان

شام کریسمس؛ خورش قیمه‌بادنجان

نوشا وحیدی

نشر رها

ونکوور، کانادا

نشر رها، بخش انتشارات کتاب رسانهٔ همیاری - ونکوور، کانادا
چاپ اول: ۲۰۲۳ میلادی - ۱۴۰۲ خورشیدی
همهٔ حقوق محفوظ و متعلق به نشر رها است.
هیـچ بخشـی از این کتـاب بدون اجـازهٔ مکتوب ناشـر قابل بازنشـر، تکثیر یـا تولید مجدد
به‌هیـچ شـکلی از جمله چـاپ، کپی، انتشـار الکترونیکـی، فیلم، عکس و صدا نیسـت.

شام کریسمس؛ خورش قیمه‌بادنجان
نویسنده: نوشا وحیدی
ویراستار: سیما غفارزاده
طرح جلد: رومینا ذاکری
عکس پشت جلد: بنفشه صابری
صفحه‌آرایی و چاپ: نشر رها
شابک نسخهٔ چاپی: 978-1-7777355-6-2
شابک نسخهٔ الکترونیک: 978-1-7777355-7-9

Rahaa Publishing is the book publishing division of Hamyaari Media Inc.
PO Box 31055, St Johns Street, Port Moody, BC V3H 4T4, Canada
+1-604-671-9505
info@rahaa.pub
www.rahaa.pub

Shām-e Krīsmas; Khoresh-e Qeymeh Bādenjān
(Christmas Dinner; Eggplant Stew)
Nousha Vahidi
Editor: Sima Ghaffarzadeh
Cover Design: Romina Zakeri
Back Cover Photo: Banafsheh Saberi

Manufactured in Canada

به روشنک

کوتاه دربارهٔ نویسنده

نوشا وحیدی متولد ۱۳۵۱ در اصفهان است. در ۱۹ سالگی برای ادامهٔ تحصیل به تهران رفته و تا زمان مهاجرتش به ونکوورِ کانادا در سال ۱۳۸۵، در این شهر زندگی کرده است. پیش از مهاجرت در کلاس داستان‌نویسی حسین آبکنار شرکت کرده و از سال ۲۰۱۲ تا ۲۰۲۰ در کارگاه داستان‌نویسی محمد محمدعلی حضور داشته است.

او اولین مجموعه‌داستانش - هفت ترانهٔ شاد و غمین - را به‌عنوان ناشرمؤلف در سال ۲۰۱۸ از طریق خدمات انتشارات «پان‌به» ونکوور به چاپ رساند. وی در حال حاضر روی رمانی که هنوز نامی ندارد کار می‌کند.

یادداشت نویسنده

قصه‌نویسی دسـت و پـای مرا بسته. حتی حالا کـه به‌حکم وظیفـه مقدمه‌ای می‌نویسـم، فکـر و ذکـرم ایـن اسـت کـه زودتـر تمامش کنـم و بروم سـروقت حکایـت امروز. سـوای داستان‌هایم حـرف چندانی برای گفتن نـدارم. و حتی همیـن روایتگری‌هـای گاه‌وبی‌گاه، مـرا از پرداخـتـن بـه هر کار جـدی دیگری بازداشته؛ مثـل تدریـس یوگا که می‌توانسـت شغـل تمام‌وقت رضایت‌بخشـی باشـد و در عـوض داستان‌سرائی اسـت در حیـن تدریـس و تماشـای تـن و تنفـس و مراقبـهٔ آدم‌ها.

از قصه‌گویـی گریـزی نـدارم، حتـی اگر هرگز منتشـر نشـود، حتی اگر تا ابد بازگو نشـود.

نـام ایـن مجموعه تا حـد زیادی گویای محتوای آن اسـت و نوشـتن مقدمه، تنهـا مجالـی بـرای سپاسگزاری از یارانـی کـه در طول سـالیان خواننـده، منتقد و مشـوق مـن بوده‌اند:

خویشاوندانم رهی و بابک متینـی. دوسـتان نویسنده‌ام حمیدرضـا مجتهـدی، امیرحسـین یزدان‌بُد، وحیـد ذاکری و علی رادبـوی. مرال دهقانی، کـه نـام و عـادات شـخصیت‌های داسـتانم را دقیق‌تـر از خودم به یـاد می‌آورد

و در اصلاح نوشته‌هایم کوشاست. دوست همهٔ عمرم، الهام ایزدی، که حتی نامش گویای نقشی است که در نویسندگی من ایفا می‌کند.

ویراستار و ناشرم، سیما غفارزاده، با صبوری، آزادمنشی و مهر بی‌حدش به من؛ هومن کبیری پرویزی عزیز، ویرایشگر نهایی؛ و استادم محمد محمدعلی که سایه‌اش در دیار غربت بر سر من و سایر اعضای کارگاه داستان‌نویسی گسترده است.

قطعاً نام‌هایی را از قلم انداخته‌ام و از این بابت عذرخواهی می‌کنم.

عمیقاً باور دارم پیچیده‌ترین‌های فلسفه در قالب ساده‌ترین داستان‌ها قابل‌بیان‌اند و اگر فرزندی داشتم، جز گوش‌سپردن و خواندن وظیفه‌ای برایش در نظر نمی‌گرفتم.

از ناامیدی، که اسبابش در دنیای امروز از همیشه فراهم‌تر است بیزارم و سعی می‌کنم حتی در واگویهٔ تلخی‌ها طناز و بذله‌گو باشم. میراثی که از پدربزرگ برده‌ام.

دوستی برایم نوشته بود: داستان‌هایت نمی‌گذارد که خواب ببردمان. و این آرزویی است که وقت روانه‌کردن داستان‌هایم برای چاپ در دل می‌پرورانم.

نوشا وحیدی

ژانویهٔ ۲۰۲۲

فهرست

چند گرم ماری‌جوآنا

دارم «بونانامه»[1] می‌خوانم. نمی‌دانم کِی ذخیره کرده بودم توی پوشهٔ کتاب‌های موردعلاقه‌ام[2] که در فرصتی مناسب بروم سر وقتش. سعی می‌کنم آرام بخندم که تمرکزش به‌هم نخورد، اما هر بار که شانه‌هایم تکان می‌خورند و لپ‌تاپ روی ران‌هایم بالا و پایین می‌شود، از گوشهٔ چشم نگاهی می‌اندازد به صفحه‌ام.

‌ـ محشره این، عالیه لامصّب...

من هم هرازگاهی دزدکی نگاهی می‌اندازم به ارتفاع مثلث رسم‌کردنش، وترِ دایره کشیدنش، به چپ‌وراست‌کردن هذلولی‌ها و زیادوکم‌کردن خم منحنی‌هاش.

روی تخت شانه‌به‌شانهٔ من نشسته و توی لپ‌تاپش سؤال امتحانی طرح می‌کند؛ سؤال‌های چهارگزینه‌ای. فیلمی که قرار است بعد از تمام‌شدن کارش با هم ببینیم دارد توی همان لپ‌تاپ دانلود می‌شود،

۱- «بونانامه»، شرح سفر بونا الخاص، فرزند هانیبال الخاص، است به ایران پس از ۲۵ سال زندگی در آمریکا. این سفرنامه به‌قلم بونا نگاشته شده و به طراحی‌های او مصور است. این کتاب را نشر Urtext در سال ۲۰۱۲ میلادی به چاپ رسانده است.

2- My favorites

خورشی که روی گاز آرام‌آرام قُل می‌زند و جا می‌افتد بویش را توی اتاق می‌پراکند؛ سیب‌زمینی‌های تهِ دیگ ذره‌ذره طلایی و برشته می‌شوند و انگشت‌هایش با ناخن‌هایی که تا ته جویده، تندتند روی شستی‌های کی‌بورد می‌لغزند تا ما را هر چه سریع‌تر به نوشیدن آخرین گیلاس شراب و خوردن آخرین شام حین تماشای آخرین فیلم، و نهایتاً آخرین هماغوشی‌مان برسانند.

می‌رسم به آنجا که بونا داستانی را در مورد خودش و زنی به نام شیلا تعریف می‌کند و پدرش در جواب می‌گوید «بله. آدم‌ها فرق دارن. یکی اپرا می‌خونه و یکی می‌گوزه...» دیگر تاب نمی‌آورم و غش‌غشِ خنده‌ام را رها می‌کنم توی اتاق. ماکان نگاهش را از چندضلعی نامنتظم می‌گیرد، برمی‌گردد طرف من و فقط برای یک لحظه صاف توی چشم‌هایم نگاه می‌کند.

ـ اگه گذاشتی کارمو بکنم...

نمی‌دانم نگاهش که سرزنش و مهر را یک‌جا در خود دارد، مرا به کجا می‌برد و چه چیز را برایم تداعی می‌کند که به یک لمحه وجودم سرشار از کیف و سرخوشی می‌شود. آرزو می‌کنم تا ابد در همین حال بمانم: کنار او، بازوهامان چسبیده به هم، سرمان توی کار خودمان؛ و او هرازگاهی برگردد و همین‌طور نگاهم کند، و چیزی، هر چه که می‌خواهد باشد بگوید.

ـ می‌خوام از این به‌بعد مرتب لاتاری بخرم. قراره برنده بشم.

بی‌آنکه سر بگرداند زمزمه می‌کند:

ـ آره. خیلی خوب می‌شه. یه سال کار نمی‌کنم. فقط پیانو می‌زنم و شراب می‌نوشم و داستانی رو که تو ذهنمه مرتب می‌کنم و می‌نویسم. و همهٔ این جمله‌ها را انگار سال‌ها راجع بهشان فکر کرده باشد

همان‌طور که دارد مربع‌ها را جلوی گزینه‌ها می‌چیند می‌گوید. یک لحظه به گوش‌هایم شک می‌کنم. فکر می‌کنم حتی کسی که سی سال با من زندگی کرده بود نمی‌توانست جایزه‌ای متعلق به خودم را این‌طور حق مسلم خودش بداند.

من شوهر و بچه‌هایم را گذاشته بودم، مرخصی گرفته و برای یک هفته گریزی زده بودم به لندن، شهر او. به خانواده و محل کارم دروغ‌های متفاوتی گفته بودم؛ یک دیوانگی محض در عنفوان چهل‌سالگی. و او نمی‌دانم چطور به این یقین رسیده بود که جایزه را نه با شوهر و بچه و هیچ احدالناسی در این کرهٔ خاکی، که با اویی که همین شش روز پیش دیده و تا همین شش ماه پیش از وجودش بی‌خبر بودم تقسیم خواهم کرد.

شش ماه پیش که آمد روی مسنجر پیام داد خسته و دل‌زده بودم و تروخشک‌کردن دو بچهٔ چهار و شش ساله، هم‌زمان با مسئولیت کار بیرون از خانه داشت نابودم می‌کرد. خودم را سپردم به دست تعریف و تمجیدهایش و برای اولین‌بار با کسی که جز عکسی از هم ندیده بودیم شروع کردیم به عشق‌بازی لفظی و بعدتر، دیدزدنِ هم توی دوربین. شش ماه پیش فقط خسته و دل‌زده و کنجکاو بودم؛ شبی که بلیتم را گرفتم خشمگین و سرخورده، و یک‌جورهایی هوایی.

* * * * *

سامان و ترلان را آورده بودیم پارک بازی کنند. یک بعدازظهر اوایل آوریل بود و هوای ونکوور بهاری و ملس. باران برای چند ساعتی قطع شده بود و نسیم ملایمی که می‌وزید شکوفه‌های صورتی گیلاس را به سرورویمان می‌ریخت. روی نیمکت در سکوت کنار هم نشسته بودیم و بچه‌ها را از دور تماشا می‌کردیم. من برخلاف همیشه به‌دنبال سوژه‌ای برای شروع صحبت نبودم. در شش ماه گذشته، واژه‌ها چنان بین من و

ماکان جاری شده بود که دیگر از یاد برده بودم چطور باید سر حرف را با کسی باز کنم.

در طول هفته اداره‌ٔ خانه و بچه‌ها بعد از برگشتن از کار به‌عهده‌ٔ من بود و دو روز آخر هفته همه‌چیز، حتی خرید و آشپزی به‌عهده‌ٔ فرید. این روز شنبه‌ای را اما به‌جای برنامه‌ٔ معمول رقص هر هفته تصمیم گرفته بودم بزنم بیرون و در این شکوفه‌باران بهاری بازی بچه‌هایم را تماشا کنم. ته دلم می‌دانستم که اگر باهاشان نروم، قید رقصیدن را می‌زنم و وِبکَم[۱] را علم می‌کنم و مسنجر را راه می‌اندازم. روزبه‌روز بیشتر مقاومتم را در برابر این بازی اعتیادآور از دست می‌دادم.

سامان که زمین خورد، یک لحظه از روی نیمکت کَنده شدم بروم بلندش کنم که شنیدم فرید گفت: «تو رو خدا بذارشون به حال خودشون. یاد بگیر اون احساسات آبکی‌تو یه خرده کنترل کنی.»

بی‌آنکه نگاه کنم سردی و بیزاری نگاهش را دیدم. حتی دلم نخواست بپرسم چرا، و کدام احساسات آبکی را. می‌دانستم او هم خسته است و این باهم‌بودن نامنتظر و اجباری کلافه و معذبش کرده. یک آن دلم خواست به حال عشقی که در خلال روزمرّگی‌ها و خستگی‌ها محو و ناپدید شده و رفته‌رفته به نفرت بدل می‌شد اشک بریزم، اما فکر کردم بهتر است احساسات آبکی‌ام را کنترل کنم. حواسم را دادم به آواز پرنده‌ها، به گذر ابرها در آسمان و بوی بهار، و فریادهای سرخوشانه‌ٔ دختر و پسر کوچکی که بهانه‌های باهم‌بودنمان بودند. شاید حتی بودنمان.

جوانک چند قدم که دور شد، تازه زمزمه‌هایش برایم معنا پیدا کرد. یک لحظه به خودم آمدم. فرید بی‌آنکه بفهمم از کنارم رفته و آن دورها روی زمین زانو زده بود و پاچه‌های شلوار تُرلان را بالا می‌زد. به آنی

۱- Webcam

تصمیمـم را گرفتـم و دویـدم دنبـال پسـرک ساقی. چنـد دقیقه بعد اسکناس بیسـت دلاری ناپدیـد شـده بـود و به‌جایـش دوتـا سیگاری پیچیـده و آمـاده تـوی کیفـم بود. تـوی فاصلۀ زمانـی خیلی کوتاهی مصمم شـده بـودم زندگی عاشـقانه‌مان را بـا چنـد گـرم ماری‌جوآنا نجـات بدهـم. فکـر کـرده بـودم به‌محـض رسـیدن به خانـه فیس‌بوکـم را غیرفعـال[1] می‌کنم. فرید که برگشـت، صبـر کـردم بنشـیند و بعـد در کیـف را بـاز کـردم. قلبـم گرمپ‌گرمپ می‌زد.

ربـع ساعت بعـد مـن داشـتم پشـت درختـی دود سیگاری را بـا ولـع تـو می‌دادم و فریـد کشـیک می‌کشـید و دل تـوی دلـش نبـود که عابری رد نشـود و بچه‌هـا سـر نرسـند.

* * * * *

بـه خانـه نمی‌رسـیدیم. نمی‌فهمیـدم یـک مسـیر نیم‌ساعته چطـور کـش آمده و این‌قـدر طولانی شـده. از صحنۀ تاب‌بازی من و سامان و تـرلان و قهقهه‌های دیوانه‌وارمـان در پـارک تـا صحنۀ رسـیدن بـه درِ خانه نصف روز طول کشـید. تمـام شـعرهایی را کـه بلـد بودیـم سـه نفـری بلندبلنـد خوانـده بودیـم و بـاز نمی‌رسـیدیم. فریـد بـا مـا نمی‌خوانـد. رادیـو را هـم کـم نمی‌کرد.

پیـاده کـه شـدم، جلـوی خانـه ایسـتادم و بـا بچه‌هـا کـه روی صندلـی عقب ماشـین نشسـته بودنـد بای‌بـای کـردم. هنـوز بوسـه‌هایی که برایشـان فرسـتاده بـودم تـوی هـوا بودنـد کـه فریـد گاز داد و رفت.

کلیـد انداختـم و رفتـم تـوی خانۀ خالی. خـودم را رسـاندم به پیانو و بعـد از ماه‌هـا نشسـتم و چشـم در چشـم نت‌هـا شـروع کـردم بـه نواختن. انگشت‌هایم روی کلیدهـا می‌رقصیدنـد و نت‌هـا از نوکشـان پخـش می‌شـدند تـوی تنـم و فـوران می‌کردنـد بیرون. شانه‌ام که تیر کشـید یاد داسـتان نیمه‌تمام آخـرم افتادم. همـان کـه دخترکِ تویش بعـد از تصادف ماشـین از شـانۀ راسـت فلج شـده و تنها

چیـزی کـه درد بی‌امانـش را آرام می‌کـرد پیاده‌روی‌هـای بی‌انتهـا بـود.

فکـر کـردم الآن می‌نشینم ایـن یکـی را تمـام می‌کنـم و آن دوتـای دیگـر را هـم کـه تـوی صفـه‌انـد شـروع می‌کنم و همین امشـب تا پیـش از برگشـتن فرید و بچه‌هـا از سـینما جمع‌وجورشـان می‌کنـم. شـاید روی رمانـم هـم کار کردم.

رفتـم تـوی اتاق‌خـواب، لپ‌تاپ را روشـن کـردم و نشسـتم روی تخت. زل زدم بـه شمشـادهای تـوی حیـاط. چرا مارکـو این ماه کـه آمـده این جلویی را شـبیه یک حیـوان وحشـی هـرس کـرده؟

گاو نر شاخدار با غیظ توی چشم‌هایم زل زده بود.

ـ اینا دیگه چی‌ان؟

ـ علف. همین الآن خریدم. از دراگ دیلر[1].

ـ نگفتـی پلیـس ببینـدت؟ فِک نکردی جلو چشـم این دو تا بچه دسـتگیر بشـی؟ واسـه کی خریدی این وامونده رو؟

ـ واسه خودمون. من و تو. که بکشیم یه کم ریلکس کنیم...

یـک لحظـه مکـث کـردم کـه اثـر حرفـم را تـوی چشـم‌هایش ببینـم. تـوی نگاهـش هیچ‌چیـز نبـود. یـک نفـس عمیـق کشـیدم.

ـ به یاد اون روزا... خیلی وقته هیچ کار هیجان‌انگیزی با هم نکردیم.

ـ معلـوم هَـس چـی داری می‌گی؟ کار هیجان‌انگیـز؟ جلـوی چشـم این دو تـا بچـه؟ بعد کـی ماشـینو برونه؟

ـ لازم نیس اینجا بکشیم که. می‌ریم خونه.

ـ مث اینکه یادت رفته قراره ببریمشون سینما.

بـا ته‌مانـدهٔ نفسـم گفتـم: «به تینا زنـگ می‌زنم می‌برم می‌ذارمشـون پیش اونـا. خـودم بـرای بچه‌ها توضیح مـی‌دم که بـرای مامی و ددی یـه کاری پیش اومـده و به‌جای امشـب فـردا می‌ریم سـینما.»

- برای مامی و ددی چه کاری پیش اومده آخه، زن حسابی؟

از کی شروع کرده بود به‌جای گفتن اسمم این واژه‌های مزخرف را به‌کار ببرد؟

- می‌خوان چَن ساعت با هم تنها باشن. یه وان آب گرم بگیرن، بعد از مدت‌ها عشق‌بازی کنن و بعدشم دوتایی شام بخورن.

شهامت چند سالم را خرج کرده بودم تا یخ عظیم بینمان را بشکنم و این چند جمله را یک‌نفس پشت‌سرهم بگویم. عشق‌بازی را که گفتم، حس کردم گوش‌هایم داغ شده و گونه‌هایم گل انداخته.

- می‌دونم روت می‌شه همچین مزخرفی رو به بچه‌ها بگی. همون پریشب که سامان خواست از آبجوت بخوره و بهش دادی فهمیدم. وای خدایا، تو آخر منو سکته می‌دی! چقدر خودمو کنترل کردم جلوی بچه‌ها چیزی بهت نگم.

سوراخ‌های دماغ گاو نر گشاد شده بود و چشم‌هایش تنگ. سرش را هم کمی خم کرده بود.

- حالام می‌گی بچه‌های معصوممونو از سر واکنیم و بریم مثل دو تا حیوون بپریم رو سر و کلهٔ هم؟

برگشتم طرفش و بعد از مدت‌ها مستقیم توی چشم‌هایش نگاه کردم. نجات‌دادن کانون خانواده از آنچه فکرش را می‌کردم سخت‌تر بود. دست دراز کردم یک شکوفهٔ صورتی گیلاس را از لابه‌لای موهای انبوهش بیرون بکشم.

- غزال وحشی، یوزپلنگ، اون عشق‌بازیای دیوونه‌وارمون یادت رفته؟

سرش را به‌شدت عقب کشید و نگاهش را از نگاهم گرفت.

حیوان وحشی حالا سرش را کامل خم کرده و داشت زمین زیر پا را با سُم راستش گود می‌کرد.

ـ آره. یادم رفته. تو هم سن و سالتو و مسئولیتی که در قبال دو تا بچه داری یادت رفته. نمی‌فهمم معنی این کارا چیه؟ اینکه اینا رو لُخت‌وعور با هم می‌بری حموم. ماچ و بوسه‌های توی فیلما رو می‌ذاری راحت تماشا کنن...

ـ فرید جان، این دو تا بچه خواهر و برادرن. چهارساله و شیش‌ساله. چرا باید بدنشونو از هم قایم کنن؟ بوسه؟ فکر می‌کنی همین الآن تو همین پارکی که دارن بازی می‌کنن زن و مردا همدیگه رو نمی‌بوسن؟ فکر می‌کنی تو روز به این زیبایی اومدن اینجا سر هیچ و پوچ بحث کنن؟

ـ باهات حرفی ندارم. هنوز مثل همون دورهٔ جوونی‌ت دنبال خوشگذرونی و هیپی‌گری هستی. سرِ سوزنی عوض نشدی. فقط ادای مادر وظیفه‌شناسو درمیاری.

یک‌دفعه به بی‌حاصلی تلاشم پی بردم. یک حس بیعاری، انگار که ارمغان هوای بهاری باشد دوید زیر پوستم و حرف‌هایش، به‌خصوص این کلمهٔ هیپی‌گری، به‌جای اینکه بهم بربخورد قلقلکم داد. صبر کردم حرف‌های بریده‌بریدهٔ ترلان که دوان‌دوان آمده بود شکایت بچهٔ هم‌بازی‌شان را بکند تمام شود و حرف‌های ما را که چُغُلی کار خوبی نیست و باید خودشان مشکلاتشان را حل کنند، بشنود و برود. بعد سیگاری و فندک را آرام از توی کیفم درآوردم.

ـ به‌به، فندکم که آماده داری.

نگاه کردم توی حیاط. از سوراخ‌های دماغ گاو نر بخار می‌زد بیرون.

ـ فندکو از همون پسر موادفروشه گرفتم. خودت می‌دونی که دیگه سیگار نمی‌کشم.

ـ برام مهم نیس سیگار می‌کشی یا نمی‌کشی. اینجا این کثافتو روشن نمی‌کنی.

انگار که سیگاری قبل از گیراندن اثرش را گذاشته باشد، آرام از روی

نیمکت بلند شدم و توی راه تا رسیدن به پشت بوتۀ عظیم مگنولیا فکر کردم چه ماهرانه می‌تواند لحن صدایش را در فاصلۀ حرف‌زدن با من و ترلان عوض کند.

دیگر جرئت نداشتم توی حیاط را نگاه کنم. فکر کردم پرده را بکشم که حیوان وحشی چشمش به من نیفتد و از صرافت حمله بیفتد. پیش از اینکه از جایم بلند شوم صدای جرینگ ظریف مسنجر فیس‌بوک درآمد.

– بیداری، غزال خوش خرامم؟

نگاهم افتاد توی باغچه. یک آهوی زیبا با دو شاخ ظریف و یک جفت چشم افسونگر از توی حیاط نگاهم می‌کرد.

* * * * *

از درد تیز و نفس‌گیری که دوباره توی شانه و گردنم پیچید، از خواب پریدم. فرید داشت تکانم می‌داد. دهانم خشکِ خشک بود و نمی‌توانستم فریاد بزنم. چطور یادش نبود آن شانۀ سالمم را تکان بدهد!

– پاشو پاشو، لباساتو عوض کن. مثِ اینکه خیلی عمیق ریلکس کردی.

لحنش هنوز پرخاشگر و طلبکار بود. لپ‌تاپم را بغل زدم و رفتم توی هال. ساعت روی دیوار ۱۱:۴۰ شب را نشان می‌داد.

سر زدم به اتاق بچه‌ها. مثل دو فرشته آرام خوابیده بودند. حتماً توی ماشین خوابشان برده و فرید بغلشان کرده و آورده بود توی تختشان. نمی‌دانم چطور خودش را راضی کرده بود دیسیپلینش را کنار بگذارد و دوش نگرفته و مسواک‌نزده بخواباندشان. دور دهان هر دو چرب‌وچیلی و آغشته به سس کچاپ بود. بوسیدمشان. بوی پارک و بازی و عرق بچه می‌دادند.

رفتم توی آشپزخانه و از توی یخچال یک قوطی آب انبه پیدا کردم و یک‌نفس سر کشیدم. آب حیات که می‌گویند باید همین باشد. یک جعبه پر از قاچ‌های نیم‌خوردۀ پیتزا روی میز آشپزخانه بود. با اشتهایی

که مدت‌ها بود در خودم سراغ نداشتم، پس‌ماندهٔ پیتزای همه‌شان را خوردم. کم مانده بود کاغذ زیرش را هم لوله کنم و ببلعم. این هم باید مائدهٔ آسمانی باشد.

فرید در اتاق را بسته بود. یعنی خوابیده؟ یعنی دیگر هیچ حسی به من ندارد؟ یعنی سامان و ترلان می‌فهمند که مامی و ددی دیگر همدیگر را دوست ندارند؟

بغض کردم و اشک تا پشت پلک‌هایم آمد. چشمم افتاد توی حیاط. یک آهوی رمیدهٔ خسته توی باغچه بود.

یک‌دفعه مغزم به کار افتاد و در چشم‌به‌هم‌زدنی، صحنه‌ها از کشیدن ماری‌جوآنا تا لحظهٔ جرینگ مسنجر پشت‌سرهم با دور تند آمد.

نشستم پشت میز ناهارخوری و لپ‌تاپم را باز کردم. چتی طولانی بین من و ماکان روی صفحه بود و آخرش ماکان ده باری پرسیده بود: خریدی؟ چی شد؟ منتظرم. خط‌های آخر فحش‌های ناجور هم داده بود.

ماوس را لغزاندم و لینک وب‌سایتی را آن بالاتر توی چت‌هایمان دیدم. رویش کلیک کردم و رفتم به آخرین مرحلهٔ رزرو آنلاین بلیت. من بوده‌ام که خواسته‌ام بلیتی هفت‌روزه به مقصد لندن رزرو کنم. دو تای دیگر بیشتر نمانده بود.

تایپ کردم: دو تا دیگه مونده. بخرم؟

جواب به‌سرعت برق رسید: غزال، تو که منو کشتی لامصب! سه ساعته منتظرم. دِ بگیرش دیگه، لعنتی!

چشمم به در اتاق خواب افتاد که بسته بود و هیچ نوری از زیرش بیرون نمی‌زد. آرام تا ده شمردم و بعد کلیک کردم روی بای ناو[1] و رفتم از توی کیفم که هنوز کنار پیانو افتاده بود، کردیت کارتم را درآوردم.

۱- بای ناو (Buy Now) ⟵ هم‌اکنون خریداری کنید.

چهـار روز دیگـر می‌رفتـم لنـدن. بـه خانهٔ کسـی که هرگـز ندیـده بودمش.

* * * * *

بـا کلیـد بنفـش در خانه را باز کـردم. سـاکم را کشـان‌کشـان بردم تـوی راهرو و کلیـد صورتـی را انداختـم تـوی قفـل دری کـه عکسـش را برایـم فرسـتاده بـود. در، بـه نمـادی از یـک هرج‌ومـرج مطلـق بـاز شـد. نمی‌دانـم مسـاحت اتـاق چقـدر بود؛ امـا با یک تخـت سـایز کوئین، پیانـوی دیجیتالـی کوچک، یـک میـز تحریـر و صندلـی و چنـد ردیـف کتابـی کـه از زمین تا سـقف روی هـم چیـده شـده بـود جـای سـوزن انداختـن نداشـت. از میله‌هـای تخـت و پرّه‌هـای شـوفاژ حـدود ده پانـزده تـا شـورت و زیرپـوش مردانـه آویـزان بود و روی زمیـن جابه‌جا جوراب‌هـای لنگه‌به‌لنگـهٔ گلوله‌شـده. اتـاق بـوی غریـب اتـاق مردهـای مجـرد را می‌داد. بـوی تن خسـتهٔ پُرخواهـش و آه‌هـای پرتمنا. بـوی سکس‌چت‌های بی‌انتها، بـوی انزال‌هـای بی‌شـمار روی ملحفه‌هایـی کـه به‌نـدرت رنـگ رخت‌شـوی‌خانه به‌خـود دیده‌انـد.

امـا مـاکان همه‌چیـز را شسـته. تـوی یادداشتـش برایـم نوشـته کـه بایـد زحمـت ملحفه‌کـردن تُشـک و بالش‌هـا را بکشـم، یا پیـش از آمـدن او تـوی رختخـواب بی‌ملحفه دراز بکشـم.

چمدانم را کشـاندم تـوی اتاق و به‌زحمت جایـی برایش باز کردم.

رفتـم تـوی حمـام بـا وان نیم‌دایـره و پردهٔ زیبـا و سـر و تنم را شسـتم. ملحفه‌هـا را کـه تـوی حمـام آویـزان بودنـد جمـع کـردم و بـردم تـوی اتاق و کشـیدم‌شـان روی تُشـک و بالش‌هـا. پیراهـن خانهٔ رکابـی صورتی‌رنگی را کـه مال قبل از ازدواجـم بود درآوردم و پوشـیدم. چیزی که هیچ نشـانی از همسـر و مـادر بـودن نداشـت. شـرمم آمـد آرایـش کنم. این سـال‌های مادری‌کردن آن غـزال سـرکش وحشـی را کشـته و آهـوی رمیده‌ای ازش سـاخته بـود. فقط یـک دور رفت‌وبرگشـت ریمـل زدم، کرم دور چشـم مالیدم و حلقـهٔ کبود زیر

چشم‌ها و یکی دو لکهٔ تیرهٔ روی گونه‌ها را محو کردم. فکر کردم عطرزدن زیادی دلبرانه است و بوی خوش صابونی که به تنم زده‌ام کافی‌ست.

خزیدم زیر لحاف، گوشی‌ام را درآوردم و گفت‌وگوهامان را از صبح آفتاب‌نزده‌ای که از خانه راه افتاده و قطار گرفته بودم تا فرودگاه، و توی هواپیما پیش از بلندشدن خواندم.

این بی‌تابی و بی‌قراری که سال‌ها بود تجربه‌اش نکرده بودم چه شیرین و دلهره‌آور بود و چقدر تمام روح و تنم عطشش را داشت. آن‌قدر که بچه‌ها را نبوسیده رفتم. ترسیدم دیدن قیافه‌های معصومشان در خواب منصرفم کند. شب قبل باهاشان خداحافظی کرده بودم.

یک‌جا وسط صف بازدید بدنی یکهو ترس برم داشته و خواسته بودم ساکم را پس بگیرم و برگردم خانه.

من دائم از بی‌تابی‌ام برای دیدار، شنیدن و خواندن و تماشای چیزهایی که قرارش را با هم گذاشته بودیم حرف زده بودم و او بی‌وقفه از عشق‌بازی و جزئیات آن کارها که قرار بود بکنیم.

یک‌جا گفته بودم: «کم‌کم داری منو می‌ترسونی. تو رو خدا یه کَمَم دوستم داشته باش.»

و او گفته بود که تا خودم نخواهم بهم دست نمی‌زند و هفت روز را تنها به فعالیت فرهنگی با من اختصاص می‌دهد. یکی از آن شکلک‌ها هم که چشمک زده و زبانش را درآورده تهش گذاشته بود.

نیم‌خیز شدم پنجرهٔ کنار تخت را باز کردم و بوی خوش و حزن‌انگیز لندن را به سینه کشیدم.

از فرودگاه سوار مترو شده و با اتوبوسی رسیده بودم نزدیک مدرسهٔ او. با چمدانم رفته بودم توی دفتر و کلید خانه و یادداشت او را از خانم جوانی که مؤدبانه براندازم کرده بود گرفته بودم. ماکان آن ساعت کلاس داشت.

یادداشت پایین نقشه‌ای بود که رویش مسیر رفتن من تا خانه را با فلش‌هایی به رنگ‌های سبز و زرد و سرخابی علامت‌گذاری کرده بود. بیرون مدرسه خواندمش و توی یادداشتی پنج‌خطی چهار بار دلم ریخت و دست‌وپایم سست شد. یعنی یک درصد احتمال نداده بود این خانم عینک‌پنسی گیس‌بافته فارسی بلد باشد یا مثلاً دوستی فارسی‌زبان داشته باشد و این یادداشت را نشانش بدهد؟ آن‌وقت که فاتحهٔ کار معلمی‌اش خوانده بود. ته یادداشت گفته بود که نترسم و کمی هم دوستم دارد.

ترسیده بودم، اما حالا که توی ملحفه‌های پاک و هنوز اندکی نم‌دار دراز کشیده بودم و چهچههٔ پرنده‌ای شبیه بلبل و صدایی شبیه جوشش آب چشمه را از بیرون می‌شنیدم ترسم رفته‌رفته ناپدید شد و پلک‌های خسته‌ام روی هم افتاد.

* * * * *

چشمم که بهش می‌افتد، می‌فهمم ترسم به‌جا بوده. حتی اگر کامنت‌های تیزهوشانه و طنزآلودش را زیر پُست‌هایم نخوانده بودم در نگاه اول عاشقش می‌شدم. ظریف و کوچک، توی این لباس صورتی دخترانه، و نگاه چشم‌های سیاهش که تا عمق روح آدم را می‌کاود. عجب اسم بامسمایی رویش گذاشته‌اند. حتی خال‌کوبی روی بازوی راستش هم که یادآور یک تصادف رانندگی منجر به جراحت جدی است، زیباست.

از شوهرش چیز زیادی نمی‌دانم اما با این مرتیکه احساس همدردی می‌کنم. در وجود غزال آن سرکشی و شوری که مردها را به دام عشق و ازدواج می‌اندازد هست. سرکشی و شوری که امید دارند از فردای شب عروسی یکهو ناپدید شود و هوشی که خداخدا می‌کنند تنها به کار کشف رِسِپی‌های خوب آشپزی و روش‌های نوین تربیت کودک بیاید. لابد فکر کرده با دو بچه‌ای که توی دامنش می‌گذارد وقت سرخاراندن برایش

نمی‌ماند؛ غافل از اینکه این آتش‌پاره نه‌تنها کارش را، که هفته‌ای یک‌بار پاب‌رفتن و تا پای جان با موزیک زندهٔ هاردراک و متال رقصیدنش را هم ترک نمی‌کند. راستی این دوتا بچه را کجا جا داده؟ می‌خواهم ازش بپرسم نکند به‌جای زاییدن تخم گذاشته، اما فکر می‌کنم بهتر است حرف شوهر و بچه را پیش نکشم و چیز دیگری بگویم.

من در رابطهٔ رودررو با زن‌ها خجالتی‌ام. جوش‌های چرکی ملتهب و قرمز دوران بلوغ تمام اعتمادبه‌نفس مرا توی رابطه با جنس مخالف به فاکِ فنا دادند. حتی تصور اینکه دختری بی‌حس چندش‌آوری به صورتم دست بزند یا حتی نگاه کند برایم غیرممکن بود. حالا سال‌هاست که جوش‌ها ناپدید شده و چاله‌های ریز و درشتی جایشان را گرفته‌اند، اما اعتمادبه‌نفس به‌گارفتهٔ من التیام نیافته است.

از خوشِ حادثه صدای خوبی دارم و زبانی که با آن می‌توانم مار را از سوراخش بیرون بکشم. با همین زبان، غزال و خیلی‌های دیگر را وادار به وِبکَم‌بازی و سکس‌چَت کردم. از اینکه زن زیبای باهوش شوهرداری را وادار به خیانت می‌کردم کیفور می‌شدم اما حالا که شرمناک برای اولین‌بار توی آغوش گرفته‌امش، دارم با خودم فکر می‌کنم چطور یک هفته در عین لذت‌بردن از او یک حفاظ ضدِعشق دور خودم ایجاد کنم. حتی اگر مجرد هم بود، با او ازدواج نمی‌کردم. مرد حسودی هستم و او زنی که بی‌آنکه حتی اراده کند می‌درخشد.

من خوب می‌نویسم. استعداد نوشتنم را مدیون پدر شاعرم هستم. پیج داستان‌های مدرسه‌ام توی فیس‌بوک کلی طرفدار دارد که خروارخروار کامنت‌های تحسین‌آمیز و قربان‌صدقه نثارم می‌کنند. کامنت‌های غزال اما همیشه جور دیگری است. قضایا را از زاویه‌ای دیگر می‌بیند. همه‌اش تعریف و تمجید نیست. گاهی انتقاد می‌کند و همیشه غلط‌های املایی

و دستوری‌ام را گوشزد می‌کند. در وجودش سرِ سوزنی چاپلوسی و تملق نیست، و همه‌چیزش اصیل و واقعی.

از همان کامنت‌های اول بود که رفتم پِیجش و عکس‌هایش را دید زدم. باورم نمی‌شد به‌جای پیردختری بی‌ریخت و قراضه، زنی شاد و زیبا با دو بچهٔ پرستیدنی می‌بینم. و شوهرش، که حتی از روی عکس هم می‌شد گفت چه آدم نچسب کسل‌کننده‌ای است.

توی جشن‌هایی که زن و دو بچه‌اش مست و ملنگ صورت‌هایشان را نقاشی کرده و برای خودشان بال و پر و شاخ و دم گذاشته بودند، قیافه‌ای برمامگوزید گرفته بود و توی لباس‌های شیک و پیکش شَق‌ورَق ایستاده بود. حتی ته‌لبخندی هم روی صورتش نبود.

ماکان می‌توانست جای این عنصر بی‌خاصیت باشد که گیتاربه‌دست یا پشت پیانو آواز می‌خوانَد و کُس‌خل‌بازی خانوادگی را تکمیل می‌کند.

از همان لحظهٔ اول که چَت‌کردنمان را شروع کردیم، با آنکه خوددار و مؤدب و حتی سرد بود نیازش به شنیدن کلام عاشقانه را بو کشیدم. حسی به من می‌گفت آن دو بچهٔ فسقلی و آن شوهر بی‌لیاقت جوابگوی آن‌همه شور و شیدایی که از نگاه و حتی نوشته‌های غزال فوران می‌کرد، نیستند. سرسختی و شرم و جنگیدن با خودش، مرا برانگیخته و برانگیخته‌تر کرد. قاپش را دزدیدم.

حالا بعد از شش ماه انتظار، این زن در آغوش من است. یک قاره را پیموده که یک هفته را با من بگذراند. اگر پول‌وپله داشتم برای حسادتم راه چاره‌ای پیدا می‌کردم و می‌کشاندمش اینجا یا می‌رفتم کانادا به شهر او، اما با وضعیت مالی تخمی‌ای که دارم، این تنها خیالی محال است. مگر اینکه لاتاری ببرم یا توی قمار برنده شوم. بفرما، این هم یک انگیزهٔ تروتازه برای قمار که وسوسه‌اش حتی حالا که در اوج فلاکتم

رهایــم نمی‌کنــد. مثـل وسوسهٔ سکس چَت، حتـی حالا کـه سـری پرهوش و هوش‌ربـا روی سینه‌ام اسـت.

تنهـا راهـم ایـن اسـت کـه خـودم را گرفتـارش نکنم. اسـیر حـس و نگاهش نشـوم. می‌برمـش ایـن‌ور و آن‌ور و وقتـی هـم کـه بـا همیـم نمی‌گـذارم کار بـه جاهـای رمانتیـک بکشـد. انـگار یـک پری از آسـمان آمـده یـک هفته مـرا غرق لـذت کنـد و بـرود. نـه، بـه قلبم راهـش نمی‌دهم. نمی‌گـذارم برود زیر پوسـتم. فعـلاً برویـم اولیـن سیگارمان را بـا هـم بکشـیم کـه دم‌دسـت‌ترین و بی‌خطرتریـن وسوسـه اسـت.

* * * * *

روبـروی هـم ایسـتاده بودیـم. داشـتیم بـرای اولین‌بار همدیگـر را در دنیای واقعـی و نـه روی گوشـی و مانیتـور تماشـا می‌کردیـم. زنـگ زده بـود و مـن نیم‌خـواب دویـده و در را رویـش بـاز کـرده بـودم.

فکـر کـردم چقـدر صورتش چاله‌چولـه دارد. نگفتـم. فکـر کـرد چقدر مـن کوچولـو و جمع‌وجـورم. گفـت و هم‌زمـان آغوشـش را بـاز کـرد.

«می‌بینی؟ خجالتی‌ام. فکرشو می‌کردی؟»

پیـش از آنکه سـرم را روی سینه‌اش بگـذارم شـرم را در نگاهش غافلگیر کـرده بـودم. نـه، فکـرش را هـم نمی‌کـردم. نمی‌دانـم چقـدر در آغـوش هم ماندیـم. یـادم نیسـت به چـه فکر می‌کردم.

از هـم کـه جدا شـدیم، گـرهٔ کراواتـش را چسـبید و همان‌طور کـه نگاهش روی مـن بـود سرش را بـرد عقـب و چندبـار بـه دو طـرف چرخانـد. قـرار بود چهـار عصـرِ دیگر همین‌طـور ببینمـش که گـرهٔ کراواتـش را شـل می‌کند.

بعـد دستم را گرفت و بـرد طرف حیـاط کـه سـیگار بکشـیم. پا کـه تـوی حیـاط گذاشـتم، دویدم طـرف حـوض کوچکی که فـواره‌اش بـاز بود. دعوایـم کـرد کـه مراقب باشـم. زیـر پایـم روی چمـن ده‌ها حلـزون کوچک

و بـزرگ و رنگارنـگ آرام و بـا طمأنینـه می‌خرامیدنـد. از لنـدن کـه می‌رفتم، همه‌شـان اسـم داشـتند.

* * * * *

روزی کـه بـرای قـرار کاری به شرکتشـان رفتم، اتفاقـی توی راهـرو دیدمش. طـرز لباس‌پوشـیدنش طـوری بـود کـه فکـر کـردم آمـده بـرای نقـش یک هیپی تسـت بازیگـری بدهـد. بعدهـا کـه قـرارداد بسـتیم فهمیـدم آنجـا کار تدوین فیلـم انجـام می‌دهد.

مـن و شـریک‌هایم بـرای وب‌سـایت شـرکتمان احتیـاج به یـک فیلـم کوتاه داشـتیم و ایـن کمپانی سـازندۀ انواع و اقسـام فیلم‌های کوتاه هنـری و تبلیغاتی بـود. قراردادمان کـه قطعی شـد، رفت‌وآمدهایمان به شرکتشـان بیشـتر شـد.

هـر دو شـریکم بعـد از اولیـن برخوردشـان بـا او اولیـن سـؤالی کـه از من و مطمئنـاً از همدیگـر پرسـیده بودنـد ایـن بـود: «اون دختـره رو دیدی؟»، و منظـور از آن دختـره نـه هیچ‌کـدام از آن چنـد دختـر دیگـر بلکـه زنـی بـود که الآن مادر دو بچۀ من اسـت. و مـن کـه اسـمش را از تـوی وب‌سـایت شرکتشـان پیـدا کـرده بودم، در جوابشـان گفتـه بـودم: «آره. ایرانیه.» و مطمئـن نبودم این را بـا افتخـار بگویـم یا نه.

آن روزهـا سـخت در فکـر ازدواج بودم و حس می‌کـردم دارد برای پدرشـدنم دیـر می‌شـود. مـورد خـوب دوروبـرم زیـاد بـود، امـا هیچ‌کـدام را آن‌قـدر نپسـندیده بـودم کـه جـدی در مـوردش فکر کنـم. فیلم‌برداری‌هـا کـه تمام شـد و نوبـت تدویـن رسـید، به‌بهانـۀ کار بـرای ناهـار دعوتـش کـردم بیـرون و بعد رفت‌وآمدهایمـان ادامـه پیـدا کـرد. آن‌موقـع فکر می‌کردم عاشـقش شـده‌ام، اما امـروز بـه حماقـت خـودم می‌خنـدم و می‌دانـم تنها جذب کسـی شـده بـودم که بـا مـن خیلـی متفـاوت بـود. دوسـت‌هایش یـک مشـت موزیسـین و آرتیسـت بی‌سـروپا بودنـد کـه دائم نشـئۀ اسـید یـا حداقـل ماری‌جوآنـا بودند.

ماری‌جوآنـا را بـرای اولیـن بـار بـا او تجربـه کـردم و بـا انـرژی یـک آدم تـازه‌کار، هـم او را حسـابی تحـت تأثیـر قـرار دادم و هـم نامتعارف‌تریـن و عجیب‌تریـن دوران زندگـی‌ام را گذرانـدم. تفـاوت ایـن دختر بـا آن بی‌سـروپاها در ایـن بـود کـه آن‌هـا کامـل تـوی هـوا بودنـد و او یـک پایـش روی زمین، و مـن امیـدوار بـودم بعـد از ازدواج و حداقل بچه‌دارشـدنمان آن پـای دیگر را هـم بچسـبم و بـه زمیـن پَـرچ کنـم.

شبی کـه بـرای اولیـن بـار دعوتـش کردم بـا پـدر و مـادرم شـام بخـوریم، یکـی از عذاب‌آورتریـن شـب‌های زندگـی‌ام بـود. مامـان تمام‌مدت بـه لبـاس یقه‌بـاز او و خال‌کوبـی روی بازویـش چشـم دوختـه بـود. پدرم اما، مسـحور دانـش او و در زمینهٔ موسـیقی کلاسـیک شـده بـود و غش‌غـش خنده‌هایش را به سـونات‌های موتـزارت تشـبیه می‌کرد.

گیلاس دوم شـراب را کـه سـفارش داد، مامان علنـاً رو ترش کرد و سـیگارش را هـم کـه بیـرونِ درِ رسـتوران گیرانـد، «نه» تـوی پیشـانی‌اش هویـدا شـد. قبل از دیدارمـان از او خواهـش کـرده بـودم سیگارکشـیدن را فاکتـور بگیـرد. تـوی چشـم‌هایم خیـره شـده و گفتـه بـود: «مـن همینم کـه می‌بینـی. یه وقـت فکر نکنـی می‌تونی سـرِ سـوزنی عوضـم کنـی.»

سـرِ سـوزن را بعدهـا عوض شـده بود. نـه به‌خاطر مـن، به‌خاطـر بچه‌ها. همـان موقـع هـم کـه بـه پیشـنهاد ازدواجـم جـواب مثبـت داد، می‌دانسـتم به‌خاطـر نیـازش بـه قـرار و آرامش اسـت. با جمـع دیوانهٔ دوسـتانش تـوی هر سـوراخی سـرک کشـیده بـود. تمام دنیـا را هـم زیرِ پا گذاشـته بود. حـالا همهٔ این‌هـا دل خانـم را زده بود و یـک شـوهر پول‌دار تحصیل‌کرده بد نمی‌چسـبید. مـنِ بی‌تجربـه فکـر می‌کـردم ژن‌هایم بایـد بـا ژن‌های یـک زن باهـوش زیبای هنرمنـد بیامیـزد تـا بچه‌هایـم درسـت‌وحسـابی از آب دربیاینـد. نقـش تربیت را یکسـره نادیـده گرفتـه بـودم. و حـالا دائم نگـران بچه‌هایم هسـتم کـه بیشـتر

وقتشـان را بـا او می‌گذراننـد و ایـن بی‌قیـدی و به‌قول او آزادگـی را هـر روز بیشـتر تمریـن می‌کننـد. ایـن چنـد روزه کـه رفته‌ام از مهدکـودک و مدرسـه برشـان داشـته‌ام، از تـوی همـان ماشـین شـروع کرده‌انـد بـه بَدادایی‌کـردن و بـازی‌درآوردن. ایـن زن آن‌قـدر لـی بـه لالایشـان گذاشـته کـه یـک سـرِ سـوزن دیسیپلین مـرا تحمل نمی‌کنند. سـر شـام بهانـه می‌گیرنـد و بدغذایی می‌کننـد و مـدام سـراغ مامـی را می‌گیرنـد. نمی‌داننـد مامـی هـوای جوانـی بـه سـرش زده و به‌بهانـهٔ سـفر کاری رفتـه دنبـال خوشگذرانـی. از اینکه دروغ بـه ایـن بزرگـی گفتـه ناراحـت نیسـتم. از ایـن ناراحتم کـه مـرا این‌قـدر احمق فـرض می‌کنـد و این‌طـور سردسـتی دروغ می‌گویـد.

شـش ماهـی اسـت کـه فهمیده‌ام بـا کسـی سروسـرّی دارد. حواسـم بـه چت‌کردن‌هـای مدامـش، و اینکـه تـا مـرا می‌بینـد سـریع مسنجر فیس‌بوکـش را می‌بنـدد، هسـت. فـردای روزی کـه رفتـه بـود، بـا شـماره‌ای ناشـناس بـه شرکتشـان زنـگ زدم و گفتـم می‌خواهـم بـرای تدویـن فیلمـم بـا او صحبـت کنـم. منشـی شـرکت گفـت کـه بـرای یـک هفتـه رفتـه مرخصـی، و دقیقـاً واژهٔ وکیشِـن[1] را به‌کار بـرد. محـض اطمینـان پرسـیدم رفتـه بیزینس تریـپ[2]؛ و منشـی تأکیـد کـرد کـه مأموریتـی در کار نیسـت و خانـم رفته بـرای اسـتراحت.

دوسـت‌های فیس‌بوکـش را چک کردم. فقـط یـک مـرد در لنـدن پیدا کردم. همـان معلـم مدرسـه‌ای کـه شـش مـاه پیش پسـت‌هایش را به‌خیال اینکه خیلـی بامزه‌انـد برایـم خوانـده بـود. یک‌بـار کـه واقعـاً حوصله‌ام از چرندیات ایـن مـردک روان‌پریـش و احساسـات آبکی‌اش سـررفته بود گفتم اگر پرسـنل مدرسـه بفهمنـد کـه او ماجراهـای کلاس را بـا اسـم واقعـی دانش‌آموزانـش در نِت منتشـر می‌کنـد، فی‌الفـور اخراجـش می‌کننـد. خانـم لـب ورچیـد و گفـت «کی وسـط مدرسـه‌ای تـوی لنـدن بـه یه پیـج فیس‌بوک فارسـی اهمیت

۱- وکیشِن (Vacation) ↤ تعطیلات
۲- بیزینس تریپ (Business trip) ↤ مأموریت کاری

می‌ده؟» گفتـم چیـزی کـه در لنـدن فـراوان اسـت آدم فارسی‌زبان، و ممکن اسـت یکی‌شـان هم توی آن مدرسـه باشـد و ردّ ایـن پیج را بگیـرد و ریپورتش کنـد. از آن‌روز از شـرّ شـنیدن شـیرین‌کاری‌های روزانـهٔ ایـن مردکـهٔ مزلـف راحت شـدم، امـا حـالا از روی کنجـکاوی تـوی پیجش عقب و عقب‌تر می‌روم و رد لایک‌هـا و کامنت‌هـای دقیـق زنـی را کـه به‌قول خـودش فرصت سـرخاراندن نداشـت پـای پسـت‌هایش می‌بینـم.

می‌توانـم همـان روز برگشـتنش برگـهٔ درخواسـت طـلاق را بگـذارم کـف دسـتش و بـا شـواهد و مدارکـی کـه دارم کلـی از حـق و حقوقـش را هـم از او سـلب کنـم، امـا حقیقتـاً دلـم نمی‌خواهد بـا جدایی‌مان سـامان و تـرلان آواره شـوند و حتـی به‌احتمالـی بعیـد، ناپـدری‌ای لابالـی بـالای سرشـان ببیننـد. حاضـرم بـه همه‌چیـز تـن بدهـم کـه بچه‌هایـم در نـاز و نعمـت و آرامـش بـزرگ شـوند. تـا عقل‌رس نشـده و از آب و گل درنیامده‌انـد به همیـن زندگی خانوادگـی نیم‌بنـد ادامـه می‌دهـم. جالب اسـت با اینکه سـرش جـای دیگری گـرم اسـت، هنـوز به اینکـه باهاش بخوابـم امیـد دارد. بدی‌اش این اسـت کـه دیگـر حتـی نمی‌توانـم تظاهـر کنم دوسـتش دارم و خوبـی‌اش این اسـت کـه حتـی بـا این خیانتـی هـم کـه کـرده ازش متنفر نیسـتم. جز بچه‌هـا و کار و پدر و مـادرم، چیزهـای دیگـر اهمیـت چندانـی برایم ندارنـد. بالاخـره بچه‌ها هم روزی حقیقـت را می‌فهمنـد و قـدر پدرشـان را می‌داننـد. تـا آن روز لام تا کام حـرف نمی‌زنـم و می‌گـذارم هرچـه می‌خواهـد بتازانـد.

٭ ٭ ٭ ٭ ٭

روزهـای بعـد دیگـر عـادت کـرده بـودم بچه‌مدرسـه‌ای‌ها بـا انگشـت نشـانم بدهنـد و گاهـی برایشـان شـکلک هـم درمی‌آوردم؛ آن روز عصـر امـا، وقتی کـه داشـتیم بـرای اولیـن بـار می‌رفتیـم گشـتی بزنیـم و بـرای شـام خریـد کنیم زیرزیرکی خندیدن‌هـا و متلک‌گفتن‌هایشـان برایـم نامنتظر و غریـب بـود.

- دوست دخترتونه، آقا؟

- خواهرتون چه خوشگله، آقا!

- قراره عروسی کنین؟

- ریاضی‌شم مث شما خوبه؟

- آدیوس، فیلیپ!

- چائو، بروس!

- قربون محبتت، دنیل!

- برو خونه مشقاتو بکن، سامانتا.

- اون خودکارو از دهنت بیرون بیار پر میکروبه، سیندی.

دخترک ورپریده داشت ادای سیگارکشیدن ما را درمی‌آورد.

می‌دیدمـش کـه بفهمی‌نفهمی‌عصبـی شـده و بـدش نمی‌آیـد گـوش یکی دوتاشـان را بپیچاند.

- بـا مـن این‌طوری‌ان، غـزال. اگـه جـای مـن نـاظـم مدرسـه بـا تـو قـدم مـی‌زد، جرئـت جیک‌زدنم نداشـتـن. بس کـه رو دادم به این ورو جکا. عشـقای منـن اینـا، آخه.

تـوی یکـی از مغازه‌هایـی کـه همه‌چیـز درَش پیـدا می‌شـود، کلی طول می‌کشـد تـا بـه «شـکور» افغـان کـه مـاکان را بـرادرش خطـاب می‌کند حالـی کنیـم کـه حولـه می‌خواهیم. مـاکان نمی‌دانـم در این یک‌سـاعت در مـن چه دیـده کـه تصمیـم گرفته بـا حوله‌هـای شسته‌شـده اما مستعمل او خـودم را خشـک نکنم.

- حولَه؟ حولَه دیگر چیست؟ آهان! «جانْ‌پاک» در نظرتان است.

جانْ‌پاک؟! مـاکان همان‌طور کـه زیرِجُلکی می‌خندد دو سـه بـار از من می‌پرسـد چیـزی لازم نـدارم، و بعد شـمع‌هایی بـا عطرهای مختلـف انتخاب می‌کنـد و در سـاک خریـد می‌گذارد.

این‌بار نوبت شکور است که نیشش باز شود.

ـ خیلی هم رُمَنتیک‌طور.

ـ رُمَنتیک‌طور چیه، شکور جان؟ گلاب به روت، اتاقم بوی گُه می‌ده!

شـک دارم شکـور منظـورش را فهمیـده بـاشـد، چون نیشـش همچنان بـاز می‌مانـد و می‌گویـد «اَمکانـش هسـت کـه سوپرمارکَت بغلی گلاب داشتَه باشد.»

مـاکان پول را می‌پـردازد و می‌آییم بیرون. وارد سوپرمارکت که می‌شـویم، می‌پرسـد بـرای شـام چی درسـت کنیـم و هنـوز زبانـم نچرخیـده کـه بگویم عـادت بـه شـام سنگین نـدارم و ترجیـح می‌دهـم سـالاد بخورم کـه یک دستۀ بـزرگ کرفس می‌قاپـد و به‌سـمت یخچـال پر از گوشـت تازه می‌رود. من کـه تسـلیم شـده‌ام، ماهیچۀ خوش‌تراشـی را انتخاب و بـا خودم فکـر می‌کنم چطـور یـک لحظـه فکـر نکـرد ممکن اسـت از کرفس متنفر باشـم؟ مثـل فرید کـه به‌خاطـرش سال‌هاسـت خورش کرفس نپخته‌ام، بـا اینکه هلاکشم.

سـبد خریـد را می‌دهـد دسـت مـن و می‌گویـد تـا سیگار می‌خـرد هر چـه لازم دارم بـردارم. چنـد قلم میـوه و چیزهایی بـرای صبحانه برمی‌دارم و مـی‌روم طرف صنـدوق. کردیت کارتـم را در می‌آورم که دسـتم را پس می‌زند و اینجـا هـم بـا اینکه دسـتگاه کارت‌خـوان دارند، پول نقد می‌پـردازد. بیرون مغازه ازش می‌پرسـم همیشـه پول نقد می‌پردازد. می‌گوید: «آره، همیشـه.» و آره، همیشـه را جـوری می‌گویـد کـه می‌فهمـم نبایـد بپرسـم چطـور بعد از این‌همـه سـال زندگـی در انگلیس هنـوز کارت اعتباری ندارد.

خانـه کـه برمی‌گردیـم یادمان می‌افتـد مشـروب نخریده‌ایم. بـرای او چندان مهـم نیسـت چون فـردا باید برود سـر کار، اما من بعد از مدت‌هـا در تعطیلاتم و صابـون مشـروب‌خوردن هرشبـه را بـه دلـم مالیده‌ام. بهـش می‌گویـم تا دوش بگیـرد و اسـتراحت کنـد، می‌پـرم چیـزی می‌خـرم و برمی‌گـردم. سـریع

موافقـت می‌کنـد و بـاز برایـم کروکی می‌کشـد. دم در پیشـانی‌ام را می‌بوسـد و اسکناسـی را بـه‌زور تـوی مشـتم می‌چپاند.

* * * * *

کرفس‌هـای نازنیـن را قطعه‌قطعـه می‌کنـم، نعنـاع و جعفری را ریز خـرد می‌کنم و بـا هـم تفتشان می‌دهـم و لابه‌لایـش می‌روم به‌سـمت او کـه دارد بـا مهارت کاهـو و خیـار و گوجه‌فرنگـی سـالاد را خـرد می‌کنـد و گیلاسـم را به گیلاسـش می‌زنـم. یکـی دو بـار اول تـوی چشـم‌هایم نگاه می‌کنـد و دفعه‌هـای بعـد هر بـار به‌بهانـه‌ای نگاهـش را می‌دزدد.

تـوی آیفونـم موزیک گذاشـته‌ام. اجراهایـی از فـردی مرکـوری[1] کـه می‌گویـد محشـرند و بعضی‌هاشـان را هرگـز نشـنیده و گه‌گاه روی صفحه نگاهشـان می‌کنـد.

او هـم برایـم نوکتـورن شـوپن[2] محبوبـش را می‌گذارد و بعـد قطعـه‌ای از کمانچهٔ هابیل علی‌اُف[3]؛ و یادم می‌آورد که روزگاری چقـدر از نوازندگی‌اش لذت بـرده‌ام.

می‌گویـد برنـج را تـوی پلویـز بپزیم و برویـم تا دم‌کشـیدن ایـن و جاافتادن آن، تـوی اتاقش چیزی تماشـا کنیم.

می‌نشینیم روی تخت و شـروع می‌کنیـم بـه دیـدن قسـمتی از سـریال پایتخـت تـوی لپ‌تاپـش. از پانـزده سـال پیـش کـه از ایـران آمـده‌ام بیـرون هیـچ سـریال ایرانی‌ای نگاه نکـرده‌ام.

به‌جـای تماشـا می‌روم تـوی بحـر او کـه چطور شـش‌دانگ حواسـش رفتـه پـی شـخصیت‌ها و گفت‌وگوهایـی کـه بـا آنکه همه‌شـان را از بر اسـت، بـاز هـم قاه‌قـاه بهشـان می‌خندد. جایـی وسـط‌های سـریال بی‌آنکـه برگردد

۱- فردی مرکوری (Freddie Mercury)، خواننده و ترانه‌سرای گروه موسیقی راک «Queen»

2- Chopin's Nocturne

۳- هابیل علی‌اُف (Habil Aliev)، نوازندهٔ کمانچهٔ اهل جمهوری آذربایجان

طرفــم می‌گویــد: «مــن بــه ایــن ســریال معتــادم، غــزال. هــر روز کــه از مدرســه برمی‌گــردم اگــه آســمون بــه زمیــن بیــاد و زمیــن بــه آســمون بــره بایــد یــه قسمتشــو ببینــم. امــروز تــو اینجــا بــودی و عملم دیــر شــده.»

می‌خنــدم و ســرم را تکیــه می‌دهــم بــه بازویــش. دســتش را حلقــه می‌کنــد دور شــانه‌ام و بــه خــودش می‌فشــاردم. چشــم از مانیتــور برنمی‌دارد.

* * * * *

پلوپــز و قابلمــهٔ خــورش را می‌آوریــم تــوی اتاق‌خــواب. نمی‌خواهد تــوی اتاق نشــیمن غــذا بخوریــم. می‌گویــد صاحب‌خانــه و آن یکــی هم‌خانــه‌اش ممکــن اســت هــر لحظــه ســر برســند و معــذب می‌شــویم. روی میــز تحریــر شــلوغ جا بــرای بشــقاب‌ها و گیلاس‌هــای شــراب بــاز می‌کنــد. چــراغ اتــاق را خامــوش می‌کنــد و شــمع‌های معطــر را می‌گیرانــد. لباس‌هــای زیــر و جوراب‌هایــش هنــوز دورتــادور اتــاق آویزان‌انــد و چمــدان نیمه‌بــاز من، کتاب‌هــای چیده‌شــده تــا ســقف و کل ایــن آشــفتگی تــوی نور لــرزان شــمع حالت غریبــی دارد.

فلفل‌دلمه‌ای‌هــای ســالادش را جــدا می‌کنــد، یــک کــوه برنــج می‌کشــد، خــورش کرفس را می‌بلعــد و بی‌وقفــه از دست‌پخت مــن تعریــف می‌کند.

ـ فلفل‌دلمه‌ای دوست نداری؟

ـ چــرا، ولــی بعضــی وقتا شکمم نفخ می‌کنه وقتــی می‌خورم. حواســم کــه باشــه جداشــون می‌کنم.

ســامان هم دقیقاً همین کار را می‌کند.

یــک لحظــه گریز می‌زنم به خانهٔ خودمــان و میز بزرگ و مرتــب ناهارخوری بــا دستمال‌ســفره‌ها و کارد و چنگال‌هایــی کــه فریــد اصرار دارد اســتفادهٔ صحیحشــان را از تــوی رورنئک بــه بچه بیامــوزد. و قیل‌وقال و بازی‌درآوردنشــان کــه تنهــا دلخوشــی من اســت. یعنی دلشــان برایم تنگ شــده؟

دســت می‌کنــم تــوی ظــرف خــورش و یــک تکــهٔ بــزرگ کرفس برمی‌دارم

و می‌گذارم توی دهانم و آب ترش‌مزه‌اش را که عطر لیموعمانی و نعناع جعفری دارد، می‌مکم. لابه‌لایش از توی ظرف سالاد خیار و فلفل‌دلمه‌ای و هویج برمی‌دارم و خرت‌خرت می‌جوم. ای‌کاش فرید امشب اجازه داده باشد سامان فلفل‌دلمه‌ای‌های سالادش را جدا کند. کاش ترلان بدون اینکه من شعر «ویتامین‌ها دوست بدن ما» را برایش خوانده باشم، غذایش را بخورد.

ـ چه قشنگ می‌خوری، غزال. خیلی وقت بود ندیده بودم کسی با دست غذا بخوره.

به خودم می‌آیم و می‌بینم ماکان دست از خوردن کشیده و خیره نگاهم می‌کند.

می‌خندم و می‌گویم که خودم هم یادم نیست، اما دروغ می‌گفتم.

آخرین باری بود که با فرید دونفری رفته بودیم رستوران. سر ترلان حامله بودم و از کارد و قاشق چنگال بیزار. تنها که بودم سوپ را از توی کاسه هورت می‌کشیدم و همه‌چیز، حتی پلو خورش را با دست می‌خوردم. آن شب توی رستوران حواسم پرت شده و چیزهایی را با دست خورده بودم. بیرون که آمدیم، گفت آبرویش را توی رستوران محبوبش برده‌ام و همه چپ‌چپ نگاهمان کرده‌اند. آن شب هم احساسات آبکی‌ام قل‌قل کرد و جوشید و از چشمانم ریخت بیرون. بهش گفتم که دیگر هرگز دونفری رستوران نخواهیم رفت.

ماکان از آن طرف میز دستش را دراز می‌کند و دستم را می‌گیرد. می‌برد طرف دهانش و شروع می‌کند نوک تک‌تک انگشت‌هایم را مک‌زدن و بوسیدن. بغض می‌کنم. تا آخر شب فقط شراب می‌نوشم.

* * * * *

روزهای کاریِ بعد پیش از بیرون‌رفتن از خانه برنامهٔ نوشته‌شده را می‌داد

دسـتم و در طـول روز چنـد بـار زنـگ مـی‌زد بپرسـد آن جاهـا را کـه توصیـه کـرده رفتـه‌ام و آن چیزهـا را کـه قرار بـوده ببینـم دیده‌ام.

مـن امـا دوسـت داشـتم تـوی اتاقـش بمانـم و لای کتاب‌هـا و نت‌هـای موسـیقی سـرک بکشـم. واژه‌هایی را کـه با مداد در حاشـیهٔ صفحات نوشـته بود، بخوانـم و بعضـی قطعه‌هـا را بنـوازم. به لباس‌هـای تـوی کمد دسـت بکشـم و روی ملحفه‌هایـی کـه بـوی ماکان و مـن را می‌داد غلـت بزنـم.

هم‌خانـه و صاحبخانـه کـه نبودنـد، غذا می‌پختم و شـراب می‌نوشـیدم و گاهـی کـه کنـار حـوض و حلزون‌هـای تـوی حیاط سـیگار می‌کشـیدم، یـا بیـرون مغـازه با شـکور گپ مـی‌زدم و او زنـگ مـی‌زد، بـه دروغ می‌گفتم تـوی پـارک یا اتوبوسـم.

٭ ٭ ٭ ٭ ٭

روی مبـل پذیرایـی خانهٔ پانته‌آ نشسـته‌ام و برگه‌های امتحـان ریاضی بچه‌های کلاس ماکان را تصحیـح می‌کنـم. خودش روی میـز گرد کنار پنجـره به پانته‌آ معادلـهٔ دومجهولـی درس می‌دهـد. آخـر هفته‌ها تدریس خصوصـی می‌کند.

برگه‌ها بـا آن دستخط‌های معصوم و آن راه‌حل‌های غریـب و گاه منحصربه‌فرد، خط‌خوردگی‌هـا و ردّ نوشـته‌ها و اعـداد پاک‌شـده، یک‌جوری منقلبـم می‌کنند. تردیـد، اعتمادبه‌نفـس، آسـیب‌پذیری و گاهـی التماس بی‌نوشـتن حتـی واژه‌ای غیـر از جواب سـؤال تـوی برگه‌ها مـوج می‌زنند.

ـ ماکان، این لوئی همونه که می‌گی شعرای فوق‌العاده می‌گه؟

ـ آره، آره. از کجا فهمیدی؟

ـ ایـن پاتریشـیا اون دختـره‌س کـه می‌گی از اول تـا آخـر کلاس تـوی مربعـای یه صفحهٔ شـطرنجی ضربـدر می‌زنه و اصـلاً بهت گوش نمی‌ده، اما آخـر سـر بالاتریـن نمـره رو می‌گیره؟

ـ ای جونور، چطور فهمیدی؟

ـ این دنیـس اونیه کـه می‌گی مامانـش اِم‌اِس داره و تـو جلسۀ اولیـاء و مربیـان خـودش ویلچـر مادرشـو هُل می‌ده؟

ـ اَگّه هِی، تو پدرسوخته اینا رو از کجا می‌فهمی؟

جلسـه کـه تمـام می‌شـود ۵۰ پونـد از پانته‌آ می‌گیـرد، چای و شیرینی می‌خوریـم، سـگ خانگـی را نـوازش می‌کنیـم و می‌زنیـم بیـرون.

تـوی کوچـه سیگارش را درمی‌آورد و بی‌آنکـه بـه مـن تعارف کنـد، شـروع می‌کنـد بـه کشیـدن. تـوی خیابان کـه می‌پیچیم، هنـوز چند قدم بیشـتر نرفته‌ایم کـه دسـتم را می‌گیـرد و می‌کشـاندم تـوی یک جـای نیمه‌تاریکِ کلاب‌طوری. پشـت در بـا عجله سـه تا پک محکـم می‌زند و سـیگار نصفـه را پـرت می‌کند بیـرون. تـا به خـودم بیایم پشـت میـز رولـت ایسـتاده‌ایم و دیلر در حـال چیدن ژتـون تـوی خانه‌هایـی کـه مـاکان انتخاب کـرده. جلـوی چشـم‌های حیرت‌زدۀ مـن ۲۵ پونـد می‌بـازد و می‌آییـم بیـرون. سـیگاری درمی‌آورد و بی‌آنکه روشـنش کنـد می‌گذارد گوشۀ لبـش. ده دقیقه‌ای تـوی سکـوت راه می‌رویم.

ـ دفعه‌های پیش هـر ۵۰ پونـدو می‌ذاشـتم. این دفه تو رودرواسـی با تو نصفشـو نگه داشـتم.

پیـش خـودم فکر می‌کنم حتی یـک لحظه مهلت نـداد من هم شانسـم را امتحـان کنم.

تـوی ایسـتگاه سـیگار را از گوشۀ لبش برمی‌دارم و بـا فندک پسـر دراگ دیلر کـه هنـوز توی کیفـم اسـت، می‌گیرانـم. دو تایی می‌کِشـیمش و بعـد می‌رویم طبقـۀ بـالای اتوبوسـی کـه می‌رسـد، می‌نشـینیم. تـوی راه تا خانـه می‌گیـرمش بـه بـازی حدس‌زدن شـاگردهای کلاس از روی برگه‌هـای امتحانـی. پیاده کـه می‌شـویم تـا خانـه یک‌نفس حـرف می‌زنیـم و می‌خندیم.

٭ ٭ ٭ ٭ ٭

روز ماقبـل آخر اسـت و تـوی لندن ول می‌پلکم. سـال‌ها قبل این شـهر را در

سفری که با هم‌دانشگاهی‌هایم دور اروپا داشتیم دیده‌ام. هنوز هم مثل همان سال هرج‌ومرج و شلوغی و آلودگی‌اش مرا یاد تهران می‌اندازد و حس نوستالژیکی را در وجودم بیدار می‌کند. یاد تهران و هر چیز دیگری که مرا از ده سال گذشتهٔ زندگی‌ام جدا کند، خوب است.

از اینکه می‌توانم آبجوبه‌دست توی خیابان‌ها راه بروم کیف می‌کنم. تا ماکان بیاید دنبالم می‌روم هاید پارک[1]، می‌روم فروشگاه هردِز[2] و فقط نگاه می‌کنم، فیش اند چیپس[3] می‌خورم و در کَمدِن تاون[4] برای سامان و ترلان سوغاتی می‌خرم. حال و حوصلهٔ موزهٔ بریتانیا[5] و تمدن‌های کهن را ندارم، اما ماکان دو روز گذشته بعد از کار مرا کشانده به گالری تیت مادرن[6] و آنجا را تقریباً شخم زده‌ایم.

حالا این من بودم که دلم می‌خواست به‌جای رفتن به موزه و گالری و بحث در مورد آثار هنری، روی یکی از آن نیمکت‌های پارک که میزی وسطشان است بنشینیم و راجع به خودمان حرف بزنیم، یا اصلاً سکوت کنیم. دوست داشتم توی چشم‌های هم نگاه کنیم. هیچ نمی‌دانم دفعهٔ بعدی که بتوانم همهٔ احساسم را بریزم توی نگاهم و توی چشم مردی زل بزنم، کِی خواهد بود؛ اگر اصلاً دفعهٔ بعدی در کار باشد.

گفته امشب می‌خواهد مرا شام ببرد بیرون. حتم دارم به‌جای میز دو تا صندلی پشت بار می‌گیرد.

۱- هاید پارک (Hyde Park)، بزرگ‌ترین پارک سلطنتی لندن

۲- هردِز (Harrods)، مرکز خریدی لوکس با کالاهای گران‌قیمت در لندن

۳- فیش اند چیپس (Fish and Chips)، غذای محبوب و پرطرفدار بریتانیایی که از ماهی و سیب‌زمینی سرخ‌کرده تهیه می‌شود.

۴- کَمدِن تاون (Camden Town)، شهرک و ناحیه‌ای توریستی در لندن که به‌دلیل داشتن بازارها، غذاها و موسیقی زنده از فرهنگ‌های مختلف شهرت دارد.

۵- موزهٔ بریتانیا (British Museum)، یکی از عظیم‌ترین و غنی‌ترین موزه‌های جهان در شهر لندن

۶- تیت مادرن (Tate Modern)، نگارخانهٔ هنرهای مدرن در لندن که بخشی از مجموعهٔ موزه‌های بریتانیا محسوب می‌شود.

* * * * *

جلـوی آینـهٔ کوچک اتاقش ایسـتاده‌ام و با قفـل گردن‌بندم کلنجار مـی‌روم. داریم آمـاده می‌شـویم برویـم خانهٔ نازی ـ دوسـت مـاکان ـ که با همسرش که او هم زن اسـت، نـوزادی را بـه فرزندی قبول کرده‌اند و امشـب بسـاط رونمایی دارند.

مـاکان خواندنش را قطع می‌کند و گیتـار را می‌گذارد زمین. می‌آید پشـت سـرم و قفـل گردن‌بنـد را برایـم می‌بنـدد و نرم پشـت گردنـم را می‌بوسـد. چقدر بـا ایـن نشـانه‌های کوچک محبـت بیگانه شـده‌ام. بعد می‌نشـیند روی تخت و همان‌طـور کـه نگاهـم می‌کنـد کـه سـعی می‌کنم سـوراخ بسـتهٔ گوشـم را به‌زور سـوزن گوشـواره باز کنـم، آوازش را ادامـه می‌دهد.

بـا یکـی از زیباتریـن صداهـای عالم ترانهٔ «ای شـرقی غمگیـن» فریدون فرخـزاد را می‌خوانـد. آرام زمزمـه می‌کنـم: «خیلـی وقته گوشـواره ننداخته‌م. سـوراخای گوشم بسـته شده.»

لبخنـد شیطنت‌آمیزی می‌زنـد و بـاز بلند می‌شـود می‌آید پشـت سـرم. گوشـواره‌ها را از دسـتم می‌گیـرد. گردن‌بنـد را بـاز می‌کنـد و همـه را بـا هم می‌گـذارد روی میز. شـانه‌هایم را می‌گیـرد و می‌چرخانـدم رو بـه خودش. فشـار انگشـتانش روی شـانهٔ راسـتم آشـکارا کمتر است.

ـ بی‌خیال خونهٔ نازی. می‌مونیم خونه. روز آخره.

قرار گذاشته بودیم گذر روزها را به هم یادآوری نکنیم.

ـ یعنی چی؟ مگه بهش قول ندادی؟

جسـت می‌زنـد پشـت پیانو و مـرا هم می‌کشـاند روی صندلـی. آکورد می‌گیـرد و می‌خوانـد:

ـ خودم می‌گم به نازی آسّه آسّه

که چن تا از سوراخای غزال شده بسّه

امروز روز آخره از اون یه هفته

نمی‌تونم بذارم بره با سوراخای گرفته

هنـوز نمی‌دانـم شـوخی می‌کنـد یـا جـدی می‌گویـد. یک مشـت ملایم می‌زنـم تـوی سـینه‌اش و خنـده‌ام را فـرو می‌دهم.

ـ می‌خواسـتم ببینـم یـه زوج لزبین ایرانـی چـه جـوری‌ان. تـا حالا از نزدیـک ندیده‌م.

دروغ می‌گویم. دلم غنج می‌زند برای اینکه با او تنها باشم.

همان‌طور کـه انگشـت‌هایش روی کلاویه‌هـا می‌رقصنـد، شـانه‌هایش را بـالا می‌انـدازد و می‌گویـد: «اون دیگـه مشـکل خودتـه. ایـن سـاعتای آخر نمی‌خـوام بـا کسـی قسـمت کنم.»

از پشـت پیانـو بلنـد می‌شـود و همان‌طور کـه می‌خواند شـروع می‌کند بـه برهنه‌کردنم:

ـ بی‌خیال، بی‌خیال نازی

دیگه رفتم تو خط دس‌درازی

روز آخره و قافیه رو می‌بازی

اگه خر شی و نکنی عشق‌بازی

دو سـاعت بعـد تـوی خیابانیم. سـیگار می‌کشـیم و گـپ می‌زنیم. بعد از ده بـار کـه تلفـن زنـگ می‌خـورد، بالاخـره ماکان می‌گیـردش جلـوی صورتـش و در همان‌حـال کـه خاموشـش می‌کنـد، می‌گوید: «اگـه جوابتو بـدم حالاحالاهـا خلاصی نـدارم، نـازی. می‌دونم فـردام صددرصد زنگ می‌زنـی. بـه جرجیس قسـم کـه فـردا جوابتـو می‌دم.»

تـوی سـوپرمارکت نگاهـم را روی یـک جعبـهٔ کوچک توت‌فرنگی غافلگیـر می‌کنـد. سـریع برمی‌دارد و می‌گذاردش توی سـبد خریـد کنار بوتـهٔ کرفس. تـوی راه مشروب‌فروشـی یادش می‌آیـد کـه فـردا بایـد از بچه‌هـا امتحـان بگیـرد و مـرا تـا خانـه می‌دواند.

* * * * *

پنـج صبحـی کـه آنجـا بودم و قـرار بود بـرود مدرسـه، سـاعت را روی ۶ کوک می‌کـرد. سـاعت بیداربـاش ۶:۳۰ بـود، امـا می‌گفت نیم‌ساعت آخـر را می‌خواهـد تـوی بیـداری آغوشـم را حس کنـد. شب‌هـا سـفت می‌چسباندم بـه خـودش و راحـت می‌خوابیـد. هیچ‌وقت تـوی بغل کسـی خوابـم نبرده. هـر شب تقریبـاً تـا صبـح بیـدار بـودم و در کشـمکش بـا او، کـه تـا جُم می‌خـوردم پشـتم را بهـش بکنـم، تـوی همـان عالم خـواب دست‌هایش را چفـت می‌کـرد دور تنـم و نمی‌گذاشـت ازش دور شـوم. ایـن روز آخـری ۶ صبـح کـه سـاعت زنـگ زد جفتمـان بیـدار بودیـم. اصلاً شـک داشتم تمام شـب خوابیده باشـیم.

حلقـهٔ دست‌هایـش را دور تنـم محکم‌تـر می‌کنـد، سـرش را می‌گـذارد تنـگ گوشـم و نجـوا می‌کنـد: «نمی‌ذارم بری.»

ناخـودآگاه سـامان و تـرلان می‌آینـد جلوی چشـمم، قیافه‌های دلتنگشـان موقـع ویدیوچت‌هـای گاه‌وبی‌گاه ایـن یـک هفتـه، لب‌هـای غنچهٔ تـرلان که می‌چسباندشـان بـه مانیتـور کـه ببوسـدم؛ و فکـر می‌کنـم چـه خیـال محالی.

- غزال، یه چیزی ازت بپرسم، راستشو می‌گی؟

- هر چیزی جز اینکه بپرسی خندیدنم به ترست به‌جا بود یا نه.

- نه. این نیس. ولی اینم سؤال خوبیه.

- سؤال خودتو بپرس.

- اون شب که بلیت خریدی، های بودی؟ به‌خاطر ماری‌جوآنا بود؟

خنده‌ام می‌گیرد.

- الآن دیگه چه فرقی می‌کنه؟ راستش چِتِ چِت بودم، ماکان.

دنبالـهٔ حرفـم را، کـه می‌خواسـتم بـا آن چند گرم زندگـی خانوادگی‌ام را نجـات بدهـم، کـه قبـل از خریـدن بلیت تـا ده شـمردم و به هسـتی فرصت

دادم جلویـم را بگیـرد، کـه بازشـدن یـک در، شـنیدن یـک صـدا، یـا یـک نـوازش کوچک می‌توانسـت تصمیمـم را عـوض کنـد قـورت دادم.

- تو پشیمونی، غزال. نیستی؟

- پشیمونم، ولی نه از اینکه الآن تو بغل توام. پشیمونم از چیزای دیگه.

- امروز که برمی‌گردم خونه، با جای خالیت چه کنم؟

دست‌هایش را از دور تنم باز می‌کنم و بلند می‌شوم.

- برو دوش بگیر. می‌خوام قبل از رفتنم برات صبحانه درست کنم.

نمی‌گذارم لرزش صدایم را بفهمد.

* * * * *

از خانـه‌اش تـا ایسـتگاه قطـاری کـه بـه فـرودگاه مـی‌رود، پیـاده بیسـت دقیقـه راه اسـت. می‌گویـد کلاسـش دیـر نمی‌شـود و به‌اصـرار بـا مـن می‌آیـد. تـوی راه طـی توافقـی ناگفتـه خودمـان را می‌زنیـم بـه کوچـهٔ علی چـپ و انگار کـه قرار اسـت عصـر بعـد از تعطیل‌شـدن مدرسـه همدیگـر را ببینیـم، گـپ می‌زنیـم و از ایـن در و آن در می‌گوییـم. قطـار کـه می‌رسـد، از گردنـش آویـزان می‌شـوم و سرسـری گونـه‌اش را می‌بوسـم. بعـد سـریع دسـتهٔ چمدانـم را می‌چسـبم و دنبـال خـودم به‌سـمت در قطـار می‌کشـانمش. پیـش از سوارشـدن صدایـم می‌زنـد و تـوی آسـتانهٔ در بـا گوشـی‌اش ازم عکـس می‌انـدازد.

درهـا کـه بسـته می‌شـوند، ایسـتاده بـا کیـف معلمـی و کـت و شـلوار و کـراوات قـاب می‌شـود تـوی فریـم پنجـره. دسـت می‌کنـد تـوی جیبـش و همان‌طـور کـه دور می‌شـوم، سـیگاری درمی‌آورد و می‌گیرانـد. چهـره‌اش پشـت دود گـم می‌شـود و تـا زمانـی کـه قـد یـک نقطـهٔ ریـز می‌شـود، همان‌جـا می‌مانـد.

* * * * *

تـوی هواپیمـا نشسته‌ام و پیـش چشـمانم روی مانیتـور، تصویـر یـک هواپیمای کوچک از روی کوه‌هـا و اقیانوس‌هـا گـذر می‌کنـد و لحظه‌به‌لحظـه از تـو

دور و دورتر می‌شود. دختر کنارِ پنجره پاهایش را دراز کرده روی زانوهای پسر بغل‌دست من. پسر ساق‌هایش را نوازش می‌کند. مهماندار می‌آید و چاشت می‌دهد. این دو شراب قرمز سفارش می‌دهند. من قهوه می‌گیرم، بی‌شیروشکر. توی گوش هم نجوا می‌کنند و غش‌غش می‌خندند. زیباست، اما منصفانه نیست. فکر می‌کنم اگر کنارم بودی چه می‌کردیم؟ لابد توی گوشی‌ات گِیم بازی می‌کردی و به وراجی‌های من گوش می‌دادی. ساق پایم را نوازش می‌کردی؟ اشک‌های دختر صندلی کناری‌مان را می‌دیدیم؟

گوشی‌ام را درمی‌آورم و تکست‌هایمان توی فرودگاه، پیش از آمدنم را می‌خوانم. گفته بودی فقط از یک چیز می‌ترسی. پرسیده بودم چی. گفته بودی از اینکه عاشق هم بشویم. با ده تا شکلکِ خنده مسخره‌ات کرده و گفته بودم مگر عاشق‌شدن به این سادگی‌ست. گفته بودی هم آره و هم نه. خواهیم دید. گفته بودم از جانب من نگران نباشی. و من دو تا عشق کوچولو توی زندگی‌ام دارم.

کاش خانه که می‌رسم بیدار باشند. دلم می‌خواهد چهرهٔ عاشق مادرشان را ببینند.

می‌روم توی قسمت عکس‌ها. عکس‌های اتاق تو، عکس حوض و حیاط و حلزون‌هامان. عکس خانه از بیرون. آن دو تا که دیشب از تو گرفتم. زوم می‌کنم رویشان؛ روی چاله‌چوله‌های صورتت، روی چشم‌هات، روی گردن و چانه و لب‌هات، تمام آن نقطه‌ها که این چند روز بارها و بارها بوسیده‌امشان. بعد اشک‌هایم تندتر می‌آیند. چه خوب که مهماندار دستمال آورده. دلم نمی‌خواهد زیاده‌ازحد رمانتیک باشم. یک آشنای دور بهم توصیه کرده احساسات آبکی‌ام را کنترل کنم. قهوه دلم را به تپش انداخته. نمی‌خواهم فیلم ببینم. موسیقی دیوانه‌ام می‌کند. بلند می‌شوم بروم توی راهرو قدم بزنم.

بـر کـه می‌گـردی خانه، توت‌فرنگی‌ها آنجان. دیشـب یادمان رفت بخوریمشـان. ظـرف ماسـت روی لبـهٔ پنجـره و تـه‌ماندهٔ پلـو و خـورش کرفـس روی میـز. فلفل‌دلمه‌ای‌های سـالاد مـرا جدا کـن و بخـورش. آن‌قدر تنـد لپ‌تـاپ را باز کن و قسـمت شـانزدهم پایتخت را ببین کـه چشـمت هم به آن قسـمت خالی تخت نیفتـد. یـک پاکت بهمـن کوچولـو گذاشـته‌ام روی پیانو. سـوغات ایران اسـت. تا خشـک نشـده بکِشـش. فقط خاکسـترش را روی حلزون‌هامان نریزی. کاش نازی یـادش باشـد زنگ بزنـد و یک‌سـاعت وراجی کند. کاش دلت فقط کمـی بگیرد.

چنـد ردیـف بیشـتر از صندلـی‌ام دور نشـده‌ام کـه خلبـان اعـلام می‌کنـد موقعیتـی عالـی دسـت داده کـه اقیانوس منجمد شـمالی را شـفاف و روشـن از آن بـالا ببینیـم. خـم می‌شـوم و نـگاه می‌کنـم. تکه‌هـای عظیـم یـخ را کـه آن پاییـن شـناور و سـرگردان‌اند. یـک دختـر چـاق زیبـا روی صندلیِ چسـبیده به صندلـی‌ای کـه رویش خم شـده‌ام نشسـته و با لذت بیـرون را نگاه می‌کند. سـر می‌گردانـد و دعوتـم می‌کنـد روی صندلی خالی کناری‌اش بنشـینم. می‌نشـینم و بـا هـم تماشـا می‌کنیم؛ گرم‌شـدن کـرهٔ زمین و متلاشی‌شـدن کوه‌هـای عظیم قطبـی را. گاه‌گـداری برمی‌گـردد طرفـم و بـه هم لبخنـد می‌زنیم. همان‌طور که نگاهـش بـه بیـرون اسـت، بطـری کوچـک شـراب را روی میـز سُـر می‌دهـد به طرفـم. یکـی دو جرعه می‌نوشـم و مـدام، انگار کـه ورد بخـوانم تکرار می‌کنم: «زیباسـت!» آرام زمزمـه می‌کنـد: «به‌گمانـم گسسـتن تکه‌هـای یـخ از آن تـودهٔ عظیـم، زیباتریـن صحنـهٔ جدایی‌ای‌سـت کـه جفتمان بـه عمر مـان دیده‌ایـم.» یخ‌هـا تمـام می‌شـوند. دیگـر تـا بی‌نهایت فقط اقیانوس هسـت. بطری را می‌گـذارم روی میـز و بی‌صـدا از کنـارش بلنـد می‌شـوم و برمی‌گـردم سر جایـم. قهـوهٔ تلـخِ سردشـده هنـوز آنجاسـت. دیگـر نه تـوی هواپیمـا، نه توی تونـل بیـن در خروجـی و سـالن فـرودگاه و نه تـوی صف کنترل پاسـپورت، هر جـا کـه چشـم می‌گردانـم نمی‌بینمش.

جشن تولد

از در که وارد شدند با خودش فکر کرد: «ایناهاش، همون که همیشه دنبالش بودم. یه دوست زن باحال.»

میانه‌قامت و عضلانی، با سینهٔ فراخ و گونه‌های برجسته و پوست آفتاب‌سوخته، موهای لَخت سیاه رها روی شانه. و آن چشم‌های آشنا که با هر نگاه به شکّت می‌اندازد که «قبلاً جایی ندیده‌امش؟»

چهل‌ساله به‌نظر می‌آمد. همراهش، مرد ستبر بلندقدی که کلاه کابویی به سر داشت و به‌وضوح از زن جوان‌تر بود.

آمدند و درست آن‌طرف میز روبه‌روی او و راب[1] نشستند.

راب به هم معرفی‌شان کرد: «نسیم، مارک[2] و لارا[3]. مارک و لارا، دوست‌دخترم نسیم.»

لارا با صمیمیت دوستی قدیمی دست پوشیده از انگشتر و دستبندش را به‌طرف نسیم دراز کرد و هم‌زمان مشتاقانه براندازش کرد.

ـ ایـن لعبـت شـیرین رو از کجا جسـتی، راب؟ دفعهٔ پیش که دیدمت عـزب بودی.

دسـتش را تقریباً بهزور از دسـت لارا کشـید بیرون و شـانهاش را سـپرد به دسـت راب که بوسـهای سرسـری رویش نشاند.

ـ بـا نسـیم شـیش ماهـه آشـنا شـدم. تـو یکـی از شـوهام اومـد تـوی پیسـت رقـص و همچـی بفهمینفهمی دلمـو بـرد. یکـی دو جای آهنگِ خودمـو اشـتباه خونـدم.

نسـیم خواسـت چیـزی بگویـد، امـا حس کرد وقـت معارفه تمام شـده و کسـی مشـتاق شـنیدن توضیحات او نیست.

دور میـز غیـر از خودشـان حـدود بیسـت نفـر دیگر هـم بودنـد. همگی بـرای تولـد پیت[1] ـ دوسـت راب ـ دعوت شـده بودند به رسـتوران رِد رابین[2].

ـ اوضاع بند[3] چطور پیش میره، راب؟

ـ بنـد تکنفـره شـده، مـارک. خـودم میزنـم و میخونـم. همه پراکنده شـدن.

پیشـخدمت آمـد و سـفارش نوشیدنیهایشـان را گرفـت. لارا سـودای بیشـکر سـفارش داد و مارک یک جینجرِ اِیْل[4]. نسـیم و راب آبجوی دومشان را سـفارش دادنـد. گفتوگوهـا لابـهلای صـدای چیلیک چیلیـک گیلاسها و بهسـلامتی گفتنهـای پیاپـی گـم میشـد. راب و مارک از تورنمنت هاکی حـرف میزدنـد و لارا خیـره به نسـیم، گاهی چیـزی میپرانـد. نسیم توی آن شـلوغی حرفـش نمیآمـد. بیتابِ آبجوی بعدیاش بود.

* * * * *

1- Pete
2- Red Robin

۳- بند (Band) ← گروه موسیقی
۴- جینجرِ اِیْل (Ginger ale) ← نوشیدنی غیرالکلی گازدار با اسانس زنجبیل

کنار باغچهٔ محوطهٔ بیرون چهارنفری ایستاده بودند و همه بهجز راب سیگار میکشیدند.

راب آهسته گفت: «چطور این کثافتو میکشی؟ سیگاراشون خیلی سنگینه. اینا بهخاطر وضعیتشون اینو میکشن.»

نسیم گرم بحث با لارا بود که از میان حلقههای دود ماجرای شاعرشدنش را که اخیراً اتفاق افتاده بود توضیح میداد، و آخرین چیزی که حس میکرد تفاوت طعم سیگار بود.

ـ وای! چه محشره که شعر میگی، لارا. بوکوفسکی[1] رو میشناسی؟

بعد از آبجوی چهارم حس میکرد تنها رسالتش در دنیا این است که لارا را در راهی که درش وارد شده تشویق کند.

ـ نه. تا حالا اسمَش نشنیدم. اصلاً جز اون موقعا که مجبور بودیم واسهٔ تکالیف مدرسه شعری بخونیم با شعر هیچ ارتباطی نداشتم. البته از همون بچگیم همیشه ترانههای آهنگا رو بعد از یهبار شنیدن حفظ میشدم. خلاصه یه روز صبح بیدار شدم و دیدم دارم یه چیزایی مینویسم که یه کمی ریتم داره.

ـ وای، چه جالب. شاید ژنتیک باشه. تو خانوادهتون کسی اینکاره بوده؟

ـ اتفاقاً سریع تلفنو برداشتم و با بابام تماس گرفتم. وحشت برم داشته بود.

پک عمیقی به سیگارش زد و دود را با آه پرحسرتی بیرون داد.

ـ بابام گفت جدوآبادمون باربر و جاشو و سر پُرش وزنهبردار و این اواخر زیبایی‌اندامکار بودهن. برام دعا کرد که زودتر از سرم بیفته. همینکه حسابدار شدم براش مایهٔ ننگه.

نسیم گفت: «ببخش اگه میخندم. بامزه تعریف میکنی.»

ـ بخند دختر! خوشگل میخندی. مامانمو نمیدونم. خیلی جوون

۱ـ چارلز بوکوفسکی (Charles Bukowski)، شاعر و داستان‌نویس آمریکایی آلمانی‌تبار (۱۹۹۴ ـ ۱۹۲۰)

بـود کـه مُـرد. شـایدم از فعـل و انفعـالای شـیمیایی مغزم باشـه. درسـت تو دوره‌ای ایـن اتفـاق افتـاد کـه...

ـ راجـع بـه چـی حـرف می‌زنیـن، شـما دو تـا؟ بوکوفسـکی دیگه چه خریـه، دختـر جون؟

مـارک بـود کـه مکالمـه‌اش را بـا راب تمام کـرده و خـودش را چنـد قدم نزدیک‌تـر کـرده بـود بـه آن‌ها.

نسـیم همان‌طور کـه گوشی‌اش را درمی‌آورد، گفت:

- Find out what you love

And let it kill you.[1]

مارک غرّید: «عجب چرند نابی!»

نسـیم صفحـه را کمـی بالا و پاییـن کـرد، صدایش را صاف کـرد و حس گرفت:

- That's the problem with drinking, I thought, as I poured myself a drink

If something bad happens you drink in an attempt to forget

if something good happens you drink in order to celebrate

and if nothing happens you drink to make something happen.[2]

عضـلات صـورت مـارک انگار کـه عقـرب نیشـش زده باشـد، یک‌باره منقبـض شـد. تهسیگارش را پـرت کـرد تـوی باغچـه و فریـاد زد: «ایـن

۱ـ پیدا کن عاشق چی هستی

و بذار همون بکُشدت

۲ـ مشکل نوشیدن اینه، حین ریختن یه گیلاس واسه خودم به ذهنم رسید

اگه چیز بدی اتفاق بیفته، می‌نوشی که فراموش کنی

اگه چیز خوبی اتفاق بیفته، می‌نوشی که جشن بگیری

اگرَم چیزی اتفاق نیفته، می‌نوشی که باعث شی یه اتفاقی بیفته.

مزخرفات دیگه چی‌چی‌یه؟ این مرتیکه شاعر بوده یا مروج الکلیسم؟»

نسیم با اینکه جا خورده بود، خودش را نباخت. از همان لحظهٔ اول که دست‌های عرق‌کردهٔ مارک و بازی‌بازی‌اش با قوطی جینجر اِیْل را دیده بود، نوعی بی‌قراری را در وجودش رصد کرده بود.

ـ فکر نکنم کسی با خوندن شعر الکلی بشه، آقا!

لارا خودش را رساند به مارک، دستش را گرفت و سیگار دو پک مانده را داد بهش.

نسیم با لبخند ادامه داد: «اصلاً قابل‌توجه تو، لارا. بوکوفسکی بوکسورم بوده. می‌تونی زنگ بزنی به بابات بگی.»

مارک پک قایمی زد و سرفه‌کنان گفت: «که چی؟ چی رو می‌خوای ثابت کنی با این جفنگیات؟ اصلاً خبر داری ما از چه...»

ـ مارک، مارک، مارک...

لارا بود که با لحنی سرزنش‌بار زمزمه می‌کرد.

راب عقب‌عقب رفت طرفِ در بار و گفت: «بهتره برگردیم تو. احتمالاً غذاهامونو آوردن دیگه.»

لارا نگاه عذرخواهانه‌ای به نسیم انداخت و با چشم به او و راب اشاره کرد که بروند داخل.

* * * * *

بر که گشتند، غذاهایشان روی میز بود. نسیم سالاد بزرگی سفارش داده بود با تکه‌ای ماهی سلمون رویش، راب یک برگر با کوهی سیب‌زمینی سرخ‌کرده. سوپ‌های مارک و لارا هم آنجا بود.

راب با اشمئزاز گفت: «طفلکا بیش از این ازشون برنمیاد.»

نسیم می‌خواست بپرسد چرا، که دیدشان دست‌دردست آمدند تو.

راب با تردید گفت: «خوبه بدین سوپتونو گرم کنن.»

مارک هنوز نشسته منوی نوشیدنی را برداشت و زیروبالایش کرد.

لارا آهسته گفت: «دنبال چی می‌گردی؟ سوپش خوشمزَس. من قبلاً خوردم. از اون لوبیاسیاها که دوس داری توشه.»

بعد هم از توی بطری برای جفتشان سودا ریخت.

در همین لحظه پیت برخاست و گیلاسش را بلند کرد: «به‌سلامتی خودمون، موفقیتمون، تولد دوباره‌مون.» مارک و لارا هم بلند شدند و لیوان‌هایشان را بالا بردند. نسیم لیوان آبجویش را برداشت و داشت بلند می‌شد که راب مچ دستش را چسبید و نشاندش: «با آبجو، نه.»

نسیم برای اولین بار دقت کرد و دید توی همهٔ لیوان‌ها و گیلاس‌ها سودا، آبمیوه یا نوشابه هست.

جشن تولد جالبی بود و تا نسیم آمد بپرسد موفقیت از چه بابت بوده، جماعت هلهله کردند: «تولدت مبارک، پیت. سرت سلامت.» و بعد از اینکه یک قلپ خوردند شروع کردند به «تولدت مبارک» خواندن.

نسیم کله‌اش گرم بود و سلمون و سالاد حسابی بهش می‌چسبید. همیشه بعد از خوردن آبجو غذا جور دیگری بهش مزه می‌داد. سرش را بلند نمی‌کرد که با مارک چشم‌درچشم نشود. دلش نمی‌خواست حال‌وهوایش عوض شود.

همان‌طور که مشغول بود، گوشی روی رانش لرزید و پیامی آمد: «این‌جوری که با دست غذا می‌خوری خیلی دوس دارم.»

سرش را بلند کرد و نگاهش به نگاه لارا گره خورد.

بلافاصله پیام دوم آمد: «شماره‌تو اون بیرون از راب گرفتم.»

نسیم انگشت‌های چرب و چیلش را با دستمال تمیز کرد و نوشت: «ممنونم.» و یک شکلک سرخ‌شده از خجالت فرستاد. کمی معذب

شـده بـود و فکـر کرد خـوب است آبجوی بعـدی را سفارش بدهد.

مـارک بقیهٔ سـوپش را هورت کشـید و رو بـه لارا زیر لب غرّیـد: «می‌رم سـیگار بکشـم. این دختـره اومد، یه قهـوه برام سفارش بده.»

بیـرون کـه رفـت، لارا پیشـخدمت را صـدا زد و یـک قهـوهٔ رقیق بـا خامهٔ فـراوان سـفارش داد، نسـیم هـم آبجـوی خـدا می‌دانـد چندم.

* * * * *

کنـار هـم دراز کشـیده بودنـد کـه نسـیم گفـت: «مـن خیلـی مسـت بـودم یـا امشـب همه‌چیـز عجیـب و غریـب بـود؟» راب غرولنـد کـرد: «هـر دو. می‌دونـی چنـد تـا آبجـو خـوردی؟ می‌دونـی چنـد سـاعت پیـاده راه رفتیـم و مـن مجبـور شـدم بـه خزعبـلات ایـن مرتیکـهٔ دیوونـه گـوش بـدم؟ همـهٔ وجـودم بـوی گنـد سـیگار تاپالـه‌شونو گرفتـه. حـالا بیـا تـو بغلـم.»

نسـیم خـودش را از حلقـهٔ بازوهـا رهانـد و گفـت: «ایـنا چـرا همه‌شـون یه‌جـوری بـودن؟»

بـاز نسـیم را چسـباند بـه خـودش و گفـت: «ایـن جماعتـی کـه دیـدی، تو مرکـز بازپروری بـا هم آشـنا شـدن. مـارک و لارا رو من جداجدا می‌شناسـم. تـا وقتـی یادمـه لزبیـن بـود، اخیراً سـر همیـن تـرک بـا مـارک آشـنا شـده و امشـب فهمیـدم بـا هـم زندگی می‌کنن.»

نسـیم چنـان بـا شـدت سـرش را بلنـد کـرد کـه خـورد زیـر چانهٔ راب: «بازپروری؟ تـرکِ چـی؟»

راب هلـش داد عقـب، پشـتش را کـرد بهـش و تقریباً فریـاد زد: «یعنـی نفهمیـدی ایـنا قبـلاً الکلـی بـودن؟ تـو مملکتـون غیـر از اینکه پابرهنـه راه می‌ریـن و بـا دسـت غـذا می‌خوریـن، از ایـن‌جـور آدمـا ندارین؟ چقـدر خنگی آخـه، تـو؟ حتمـنَم نفهمیـدی اگه ایـن زنیکـه بهـت نظـر نداشـت، صد سـال آزگار داستان کل سـی سـال زندگی‌تـو تـو اون خراب‌شـده‌تون گـوش نمی‌داد.

خوبه بـاش رفیـق شـی و آدرس مرکز بازپروری‌شـونو بگیـری. فکر کنـم همین روزا لازمـت بشـه.»

گوشی باز روی بالش کنار صورتش لرزید و نسیم خواند:

به مـن بگـو، راب / ایـن دختـر کوچـک سبزه‌رو را از کجـا جسـته بـودی / بـا تـاج نامرئی روی حلقه‌حلقهٔ گیسـوها/ کـه کاهـو را بـا دسـتان لطیف در دهانش می‌گذاشـت / سرانگشتـانش را می‌لیسـید / و از بوکسـوری کـه شـاعر شـده بـود، حـرف می‌زد.

پابرهنـه تا ایسـتگاه رفتیـم / و او قصه‌هایـی غریـب از خانه‌اش در جایی دور گفـت / و مـن نگران پاهـای ظریفش / کـه از من دور می‌شـد.

حالا پسـر را خوابانده‌ام/ از بطری پنهانی‌ام می‌نوشـم / گناه توسـت، چارلـز[1] / باید اتفاق خوب را جشـن گرفت.

اینو واسه راب بخون، نسیم.

نسـیم نیم‌خیـز شـد و در روشـنایی سـحر به چهرهٔ راب نگاه کـرد. انگار هزار سـال بـود که به خـواب رفتـه بود.

1- چارلز (Charles)، اشاره به نام کوچک بوکوفسکی

روز پاتریک مقدس

نـور روز از لابـهلای کرکرههای بسـته عبور کـرده و افتاده بـود روی موهای زیبای دینـا[1]. قرمزِ گیسـوانش حـالا به حنایی مـیزد. با انگشـتهای کشـیدۀ زیبا آرام و بـا طمأنینـه کلیدهـا را یکییکـی از دسـتهکلیدش جـدا میکـرد و قفلـی را میگشـود. قفـل ماشین جکپات[2]، ماشـین تنقلات، ماشـین نوشابهجات.

سکههـا را خالـی میکـرد تـوی دامن پیشبنـد سـیاهش، و از آنجا توی صندوقچـۀ روی بـار. پیـش از خالیکردن آرام مـیشمردشـان و عدد را روی کاغـذی تـوی جیـب پیشبنـدش مینوشـت. عددهـا را کامـل میگفـت و حرفـی را نمیخـورد: «صـد و شصت و یـک، صـد و شصـت و دو، صد و شصت و سه،...»

شـمردنش کـه تمـام شـد، برگشـت طـرف لیلـی. بلنـد گفـت: «دخلـو دیشـب شـمردم، اما واسـه اینا دیگه خیلی خسـته بـودم. پول دَنِیـل[3] رو بدم به خـودش یـا تـو میگیـری؟»

1- Dana

۲- جکپـات (Jackpot)، ماشـین جکپـات یـا ماشـین اسـلات نوعـی ماشـین قمار اسـت کـه در هر دور بـازی، یـک بـازی شانسـی را بـرای مشـتریان خـود ایجـاد میکند.

3- Daniel

ـ بده به خـودش، دِینا. همیـن الآناس کـه دیگه سـروکلهش پیدا بشـه. مـن زودتر اومدم کـه اگه کاری داشـتی کمکت کنم و مفصل‌تر خداحافظی کنـم. گفتم شـاید مامانَـم اینجا باشـه و ببینمش.

ـ نـه. کاری کـه نـدارم. زودتر می‌دونسـتم، می‌گفتم سـکه‌ها رو بشـمری. مامانـم تـا لنـگ ظهـر می‌خوابـه. کریسـتینَم کـه معمـولاً به‌خاطـر قرصایـی کـه می‌خوره طرفـای عصـر بیـدار می‌شـه. جـز امـروز کـه نمی‌دونم چـرا تـا دمدمـای صبـح کـه رفتـم بهـش سر زدم بیـدار بـود. این‌موقع روز همیشـه تنهـام. واسـه خودم تو بـار می‌چرخـم و حسـاب‌کتابا رو جمع‌وجـور می‌کنم. یک‌هـو برگشـت طـرف لیلی و بـا دلخـوری نگاهـش کـرد: «خداحافظی مفصـل دیگـه چیـه؟ منتظرتونـم زودِ زود بیایـن.»

ـ سنت پاتریک سال دیگه خودم میام. دیشب کلی بهم خوش گذشت.

ـ نشـنوم تـا یه سـال دیگه نیایـن اینجا. دیـدی دیشـب چه قیامتی شـده بـود؟ مـردم کلـی صفـا کـردن. اینـام حوصله‌شـون سـررفته از نوازنده‌هـای همیشـگی اینجـا. دنیـل همچیـن حالشـون آورد. تـو هـم کـه سـنگ تمـوم گذاشـتی بـا اون رقـص و درامـز و تمبورین‌زدنـت. مدت‌هـا بـود یـه دختـر رنگین‌پوسـت لاغـر خوشـگل ندیـده بـودن دوروبرشـون.

ـ خودت چی، دِینا؟ تو رو که هر روز می‌بینن.

غش‌غـش خنـده‌اش را سـر داد: «مـن؟ تو این شـهر دیگه کسـی به چشـم زن بـه مـن نـگا نمی‌کنه. یه صاحب بـارم کـه مراقب مشروب‌خوردن‌شونه و آبروریزی‌شـونو زفت‌ورفت[۱] می‌کنه. یـه موجـود لجـدرآری کـه نـه می‌شـه بی‌حضـورش زندگـی کـرد، نـه بـا حضـورش. یـه چیـزی تـو مایه‌هـای عمه‌خانـوم و اینـا.»

ـ بـس کن، دِینا! دیشـب دیدم چطـور همه مثل پروانه دوروبرت می‌گشـتن.

۱- زفت‌ورفت اصطلاح رایجی که نوشتار صحیح آن ضبط‌وربط است به‌معنای جمع‌وجورکردن یا اداره و سرپرستی جایی یا کاری (به‌نقل از فرهنگ معین)

یـه اشـاره بـه یکی‌شـون کافیه که بـه پـات بیفته و بهت ابراز عشـق کنه.

ـ اوه، بی‌خیـال لیلـی! مـا یـه خانـوادهٔ نفرین‌شـده‌ایم. تـا قبل از اینکـه اون اتفـاق واسـه کریسـتین بیفتـه عزیزکـردهٔ مامانـم بـود، بعـد از اون دیگه همه‌چـی صدپلـه بدتـر شـد. دوست‌دخترش بعـد از چنـد مـاه ولـش کـرد رفـت بـا یکـی دیگـه، پاپـا از غصه و عـذاب وجـدان دق کـرد، مـن نامرئی شـدم، مامانَـم شـروع کرد همـهٔ دارونـدارمونو ریختن به‌پـای عزیزدردونه‌ش. از مدرن‌ترین درمون‌هـا و گرون‌تریـن داروهـا بگیـر تـا رخـت و لبـاس و کامپیوتـر و ماشـین و هـر چـی کـه آقـا هـوس می‌کـرد. خوبـه پاپـا یـه ارث‌ومیراثـی از خـودش باقـی گذاشـت، چـون خدایـی‌ش این بـار به‌جای پـول بیشـتر دردسـر می‌سـازه برامـون.

لیلی با تردید زمزمه کرد: «دوست‌دخترش چه‌جوری بود؟»

دِینـا جفـت دسـت‌هایش را فـرو بـرد تـوی جیـب پیش‌بنـد و خیـره بـه لیلی گفـت: «نمی‌دونـم کجایـی بـود، ولـی درسـت همرنـگ خـودت بـود. کاپ رقـص دونفـرهٔ دبیرستانشـون هـر سـال بی‌برو‌برگـرد مـال ایـن دو تا بود.»

پیش از آنکه لیلی فرصت حرف‌زدن پیدا کند، در باز شد و دنیل آمد تو.

ـ خـب، اینَـم موزیسـین خوش‌تیپ محبوب ما. می‌بخشـی دیشـب پولتو پرداخـت نکردم. خیلـی شـلوغ بـود سـرم.

ـ نگران نباش، دینا[1]. دیر نمی‌شه.

موهایش شانه‌نخورده و ریشش نتراشیده بود.

لیلی توی دلش گفت: «دینا نه، دِینا.»

دِینا آه بلندی کشید و رفت پشت دخل و کاغذی درآورد.

ـ این قرارداد شما، مرد جوون. راجع بهش تلفنی صحبت کرده بودیم.

دنیـل بی‌ردوبدل‌کردن نگاه، رفت ایستاد کنار لیلی و دسـت انداخت

1- Dina

دور شانه‌اش. نگاه عجولانه‌ای بـه قـرارداد انداخـت و گفـت: «همه‌چیز مطابـق صحبتـای تلفنی‌مونـه. فقـط...»

مِن‌ومِن می‌کرد و کلمهٔ فقط را کش می‌آورد.

دِینا منتظر نگاهش می‌کرد: «چی، دنیل؟ چیزی کم‌وکسره؟»

ـ نـه. می‌دونی؟ یعنی... شـایدَم اشتباه می‌کنم. تـو قراردادمـون یـه غـذاس. تـو یـه غـذای اضافه واسـه لیلی آوردی. اونو بایـد بپـردازززز...

لیلی سریع گفت: «اوه، بله بله. حتماً پرداخت می‌کنم. خبر نداشتم.»

کیف پولش را درآورد.

دِینـا همان‌طور بـا طمأنینه از پشـت دخل قدم‌زنان آمد طرفشـان. دسـتش را گذاشـت سـر آن‌یکی شـانهٔ لیلی و گفـت: «پولتو بذار جیبـت، دختر جون! مهمـون منی. اینکه چیـزی نبود.»

بعد چند قدم ازشان دورتر شد و چشم در چشم دنیل ایستاد.

ـ راسـتش بِرگِـرت رو کـه آوردم بـرات، دیـدم سـریع برداشـتی و یه گاز گنـده ازش زدی.

چشمکی به لیلی زد.

ـ فِـک کنـم خیلـی گشـنه بـودی. چنـد تا سـیب‌زمینیَم تندتند پشـت سـرش انداختی بـالا و یه قلـپ آبجـوام روش. به‌نظر نمی‌اومد بخـوای چیزی رو بـا ایـن دخـتر بینـوا قسـمت کنـی. دلم خـواس بـراش یـه پرس کامل بیارم. ندیـدی دیشـب چقـدر از خـودش مایـه گذاشـت؟ جـور اون دِرامِـر[1] پفیـوز بدقول رو هم کشـید.

دنیل آمـد چیـزی بگویـد که دِینا با حرکت سـر سـاکتش کرد. دسـتش روی شـانهٔ لیلی خیس عرق شـده بود.

ـ جـات بـودم پیـش از اینکه شـروع کنم حداقـل یه سـیب‌زمینی می‌زدم

سـر چنگال و می‌ذاشتم دهن عشقم. می‌بخشی، من یه ذره زیادی رُکم.
زد زیر خنده و ادامه داد: «ولی مطمئنم لیلی سر یه پرس غذا ولت نمی‌کنه.»

لیلی شانه‌اش را از دست دنیل رهانید و گفت: «نگران نباش، دِینا. تصمیم از قبل گرفته شده. ممنون به‌خاطر غذا.»

* * * * *

حـدود چهار ساعت رانندگی کرده و حالا خسته‌وکوفته رسیده بودند به مِریت[1]. آفتاب هنوز روی شهر کوچک پهن بود، اما هوا سوز داشت.

دنیـل گفت: «بشین تو ماشین من برم کلید اتاقو بگیرم. نمی‌خوام کسی شیشهٔ ماشینو بشکنه و گیتارمو بدزده.»

ده دقیقه بعد آمد و با کمک هم وسایل را بردند بالا. یک اتاق نقلی تروتمیز در طبقهٔ بالای بار، با حمام و دست‌شویی کوچک و پنجره‌ای رو به پارکینگ.

ـ خوبه از اینجا ماشینم رو هم می‌تونم بپّام.

راجع به یک پونتیـاک فیِرو[2] مدل ۱۹۸۴ صحبت می‌کرد که توی راه دو سه بار جوش آورده بود. آینه بغلش با چسب به ماشین متصل بود، چراغ‌ها تَرَک خورده بودند و سپرش سانت‌به‌سانت تورفتگی داشت.

لیلی با خودش فکر کرد «کاش یه روزی اون‌قدر پولدار بشی که ماشینی رو بپّایی که ارزش پاییدن داشته باشه.»

دنیل چشم در چشمش دوخت و بلند آواز سر داد: «من عاشق ماشینمم...»

* * * * *

سـریع دوش گرفتند و لباس پوشیدند و دنیل همان‌طور که تی‌شرت سبزِ

۱ـ مِریت (Merritt)، شهری در جنوب استان بریتیش کلمبیا که به پایتخت موسیقی کانتریِ کانادا مشهور است.

2- Pontiac Fiero

رنگ‌ورورفته‌اش را می‌پوشید، گفت: «ایـن درامره جـواب تکسـتمو نـداده. می‌ترسـم قالـم بـذاره، مادربه‌خطا.»

ردّ نگاه لیلی به‌طرف تختخواب را دنبال کـرد و ادامـه داد: «زود بپوش بریـم پاییـن سروگوش آب بدیم ببینیم پیداش شـده. شبم که برگشـتیم تختو امتحـان می‌کنیم ببینیم چقـدر محکمه.»

لیلـی خواسـت بگویـد «لباس بهتـر از اینـم داشتـی روز عیدی بپوشـی»، ولی بوسـهٔ سرسـری دنیل دهانـش را مهرومـوم کرد.

رفتنـد طبقـهٔ پاییـن و در را کـه بـاز کردنـد، بوی تنـد آبجو و سـیب‌زمینی سـرخ‌کرده زد زیر دمـاغ لیلـی. دلش از گرسـنگی مالـش رفت.

بـار فضـای اِل‌ماننـد بزرگی بـا گنجایـش حـدود ۶۰ نفر بود. پیشـخوان به‌شـکل نیم‌دایـره‌ای توی دل اِل بود و دید مناسـبی از اسـتیج بـرای حاضران فراهـم می‌کـرد. اسـتیج، نـوک دسـتهٔ بلنـد اِل نزدیـک بـه درِ ورودی بـود، بـا سِـت درامـز، میکروفـن، اسـپیکرهای بزرگ سـیاه، و یک صندلـی برای نوازنـدهٔ گیتار.

زنـی حـدوداً چهل‌سـاله بـا پیراهن براق سـبزِ چمنـی و گردن‌بنـد پولک‌دار فسـفری بهشـان نزدیـک شـد. موهای قرمز آتشـینش روی شـانه‌ها موج می‌زد. نزدیک‌تـر کـه آمـد، لیلـی مبهـوت زیبایـی چشـم‌های سـبزی شـد کـه مثل دو قطعـه زمـرد در شـنزار کَک‌ومَک‌های بی‌شـمار صورتـش می‌درخشـیدند.

دنیل گفت: «دینا، لیلی. لیلی، صاحب این دم و دستگاه.»

زن بـا اخـم گفـت: «هـم پشـت تلفـن و هـم موقع تحویـل کلیـد بهت گفتـم کـه دِینـا هسـتم، نه دینـا.» بعد با حیـرت لیلـی را برانداز کـرد و گفت: «پـس لباس سـبزت کـو، زیبا؟»

دنیـل گفـت: «اوه، عـذر می‌خـوام، دِینـا. یـادم رفت بهش بگـم. هیچ چیز سبزرنگی بـا خـودت نیـاوردی، لیلی؟» لیلـی متحیر به درودیوار و مـردم توی

بار نگاه کرد و تازه حواسش به تزئینات و بادکنک‌ها و لباس و زیورآلات سبز جلب شد. سرش را به علامت «نه» تکان داد و آمد چیزی بگوید که دینا نیشگونی چنان محکم از بازویش گرفت که چشمش سیاهی رفت و پر از اشک شد. گذاشت زن دستش را بکشد و با خودش ببرد توی اتاق نیمه‌تاریک پشت بار.

ـ عذر می‌خوام، لِیدی لیلی. این یه رسم قدیمیه که هرکی تو عید سنت پاتریک[1] سبز نپوشه، محکم نیشگونش می‌گیرن. بیا این گردن‌بندو بنداز گردنت. این کلاه سبزم داشته باش.

بغض گلویش را گرفت و شوک برخورد با زیبایی و قساوت در فاصله‌ای رعدآسا، فلجش کرد.

سری تکان داد و از اتاق آمد بیرون.

دنیل کنار استیج عصبانی و نگران با تلفنش ور می‌رفت.

ـ چی شده؟

ـ این درامر عوضی منو گذاشته سر کار. می‌گه کار اضطراری براش پیش اومده و نمی‌تونه امشب بیاد.

لیلی از خستگی نشست روی صندلی پشت درامز و گفت: «اشکال نداره. تمبورین رو که آوردیم. من می‌زنم باهات. از هیچی که بهتره.»

دنیل همان‌طور که براندازش می‌کرد، گفت: «نمی‌شه. می‌بینی که این بارِ لعنتی چقدر بزرگه. صدا به صدا نمی‌رسه. باید یه چیزی باشه که به میکروفن وصل بشه.»

بعد خـم شـد و چوبک‌هـای درامـز را از جـای ناپیدایـی درآورد و داد دسـت لیلی.

* * * * *

تـوی بـار جـای سـوزن‌انداختن نبـود. دنیل سـنگ تمـام گذاشـته و آنچـه تـوی چنتـه داشـت، رو کـرده بـود. صدایی کـه بـا آن لیلی را بـه عشـقش گرفتـار کرده بـود سـر داده و بـا تمـام قـوا می‌خوانـد و گیتـار می‌زد. لیلی هـم حـالا دل و جرئـت پیـدا کـرده و گاهی کـه از مشـقی کـه دنیل بهـش داد بود، تخطـی می‌کرد.

دنیـل در پنـج دقیقـه دست‌گرفتـن چوبـک، ضرب‌ه‌زدن روی طبل‌هـا و سِـنج، ریتم‌گرفتـن بـا پـا و نواختـن بِیـس را بهـش یـاد داده و توصیه کـرده بود فقـط سـرضرب‌ها را نگـه دارد. لیلی هـول کرده بود و می‌خواسـت نـه بگویـد، امـا دلـش نیامـد. فکـر کرد دسـتِ بـالا مـردم هـواَش می‌کننـد و می‌گوینـد از اسـتیج بیایـد پاییـن. بدتـر از این‌هـا در زندگی سـرش آمـده بود.

دنیـل همـان اول اعلام کـرد کـه درامـر بدقولـی کـرده، لیلی جایـش را گرفتـه، و بـرای اولیـن بـار چوبک‌هـای درامـز را لمـس می‌کنـد. یک عـده کـه اصـلاً نشـنیدند و آن‌ها هـم کـه شـنیدند، سـوت و کـف زدند و تشـویق کردند.

لیلی کـه همـهٔ عمـرش بـا موسـیقی انـس داشـت کم‌کـم اسـتیلش را پیـدا کـرد، اضطرابـش از بیـن رفت و خـودش را سـپرد به ریتـم. ریتـم ترانه‌های متن سـه سـال اخیـر زندگی‌اش؛ زمـان تمرین یـا اجراهـای دنیل.

جماعـت پشـت تصویـر مرافعه‌هـا و عشق‌ورزی‌هـا، تشـویق‌ها و دلسـردی‌هـا، اشـک‌ها و قهقهه‌هـا ناپدیـد شـدند و پیـش از آنکـه لیلـی بفهمـد، سِـت اول تمـام شـد و زمـان اسـتراحت رسـید. چهـل دقیقـه وقت داشـتند شـامی بخورنـد و نفسـی تـازه کننـد و بـاز برگردند روی سِـن. دِینا بهشـان اشـاره کرد کـه برونـد تـه بار.

آنجـا دم پیشـخوان زن مسـنی بـا چشـم‌های آبـی دریایـی و موهـای

پاک سپید نشسته بود و توی گیلاس زیبایی شراب می‌نوشید. پیراهن دکلتهٔ سبزِ روشن آراستگی‌اش را چندبرابر کرده بود. لیلی مبهوت و متحیر نگاه کرد.

ـ لیلی، دنیل؛ مادرم اِلِنور[1].

النور دستش را جلو آورد و با دنیل دست داد. به لیلی گفت: «با تو می‌خوام های فایْو[2] بدم.»

دستش را آورد بالا و قایم کوبید کف دست لیلی.

ـ عاشق شجاعتت شدم. باورم نمی‌شه اولین باره درامز می‌زنی.

دنیل گفت: «اوه، لیلی عالیه! رقصشم محشره.»

دِینا گفت: «مامی، لیلی تو رو یاد کسی نمی‌ندازه؟»

النور همان‌طور که سرش را به‌نشانهٔ نفی به چپ و راست تکان می‌داد، دو تا صندلی خالی کنار خودش را نشانشان داد و گفت: «این دو تا رو برای شما نگه داشتم. پسرکم که اومد، یه کمی بسُرین اون‌طرف. مشروب چی می‌خورین؟ مهمون منین.»

بعد بشکنی زد و نوشیدنی‌ها روی میز ظاهر شد.

گیلاس را به‌سلامتی‌شان بالا برد و گفت: «خودمم جوونیم کله‌خر و عاصی بودم. سر همین جادهٔ روبرو اتواستاپ زدم و با یه کوله‌پشتی طول تابستون تموم کانادا و یه قسمتایی از آمریکا رو هم گشتم. یه پنیَم ته جیبم نبود. اینه که از این حال‌وهوای کولی‌وارتون خیلی کیف می‌کنم. اون ماشین لکنته‌ت رو هم تو پارکینگ دیدم، پسرجون.»

آبجو پرید توی گلوی دنیل و نتوانست حرفی را که می‌خواهد بزند.

لیلی با لبخند ملایمی گفت: «عاشق ماشینشه.»

النور ابروهایش را بالا برد و انگشت اشاره‌اش را به‌سمت دنیل گرفت.

ـ بـذار یـه چیـز مهـم بهت بگـم، مرد جـوون. ایـن مادموازل استحقاق خیلـی بیشـتر از اینـو داره.

دنیـل وسـط تک‌سـرفه‌ها گفت: «متوجهـم. متوجهـم.» و لیلی از اشاره به اینکـه خودش ماشـین دارد، منصرف شـد.

النـور همان‌طـور کـه دنیـل و لیلـی غذایشـان را می‌خوردنـد، زندگی‌اش در خانـهٔ چسـبیده بـه بـار را، از ازدواج و به‌دنیـا آوردن دِینـا تا آبستنی‌اش سـر کریسـتین برایشـان تصویـر کـرد. به اینجـا که رسـید، گفت: «از همـون لحظه کـه فهمیـدم حاملـه‌م، به دلم بـد افتـاد. بعدها همه‌ش بـا خودم فکـر می‌کردم اگـه این بچه سـقط شـده یـا مـرده به‌دنیـا اومده بـود، بهتـر نبود؟»

دِینا لحظه‌ای از درسـت‌کردن کوکتل‌ها دسـت کشـید و با خشـم و مهربانی تـوأم گفـت: «مامـان، بـذار غذاشـونو بخـورن ایـن طفلکا. ذکـر مصییتـو بـذار بـرای یه وقـت دیگه.»

بعـد رو کـرد به لیلـی و دنیل و گفت: «کریسـتین روزی کـه گواهینامه‌ش رو گرفـت، موتورسـیکلت گرون‌قیمـت پاپـا رو برداشـت و رفـت کـه دوری بزنـه. بـا سـرعت بـالا تـوی جـاده کنترلـش رو از دسـت داد و تـوی مسـیر مخالـف بـا یـه ماشـین شاخ‌به‌شـاخ شـد. الان سال‌هاسـت از کمر بـه پاییـن فلجـه و بـا مامـان زندگی...»

جملـه‌اش تمام نشـده بود که کنارشـان دری که لیلی تـا آن‌وقت متوجهش نشـده بـود، بـاز شـد. مردی حـدوداً سـی‌ساله بـا فاصلـهٔ دو متر از چارچوب روی صندلـی چـرخ‌دار نشسـته بـود. صبر کـرد تـا درِ اتوماتیک کامل باز شـد و خـودش را تـو رانـد.

دِینا گفت: «برادرم، کریسـتین.»

لیلـی فکـر کـرد «آه که این خانـواده چقـدر خوش‌قیافه‌ن!» و بـاز مبهوت نـگاه کرد.

کریستین چشم‌های قهوه‌ای تیره داشت و موهایی که قرمزی‌اش با مال دینا متفاوت بود. لیلی فکر کرد «قرمز آلبالویی» و دهانش آب افتاد.

موها تاب‌دار بودند و تا روی شانه. صورتش خیلی رنگ‌پریده و بینی خوش‌تراشش پوشیده از کک‌ومک، و لب‌های گوشتالود و برجسته‌اش صورتی و بی‌خون.

با نگاهی مات دوروبرش را نگاه کرد و با حوصله منتظر شد دو خدمتکار بیایند، زیر بغلش را بگیرند و بنشانندش روی صندلی بار که با مال بقیه متفاوت بود.

النور گفت: «لازم نیس جابه‌جا بشین. کریستین می‌شینه این طرفم. منم جوونیم مثل این دو تا کله‌قرمز بودم. بهم می‌گفتن جینجر[1].»

دنیل زیر لب غرّید: «کله‌هویجیای خل‌وچل!»

پسر سرتاپا سیاه پوشیده و کراوات باریک سبزی را شل و رها انداخته بود دور یقه.

سری برای همه تکان داد، سلامی به مادرش گفت و پیش از آنکه گونه‌اش را ببوسد نگاهش برای چندثانیه روی لیلی ثابت ماند. لیلی لقمهٔ نیم‌جویده را به‌زحمت قورت داد و سعی کرد لبخند بزند.

دنیل در حالی‌که آخرین لقمه‌های غذایش را می‌خورد، با اشارهٔ سر به لیلی فهماند که باید برگردند روی استیج.

النور همان‌طور که کراوات پسرش را گره می‌زد، گفت: «ببینم چی‌کار می‌کنین سِت دوم. امشب رونق دادین بار ما رو. یا حضرت پاتریک!»

همان‌طور که می‌رفتند طرف استیج، لیلی برگشت و پشت سرش

۱- جینجر (Ginger)، اطلاق واژهٔ جینجر به موقر مزه‌ها به اواخر قرن ۱۸ میلادی، زمانی که بریتانیا در جریان مستعمره‌سازی کشور مالزی برای اولین بار با گیاه زنجبیل و گل قرمز آتشین آن آشنا شد، برمی‌گردد. کنایه به آتشین‌مزاج‌بودن موقر مزه‌ها با توجه به طعم تند و طبع گرم زنجبیل هم در این نام مستتر است.

را نگاه کرد. نگاهش به نگاه کریستین گره خورد. سریع رو برگرداند و گفت: «من این سِت رو دیگه درامز نمی‌زنم. می‌تونم برقصم.»

دنیل غرّید: «هیچ از این پسره خوشم نیومد.»

کنار استیج لیلی تمبورین را برداشت و کوبید به رانَش.

دنیل گفت: «چی‌کار می‌کنی؟»

ـ گفتم که! دیگه نمی‌تونم درامز بزنم. خسته شدم.

دنیل اخم‌هایش را کشید توی هم.

ـ یعنی چی خسته شدم؟ مردم تازه خوششون اومده. می‌خوای خرابش کنی؟

لیلی گردنش را مالید و گفت: «دیسکم عود کرده. درد دارم. نمی‌تونم.» و تمبورین را که دنیل قاپیده بود از دستش رهانید. دنیل با نفرت به‌سمت بار نگاه کرد.

ـ همون اول که اومد تو، فهمیدم بدقدمه.

ـ اولاً که این طفلک اصلاً قدم نداره. ثانیاً اون‌قدر صورتش خوشگله که کسی به پاهاش نگاه نمی‌کنه.

دنیل با غیظ میکروفن را روشن کرد و گفت: «دوست‌دختر دوست‌داشتنی من خسته شده و می‌خواد فعلاً از درامز مرخصی بگیره. فقط حواستون باشه که رقصش حتی از درامز زدنَش‌م بهتره.»

جماعت سوت زدند و هلهله کنان گفتند: «لیدی، لیدی، لیدی، لیدی.»

لیلی رقص‌کنان رفت وسط پیست رقص و تمبورین را برد بالای سر. پاهایش بفهمی نفهمی می‌لرزید.

∗ ∗ ∗ ∗ ∗

دو ساعت از نیمه‌شب گذشته بود و فقط تک‌وتوکی آدم مست و لایعقل توی بار باقی مانده بود. دینا از این میز به آن میز می‌رفت

و متقاعدشان می‌کرد که بروند خانه. النور معلوم نبود از کی ناپدید شده. لیلی از گوشهٔ چشم می‌دید که کریستین از جایش جُنب نخورده. حسی بهش می‌گفت آن‌طرفی نرود، با دِینا خداحافظی کند و برود توی اتاقشان بخوابد.

ناگهان کریستین فریاد زد: «هی، بند.»

وقتی او و دنیل که مشغول جمع‌وجورکردن گیتار و بندوبست سیم‌ها و میکروفون و اسپیکرها بودند به‌طرفش برگشتند، بهشان اشاره کرد که بروند دم پیشخوان. هر دو بعد از لحظه‌ای مکث رفتند طرفش و با فاصلهٔ یک صندلی از او نشستند کنار هم.

کریستین با همان نگاه مات بی‌اعتنا پرسید: «چی می‌نوشین؟»

لیلی آمد بگوید آب گازدار، که دنیل گفت: «دوتا کراون رویال[1] با یخ.»

بارمن به اشارهٔ کریستین بطری را با سه لیوان کوتاه پر از یخ آورد.

به‌سلامتی هم رفتند بالا و دنیل شروع کرد از تاریخچهٔ تشکیل و فروپاشی بند خودش گفتن. چند پک علف کشیده و پرچانگی‌اش گل کرده بود.

لیلی خودش را با وررفتن و محکم‌کردن حلقه‌های تمبورین مشغول کرده بود. آخرین چیزی که می‌خواست، افتادن در دام نگاه مات و کاوشگر کریستین بود.

دنیل رادیووار و بی‌وقفه حرف می‌زد و فرصتی به آن دو نمی‌داد. حالا رسیده بود به تعریف از تور کانادا و تور اروپایش. کریستین جیک نمی‌زد و حتی سؤالی هم نمی‌پرسید؛ گاهی از بارمن یخ می‌خواست و لیوان‌ها را پر می‌کرد.

ناگهان لیلی که کله‌اش از پیک آخر کمی گرم شده بود، هوس کرد حرف بزند و از چیزی غیر از دخل‌وخرج و عدد و رقم راجع به تور

___

1- کراون رویال (Crown Royal) ← ویسکی کانادایی

کانـادا بگویـد؛ خاطرۀ محبوبـش از شبی کـه مـرد میلیونـری در دِرامهِلر[1] استیجی در اختیـار دنیـل و چنـد موزیسـین دیگر گذاشـت تا برنامـه اجرا کننـد. اسـتیج در میـان تپه‌ماهورهـای منطقـه‌ای بود کـه گفته می‌شد هنوز بقایـایی از دایناسـورها درشان یافت می‌شـود.

آن‌شب در آن فضـای وهم‌انگیـز، لیلی روی آن خاک غریب قدیمی پایکوبـی کـرده و جمعیت کـه پراکنـده شـد با دنیل و باقی موزیسـین‌ها و پارتنرهاشـان زیر آسـمان پرستاره دراز کشـیده بود. صبـح روز بعد لیلی تـوی تاریک‌روشـن صبح آروارۀ عظیمـی بـا چنـد دنـدان دراز یافتـه بود. فکـر کرد دروغـی بگویـد آن استخوان، استخوان آروارۀ دایناسـور بوده و تـوی دلـش خندید.

سـرش را بلنـد کرد و آب دهانـش را قورت داد که کریسـتین آرام تمبورین را از دسـتش کشـید، زل زد توی چشـم‌هایش و گفت: «خـوب می‌رقصی.»

بعد تمبورین را کوبید روی رانَش و لیوان را توی آن‌یکی دستش فشرد.

ـ یـه مدت بـود دیگه بـرای افلیج‌بودنم افسـوس نمی‌خوردم، تا امشـب. کجـا رقص یـاد گرفتی؟ تو کشـور شـما مگـه راک‌اندرول هسـت؟ یا شـاید اینجا بزرگ شـدی؟

لیلـی دهـان باز کـرد حرفی بزنـد که کریسـتین رو کـرد به دنیل و پرسـید: «ایـن دختـر رنگین‌پوسـتو از کجا پیـداش کردی؟ چـرا این‌قدر سـاکته؟ اصلاً بلده انگلیسـی حـرف بزنه؟»

دنیل بطری ویسکی را برداشت و لیوانش را پر کرد.

ـ نـه کامـلاً. داشـتم می‌روندم اینجـا کنار جاده پیـداش کردم. فکر کنم پناهنده مناهنده باشـه.

بعد زد زیر خنده.

کریستین بطری را برداشت، یک پیک برای لیلی ریخت و باقی‌مانده را یک‌نفس سر کشید.

لیلی کمی منتظر ماند تا چشم و رو درهم‌کشیدن دنیل از تلخی ویسکی تمام شود. بعد بلند شد، لیوانش را برداشت، پاشید توی صورتش و محکم کوبیدش روی میز. سر راه بیرون‌رفتن از بار برای دِینا که درگیر بیرون‌کردن آخرین مشتری بود بوسهٔ شب‌به‌خیر فرستاد.

*****

دوش گرفته بود و داشت نخ دندان می‌کشید که دنیل آمد تو. به‌محض اینکه رسید افتاد به پایش.

ـ متأسفم. متأسفم. مست بودم. از این پسره متنفرم. نفهمیدم دارم چی می‌گم. شوخی زشتی بود، ولی فقط یه شوخی بود. حالم ازش به‌هم می‌خورد که اونجوری زل زده بود به تو. پسرهٔ علیل بچه‌ننه. می‌خواستم یه چیزی بگم راهشو بکشه بره، اما زیاده‌روی کردم.

لیلی نخ دندان را انداخت توی سطل. دنیل دستش را گرفت و بوسید.

ـ بهش گفتم سه ساله با همیم. گفتم مثل بلبل انگلیسی حرف می‌زنی، توی تور کانادا همراهم بودی و تو همهٔ شوهام تمبورین زدی و رقصیدی. گفتم امشب برای اولین بار به‌خاطر من درامز زدی. گفتم تو یه پرنسس پرشین هستی و عشق زندگی منی. گفتم قراره منو ببری ایرانو نشونم بدی.

لیلی دستش را پس کشید و رفت طرف تخت‌خواب.

ـ این انگل از کجا پیداش شد؟ من چرا زد به سرم؟

لیلی لحاف را از روی تخت برداشت و پیچید دور خودش. یک بالش هم انداخت روی کاناپهٔ گوشهٔ اتاق و ولو شد رویش. پشتش را کرد به اتاق و خوابید. ضَجّه‌مویه‌های دنیل هم ده دقیقه بعد خاموش شد.

*****

وسـط پارکینـگ زیـر بـرق آفتـاب، کریسـتین روی صندلـی چرخ‌دارش نشسـته بـود. کلاه کابویـی سـیاه بـه سـر و چکمه‌هـای سـیاه‌رنگ کابویی به پا داشـت. سـیگار می‌کشـید و تـوی آن یکی دسـتش تمبوریـن لیلی.

لیلـی راه افتـاد طرفـش. صـدای قدم‌هـای دنیـل را شـنید کـه شـتابان دنبالـش می‌آمـد.

ـ کوله‌پشتی‌تو بده بذارم تو ماشین، عسلم.

کریسـتین بـا صـدای بلنـد گفـت: «می‌خـوای بـا این عوضـی ادامـه بـدی؟ یعنـی می‌خـوای بقیـهٔ عمرتـو بـا ایـن آدم مفلـوک بـا اون ماشین ابوقراضـه‌ش بگذرونـی؟»

لیلی تمبورین را گرفت و کریستین ولش نکرد.

دنیـل از دور داد زد: «نـه پـس! می‌خـواد بیـاد یـه عمر صندلی تـو رو هل بده و تروخشـکت کنه.»

کریسـتین تمبوریـن را پـرزور کشـید طـرف خـودش. بـا سـر اشاره کرد بـه فِـراری سـیاه‌رنگ براقـی کـه آن‌سـوتر پارک بـود و گفت: «بیـا، خـودم می‌رسـونمت ونکـوور. ول کـن اون آشـغال بی‌لیاقتـو!»

لیلـی بـا نـگاه به خاکسـتر سـیگار کـه دراز شـده بـود و داشـت می‌ریخت روی شـلوارش اشـاره کرد. تمبورین را از دسـتش درآورد و راه افتاد طرف جاده.

دنیـل صندوق‌عقـب و درهـای جلـوی ماشـین را باز کـرده بـود و منتظر. لیلـی از کنـارش گذشـت و رفت سـر جاده ایسـتاد.

بازویش را با شست افراشته برد بالا.

شام کریسمس؛ خورش قیمه‌بادنجان

از صبح توی خیابانیم. از این فروشگاه به آن فروشگاه، بین قفسه‌های مختلف می‌چرخیم و دنبال غوره و لپه و لیموعمانی می‌گردیم. پیش از بیرون‌آمدن به سه چهار تا مغازه زنگ زده و سراغ این چند قلم را گرفته. هرکدام یکی‌شان را دارد. پورتلند مثل ونکوور پر از مغازهٔ ایرانی نیست. روح من هم از اینکه قرار است برای شام کریسمس قیمه‌بادنجان درست کنم خبر نداشت، وگرنه این چیزها را، حداقل زعفران را با خودم می‌آوردم.

حالا باید زعفران را هم بخرد آن هم ساییده، چون از آن هاون‌های کوچک ندارد. زعفران ساییده خیلی گران‌تر است. با خودم فکر می‌کنم توی آن آشپزخانهٔ مجهز و پروسیله چطور هاون کوچک پیدا نمی‌شود. دستم را که می‌چسبد و به‌سمت شیشهٔ کنسرو غوره می‌کشاندم، دست سبزه و استخوانی‌ام که توی مشت گرم و سفید و تپلی او گم می‌شود، می‌فهمم که چرا هاون کوچک ندارد. سعی می‌کنم حالی‌اش کنم که لازم نیست بادنجان و سیب‌زمینی و غوره و لپه و لیموعمانی، همه را بخرد. بسته به اینکه قیمهٔ سیب‌زمینی، بادنجان یا خورش غوره و بادنجان بپزیم، می‌تواند از بعضی اقلام صرف‌نظر کند.

نمی‌فهمد. عاشق است. تمام هَمّ و غَمّش این است که پختن غذای موردِعلاقهٔ امیر را یاد بگیرد. امیر پای قفسهٔ غوره پیدایمان می‌کند و غائله ختم می‌شود. رأی به قیمه‌بادنجان می‌دهد و غوره و سیب‌زمینی از لیست خط می‌خورند.

پول جنس‌ها را که می‌دهد، برمی‌گردیم توی ماشین که برویم قصابی و ماهیچهٔ گوسفندی بخریم. ماشینش هم بزرگ است و من توی صندلی عقبش گم می‌شوم. توی پارکینگ، آن دو پیاده می‌شوند و من دورشدنشان را به‌سمت فروشگاه می‌بینم. مردی که سیزده سال به‌خاطر قدِ بلند و گام‌های بلندش موقع پیاده‌روی تقریباً دنبالش می‌دویدم، حالا کنار این زن مثل یک بچه‌مدرسه‌ای نحیف به‌نظر می‌رسد.

بعد از چند دقیقه پیدایشان می‌شود. بازو در بازو. لیندا[1] شاد و سرحال است. قند در دلش آب می‌کنند.

* * * * *

با شگفتی آبی را که بعد از چند ساعت از بادنجان‌های نمک‌سود خارج شده توی سینک خالی می‌کند و می‌گوید: «عجب چیزایی بلدی!»

خودش آشپز قهاری است، اما فوت‌وفن‌های آشپزی ایرانی شیفته‌اش کرده. بادنجان‌های کوچک را از شکم چاک می‌دهم، روغن‌اندود می‌کنم و می‌چینم توی سینی فر. لپه‌ها را با دارچین و زردچوبه سرخ می‌کنم و می‌گذارم جدا بپزند. دلم می‌خواهد قبراق و سرزنده باشند.

ماهیچه‌ها که توی قابلمه به قُل‌قُل افتادند، کف رویشان را جمع می‌کنم و با یک خرمن پیاز سرخ‌شده و چند پَر سیر می‌گذارم که بپزند.

امیر می‌آید توی آشپزخانه و می‌گوید: «به‌خاطر خدا یه قاشق رب به این گوشت بزن. چیه این‌طور بی‌رنگ‌ورو؟» جوابش را نمی‌دهم اما

به انگلیسی بـرای لینـدا کـه هنـوز با چشـم‌های گشـاده هـر حرکتـم را دنبال می‌کنـد و علـت هـر کاری را می‌پرسـد توضیـح می‌دهـم کـه چـه می‌گویـد و چـرا اهمیتـی بـه حرفـش نمی‌دهـم. سـر راه بیرون‌رفتـن از آشپزخانه یـک تربچه‌نقلـی تـوی دهانـش می‌گـذارد و می‌گویـد: «حداقـل از اون ته‌دیگای ماسـت و زعفـرون درسـت کـن. بـذار چشاشـون چـار تا شـه!»

این یکی را بـد نمی‌گویـد. بـه لینـدا می‌گویـم زردۀ سـه تـا تخم‌مـرغ را جـدا کنـد و دسـت‌به‌کار می‌شـوم.

* * * * *

شـنیده‌ام جیـن[1] افسـردگی دارد امـا بـاورش برایـم سـخت اسـت. موهـای خیلـی کوتاهـش را به‌زیبایـی رنـگ کـرده و آراسـته و از آن گوشـواره‌های جلـف تین‌ایجـری بـه گـوش دارد؛ لبـاس چسـبان مشـکی کوتـاه بـه تن و نیم‌چکمـهٔ نوک‌تیـز پاشـنه‌دار بـا سـگک‌های درشـت بـه پا. روی بـازوی راسـتش تمامـاً خال‌کوبـی شـده. در جوانی‌اش تـوی گـروه معروفـی در پورتلنـد گیتاربیـس می‌نواختـه.

از در کـه وارد می‌شـوند ظـرف پیش‌غذایـی را کـه آورده می‌دهد دسـت پارتنـرش راس[2]، و خـودش را می‌انـدازد تـوی بغـل لینـدا؛ و در جـواب تعریـف او از سـر و ریختـش می‌گویـد: «سـالی یـه بار کـه بایـد شیک‌وپیک بیـرون بیـام. شـب کریسمسـه دیگـه! اینـارم از زیـر یه خـروار لبـاس کار و خونـه کشـیدم بیـرون.»

راس موهـای جوگندمی‌اش را دم‌اسـبی کـرده و گوشـواره بـه گوش دارد. کت و شـلوار اسـپرت پوشـیده و دسـتمال‌گردن سـبز و قرمز بسـته. لینـدا را یک‌بـری بغـل می‌کنـد و می‌بوسـد. ظـرف غـذا را می‌دهد آن دسـتش و با مـن دسـت می‌دهـد.

1- Jean

2- Ross

ـ از دیدنتون خوشوقتم. لیندا خیلی از شما تعریف کرده.

چشم‌هایش مهربان‌اند.

یک‌راست می‌رویم می‌نشینیم پشت میز غذاخوری. راس صفحهٔ آهنگ‌های کریسمس را که با خودش آورده، می‌گذارد روی گرامافون و صدای دلنشین نَت کینگ کول[1] توی فضا طنین می‌اندازد.

گیلاس شرابم را از دست لیندا می‌گیرم و هرازگاهی در میانهٔ بحث سیاسی و افشای موضع‌گیری در مورد احمدی‌نژاد و روحانی، گریزی می‌زنم به آشپزخانه تا تهٔ ظرف پیرکس را برای حد دلخواه برشتگی ته‌دیگ بررسی کنم و با برس روی قلمبهٔ ماهیچه‌های توی خورش، زعفران دم‌کرده بمالم. لیندا هر بار دنبالم می‌آید و دقت می‌کند مبادا گردی، اکسیری بی‌آنکه به او بگویم به غذا اضافه کنم و رازی را از او بپوشانم. یک‌بار که امیر می‌آید از توی یخچال آبجو بردارد، می‌پرسد: «کلافه نمی‌شی این‌قد ازت سؤال می‌کنه؟»

پیش از آنکه لیندا فرصت کند فارسی حرف‌زدنِ ما بهش بربخورد، سریع به‌انگلیسی می‌گویم: «شرط می‌بندم لیندا قیمه‌بادنجونو از مادربزرگ منم بهتر درست کنه.» امیر می‌گوید: «اَبسُلوتلی![2]» و تشتک آبجو را می‌پراند توی سینک. لیندا بازوهای ستبرش را دور شانه‌هامان حلقه می‌کند و به اتاق نشیمن می‌راندمان.

در ورودی باز می‌شود و یک دختر و پسر چهارده پانزده ساله توی قاب ظاهر می‌شوند. دختر فریاد می‌زند: «مامی، ما براتون اِگ‌ناگ[3]

۱- ناتانیل آدامز کولز (Nathaniel Adams Coles)، که با نام هنری نَت کینگ کول (Nat King Cole) شناخته می‌شود، خواننده و نوازندهٔ محبوب آمریکایی (۱۹۶۵ - ۱۹۱۹) با سبک جاز و بلوز است.

۲- اَبسُلوتلی (Absolutely) ← قطعاً

۳- اِگ‌ناگ (eggnog)، نوشیدنی شیرین حاوی شیر، خامه و تخم‌مرغ که در مراسمی مانند کریسمس و عید شکرگزاری در آمریکا و کانادا مصرف می‌شود. افزودن رام، ویسکی یا برندی به اگ‌ناگ اختیاری است.

آوردیـم.» بعـد می‌پرد روی لینـدا و غرق بوسـه‌اش می‌کند. پسـر همان‌طور دم در ایسـتاده و خجولانـه از دور بـه همـه سـلام می‌کنـد و کریسـمس مبـارک می‌گویـد. لینـدا شـال‌گردن دختـر را بازمی‌کند و به‌سـمت پسـر مـی‌رود. ظـرف اِگ‌نـاگ را از دسـتش می‌گیـرد و می‌بوسـدش.

ـ پسر قشنگم!

بعـد رو می‌کنـد به بئاتریـس[1] و می‌گویـد: «آخه شـماها که امشب دعوت نبودیـن. قـرار بود فردا صبح بیایـن کادوهای کریسمـستونو بـاز کنین.»

بسـته‌های بـزرگ زیـر درخـت کاجِ تزئین‌شـده را نشانشـان می‌دهـد. بئاتریـس بـاز فریـاد می‌زنـد: «شـام نمی‌مونیـم، مامـی. اومدیـم یـه سـر عمـو راس و خالـه جینـی رو ببینیـم و بریـم. فـردا صبح بـاز واسـه کادوهای خوش‌گلمون برمی‌گردیـم.»

در حالی‌کـه بـا سـر بـه پسـر کـه از چارچوب در جنـب نخورده اشـاره می‌کنـم، می‌گویـم: «غـذا زیـاده. حتمـاً بایـد شـام بمونیـن.»

لینـدا همان‌طـور کـه از کنارم می‌گـذرد، آهسـته می‌گویـد: «تو بئاتریـسو نمی‌شناسـی. تـو سـه ثانیه همه‌جـا رو بـا خـاک یکسـان می‌کنه. بعـدم اینکه پنج تیکه گوشـت بیشتر نداریم.»

ماهیچه‌هـا آن‌قـدر بزرگ‌انـد کـه مطمئن‌ام کـه مـن و امیـر تـوی سـه وعده می‌خوردیمشـان، امـا ایـن حقیقـت کـه پسـر و دختـر یـک سـروگردن از مادرشـان بلندترنـد وادارم می‌کنـد دهانـم را ببنـدم و خـودم را بـه تقدیـر بسـپارم. تـوی فاصلـه‌ای کـه راس و جین با بچه‌هـا خوش‌وبـش می‌کنند، امیـر بهـم نزدیـک می‌شـود و می‌گویـد: «دختـره صداش محشـره!»

نگاهـش می‌کنـم کـه روی زانـوی راس نشسـته و مـوی دم‌اسبی‌اش را می‌کشـد و بـرای اینکه مـرد را از دسـت او نجات دهـم، می‌گویم: «سـلام،

بئاتریس. از دیدنت خوشحالم. متأسفم که این چن روزه مجبور شدی اتاقتو به من بدی و آلاخون‌والاخون بشی.»

بلند می‌شود می‌آید طرفم و با کنجکاوی نگاهم می‌کند: «سلام. تو زن سابق امیری؟ چه کوچولویی! نه بابا، مهم نیس. خونهٔ پاپا بیشتر خوش می‌گذره. ببخشین اگه اتاقم زیاد مرتب نیس.»

ـ نه. خیلیَم عالیه. می‌شه یه دهن برامون بخونی؟

یکهو سرش را بالا می‌گیرد، دامن پیراهنش را صاف می‌کند و می‌پرسد: «چی دوس داری؟ کلاسیک؟ پاپ؟ جَز؟» صبر می‌کند نت کینگ کول برسد به سر خط و بی‌معطلی می‌زند زیر آواز:

They try to tell us we're too young

Too young to really be in love

They say that love's a word

A word we've only heard

But can't begin to know the meaning of [1]

ناخودآگاه می‌روم طرف گرامافون و سوزن را از روی صفحه برمی‌دارم. راس می‌نشیند پشت پیانو و آکوردها را پیدا می‌کند. صدای بئاتریس خانه را پر می‌کند، و زیروبم‌هایش قلبم را زیرورو.

«صداشو از مادربزرگم به ارث برده.» نفهمیده‌ام لیندا خودش را کِی رسانده به من. «یه پیرزن کله‌قرمز ایرلندی مجنون که سر پنجاه‌سالگی شوهرشو قال گذاشت و با یه پسر جوون در رفت. هنوز گریه‌های مامانمو یادمه.»

۱- همهٔ سعی‌شون این بود که بگن ما

برای عاشق‌شدن خیلی جوونیم

می‌گَفتن عشق فقط یه واژه‌س

یه واژه‌ای که ما فقط شنیدیمش

اما هیچ درکی ازش نداریم

داستان لیندا جذاب است، اما صدای بئاتریس مسحورکننده. گوش چپم را به صدای مادر می‌بندم و گوش راستم را می‌دهم به دختر که مثل پرنده‌ها چهچهه می‌زند. سِحر و جادو اما دیری نمی‌پاید چون بئاتریس پر می‌زند و می‌نشیند کنار راس و در حالی‌که تقریباً به او تنه می‌زند پشت پیانو جاگیر می‌شود. خواندنش همچنان معرکه است، اما پیانو را فالش می‌نوازد.

لیندا که کله‌اش گرم شده، امیر را کشانده وسط اتاق نشیمن و سعی دارد باهاش تانگو برقصد. پسر نوجوان روی کاناپه نشسته و چنان سرش را روی بشقاب پیش‌غذایی که جین به‌زور دستش داده خم کرده که به‌هیچ ترتیبی نمی‌توانم لبخند دلگرم‌کننده‌ام را نثارش کنم. راس رفته پشت‌سر جین و شانه‌های او را که با نارضایتی محسوسی روی صندلی وول می‌خورد نوازش می‌کند. بی‌صدا خودم را به گرامافون می‌رسانم و سوزن را سر جایش می‌گذارم. نت کینگ کول می‌خواند:

Love is ended

before it's begun[1]

جین با نگاهش می‌گوید دمت گرم. بعد بلند می‌شود و راه می‌افتد طرف آشپزخانه.

ـ بریم بساط شامو آماده کنیم. دیگه دارم برای چشیدن غذای ایرانی بی‌تاب می‌شم.

لیندا به خودش می‌آید و از گلاویزشدن با امیر دست برمی‌دارد. امیر با نگاهش به جین می‌گوید دمت گرم و روی مبل ولو می‌شود. بئاتریس چند دقیقه‌ای بی‌آنکه به توصیه‌های راس در باب آکوردها

۱- عشق تموم می‌شه
پیش از اینکه شروع شده باشه

اهمیتـی بدهد، سـاز و نوایـش را ادامه می‌دهـد و بعد می‌پرد توی آشپزخانه پیـش مـن و لینـدا و جین.

ـ عجـب بـوی خوشـی داره ایـن غـذا! خب دیگـه، مـن و داداشـی بریـم پیـش پاپـا. ایـن اِگ‌ناگم واسهٔ دسر بخوریـن. خودم درسـت کردم. خواسـتم رام جامائیکایـی پاپـا رو کـش بـرم و بریـزم تـوش کـه فهمید.

بعـد صورتـش را مـی‌آورد جلوی صـورت لینـدا و دماغـش را می‌مالـد به نـوک دماغ او.

ـ ویرجینِ[۱] ویرجینه. مثل خودم!

و قهقههٔ بلندی سر می‌دهد.

لینـدا مچ دسـتش را می‌چسبد و می‌گویـد: «وایسـا ببینـم. کارِت با اون پسـرهٔ همکلاسـی‌ت به کجا کشید؟ اردو رفتین، سکس داشتین؟»

بئاتریـس در حالی‌کـه لپ جین را می‌کشـد بیسـکویت زنجبیلی درسـته‌ای را می‌چپانـد تـوی دهانـش و می‌گویـد: «وای، مامـی! پشـت تلفـن کـه بهت گفتـم. تمـام مـدت اردو رو پریـود بـودم؛ و یـه چیـز دیگـه هـم تازگیـا راجع به خـودم فهمیدم...»

نـگاه شیطنت‌آلودش را روی هـر سـه‌تایمان می‌چرخانـد و می‌گویـد: «انـگاری تمایلـم بـه دخترا بیشـتره تا پسـرا.»

بعد رقص‌کنـان می‌رود تـوی اتـاق نشـیمن. لینـدا می‌رود بـرای بدرقهٔ بچه‌هـا. مـن و جیـن نگاهـی به هـم می‌اندازیم و بیهـوده دنبـال واژه می‌گردیـم. لبخنـد می‌زنیـم و بـه آماده‌کـردن بشـقاب و قاشـق و چنـگال ادامـه می‌دهیم.

بعـد از چنـد دقیقه صـدای بئاتریس از بیـرون می‌آیـد: «کریسـمس مبارک، دلبندان! جشـن و سـرورتون به‌راه. شب‌خوش.»

همهٔ این‌هـا را بـه آواز می‌گویـد. از آشـپزخانه می‌زنـم بیـرون. خواهـر و برادر

۱ـ ویرجیـن (Virgin) ← باکـره، بئاتریس در اینجا بازی کلامـی می‌کنـد. Virgin eggnog نوعی از اگ‌ناگ اسـت کـه در آن الـکل به‌کار نرفته باشـد.

لباس‌پوشیده دم درند. بئاتریس پیش از آنکه از در برود بیرون، می‌گوید: «راستی مامی! اون عکست که زدی توی دست‌شویی خیلی خوشگله. تا حالا ندیده بودمش.»

لیندا با دستپاچگی می‌گوید: «مزخرف نگو. اون همیشه همون‌جا بوده. تو ندیده بودی‌ش بس که سربه‌هوایی.»

دخترک بوسه‌ای برایش می‌پراند و می‌گوید: «ای شیطون!»

بعد برادرش را هل می‌دهد بیرون و در را پشت‌سرشان می‌بندد. از توی پنجره می‌بینمش که شلنگ‌اندازان دور می‌شود.

* * * * *

لپه‌ها مثل نگین توی ظرف خورش می‌درخشند و ماهیچه‌ها با زعفران تقلبی الحق خوب رنگ گرفته‌اند. بادنجان‌های کوچک برشته پهلوبه‌پهلوی هم لمیده‌اند و لیموعمانی‌ها توی گوشه‌ها جا خوش کرده‌اند. عطرشان با بوی دارچین آمیخته و هوش از سر می‌برد. امیر همان‌طور که ته‌دیگ ماست و زعفران را مثلث‌مثلث می‌بُرَد، توضیح می‌دهد که این محصول خوش‌آب‌ورنگ ثمرهٔ دوراندیشی اوست وَ اِلّا که چیزی ورای پلوی زعفرانی ساده در برنامه نبوده؛ و لیندا با طمأنینه برای راس و جین که شش دانگ حواسشان پی پرکردن بشقابشان است توضیح می‌دهد که من رنگ‌دادن به ماهیچه با رُب به‌جای زعفران را خیانتی به آشپزی اصیل ایرانی تلقی می‌کنم، و هرگز به چنین ذلتی تن نمی‌دهم.

بالاخره همگی می‌نشینند پشت میز و هر لقمه را که فرو می‌دهند به‌به و چه‌چه می‌کنند و سؤال پشت سؤال.

راس می‌گوید: «این گردالوی ترش عجب چیزیه! آدمو دیوونه می‌کنه.»

لیندا دستش را می‌گذارد روی دست امیر و می‌گوید: «اصولاً هر چیز پرشیَن دیوانه‌کننده‌س.»

امیر دستش را پس می‌کشد و با لحنی معذب می‌گوید: «و شما غربیا؛ پشتکار، پشتکار... هیچ‌وقت تو زندگی‌م برای یادگرفتنِ هیچی این‌قدر انرژی نذاشتم که لیندا برای یادگرفتن دستور پخت این غذاها. همین الان کباب‌کوبیده رو از رستورانای ایرانی خوشمزه‌تر درست می‌کنه. بیش از صد تا رِسِپی رو امتحان کرده تا فرمول خودشو به‌دست آورده.»

لقمه‌ام را به‌سرعت فرو می‌دهم که رشتهٔ کلام گم نشود. از آن‌سوی میز نگاهش می‌کنم و می‌گویم: «این اسمش پشتکار نیس، امیر جان. اسمش عشقه، عشق!»

راس و جین هم‌زمان از خوردن دست می‌کشند و نگاهم می‌کنند. جین با آرنجش ضربه‌ای به راس می‌زند و راس به من اشاره می‌کند که گیلاسم را بهش رد کنم؛ لب‌پُرَش می‌کند و می‌دهد دستم.

امیر دست لیندا را می‌بوسد و می‌گوید: «عزیز دل منه این. عزیز دل.»

راس و جین دوباره دست از خوردن می‌کشند و شروع می‌کنند به بوسیدن هم. گیلاس شرابم را برمی‌دارم، سیگار و فندکم را هم، و بی‌صدا می‌روم طرف حیاط. از برف کریسمس خبری نیست، اما آسمان ستاره‌باران است.

پنج دقیقه بعد سروکلهٔ جین پیدا می‌شود.

ـ می‌تونم یکی از سیگاراتو بکشم؟ سال‌هاس نکشیدم. اصلاً نمی‌دونم هنوز یادم مونده یا نه!

ابروهایم را تا حد ممکن بالا می‌برم و سیگارش را می‌گیرانم، دود که می‌پیچد توی گلویش و به سرفه می‌اندازدش باورش می‌کنم. بعد از یکی دو پک حسابی راه می‌افتد.

ـ شاید یه نخ دیگه بعداً ازت گرفتم. رو اون غذای فوق‌العاده و مستی حسابی می‌چسبه.

دود را حالا دیگر از بینی‌اش بیرون می‌دهد.

ـ تو دختر مامانی‌ای هستی. رابطه‌تون با امیر خیلی برام جالبه.

پک آخر را می‌زنم و دود را ول می‌دهم توی صورتش تا جلوی فضولی‌های احتمالی را بگیرم.

ـ آره، ما بعد از جدایی‌مون دوست موندیم. امیر شوهر خوبی نیس، اما دوست خیلی خوبیه.

سرش را تندتند به این‌طرف و آن‌طرف تکان می‌دهد و می‌گوید:

ـ آه. مَردا، مَردا. ای‌کاش می‌تونستم بدون یکی از این جاکشا زندگی کنم...

یادم که می‌آید چطور راس یکی‌درمیان از پیش‌غذای مزخرف دست‌پخت جین تعریف کرده بود، همان که امیر حتی از سر ادب هم بهش لب نزده بود، و دائم دستش را توی دست داشت یا شانه‌اش را می‌مالید و با عشق و تحسین نگاهش می‌کرد، دلم می‌خواهد سیگارم را درست وسط پیشانی‌اش خاموش کنم.

ـ خوبه راجع به مَردا حرف نزنیم، جین. کلی چیزای جالب تو این دنیا هس!

نمی‌خواهم حظی را که از دیدن رابطه‌شان برده بودم با حرف‌هایی که قرار است راجع به راس بشنوم زایل کند.

ـ من چیز جالبی تو این دنیا نمی‌بینم. مدت‌هاست که نمی‌بینم.

دارد از دهنم در می‌رود بگویم پس درست شنیده‌ام که افسرده‌ای، ولی به‌جایش طوری نگاهش می‌کنم که به ادامهٔ صحبت ترغیبش کنم. با کلافگی می‌گوید: «نمی‌دونم چرا دارم این چیزا رو به تو می‌گم. گمونم یه ذره زیادی مستم.»

مثل سنگ سر جایم می‌ایستم که تمرکزش را به‌هم نزنم.

ـ مامانم سال پیش همچین موقعایی فوت کرد.

ـ اوه، خیلـی متأسـفم. ولـی گاهـی بهتـره آدمـا بمیـرن و بـا خاطـرات خوبشـون زندگـی کنـی تـا اینکـه زنـده باشـن و گنـد بزنـن بـه همه‌چـی.

نمی‌گویـم مـادرم زنده اسـت، ولی دو سـال اسـت کـه نمی‌خواهد من و بـرادرم را ببیند.

زل می‌زند توی چشم‌هایم.

ـ چـی داری می‌گـی؟ مـن و خواهـرم سـال‌های سـال بـا اون عفریتـه قهر بودیم. هیـچ رابطه‌ای نداشـتیم.

تیر فیلسوف‌مآبی‌ام به سنگ می‌خورد.

ـ خب، امیدوارم در آرامش مرده باشه.

ـ ابداً. رفت زیر ماشین.

انگار توی مسـابقهٔ بیست‌سؤالی شـرکت کرده باشـم بـا حاضرجوابی می‌گویـم: «حتمـاً یـه ماشـین پـر از جوونـای شـاد آوازه‌خون که راننده‌شم مسـت و پاتیـل بوده.»

دسـتش را به‌سـمتم دراز می‌کنـد و می‌گویـد: «خیر. از قضا ماشـین حمل زبالـه بـود. از اون گُنده‌ها.»

احسـاس می‌کنـم دارم توی باتـلاق دسـت‌وپا می‌زنم. سـیگار را می‌چپانم لای دو انگشتش.

ـ حتماً جابه‌جا مرده و زجر نکشیده.

سیگار را می‌گذارد بین لب‌هاش و هم‌زمان می‌گوید:

ـ زیاد خوش‌بین نیستم. شیش ماهی توی کُما بود.

هنـوز بـا سـماجت دنبال نقطـه‌ای روشـن در این سرگذشـت منحوس می‌گـردم کـه سـیگار را می‌لغزانـد گوشـهٔ دهانـش و می‌گویـد: «فاجعـه اینجـا بـود کـه مـن و کِیتـی۱ بایـد رضایـت می‌دادیـم اون لوله‌موله‌هـا رو

ازش جـدا کـن و دسـتگاها رو از برق بکشـن.»

بـا دسـتش ادای فنـدک‌زدن درمی‌آورد و ادامـه می‌دهد: «مـن تا آخرین لحظـه مقاومـت می‌کردم. آرزو داشـتم یه لحظـه، فقط یـه لحظـه بـه هوش بیـاد و بغلـش کنـم و بهـش بگـم دوسـش دارم، ولـی نشـد. اون‌وقت درسـت همـون روز این مرتیکـهٔ الدنگ...»

سـریع فنـدک را می‌گیرانـم و می‌گیرم جلـوی صورتش. تـا دارد پک قایم اول را می‌زند، سـرم را بـه‌سـوی آسـمان می‌گیرم و برایش افسـانه‌ای ایرانی از آدم‌هـای مـرده‌ای کـه از سـتاره‌ها بـه زندگان محبوب‌شـان چشـم دوخته‌اند سـر هـم می‌کنم.

٭ ٭ ٭ ٭ ٭

آن تـو بحث عجیبی، ملغمه‌ای از مسـائل خاورمیانه و آشـپزی ایرانی، عشـق و سـکس و خیانـت در جریـان اسـت. بطری‌هـای خالـی شـراب بـه ردیـف روی میـز چیـده شـده‌اند و موسـیقی‌ای کـه از آی‌پـاد امیر پخش می‌شـود، ترانه‌هـای رِنگـی اسـت کـه سـال‌ها تـوی مهمانی‌هـای ایرانی باهاشـان قر داده بودیـم. راس آغوشـش را بـاز می‌کند و جین آرام و سـبک‌بار تـوی بازوهایش جـا می‌گیـرد. راس گیـلاس نیم‌خورده‌اش را می‌دهـد به دستش.

هـر چنـد به سـرانجام ترکیب شـیر و تخم‌مـرغ بـا شـراب و قیمه‌بادنجان در معده‌هایمـان چنـدان خوش‌بیـن نیسـتم، با صـدای بلند می‌گویم: «خوبه اِگ‌ناگی کـه بئاتریس درسـت کـرده بخوریم.»

لیندا می‌گوید: «من از این بچه زیاد مطمئن نیستم.»

جیـن هـم نگاهـی بـه مـن می‌کنـد کـه یعنـی از تـو انتظار نداشـتم، و می‌گویـد: «مـن کـه دیگـه حتی یه قطره هم جا نـدارم. البته بعـد از این» و گیـلاس شـرابش را می‌انـدازد بالا.

لینـدا کـه آشـکارا حوصله‌اش از جمع سـر رفته و چشـم‌انتظار قسـمت آخر

شب کریسمس است، ظرف یک‌بارمصرفی می‌آورد و شروع می‌کند به جمع‌کردن استخوان از توی بشقاب‌ها.

ـ جینی، یادمه گفتی می‌خوای با این استخونا سوپ درست کنی.

آمدم بگویم «ولی امیر اون قلمو حسابی مکیده» که با دیدن قیافهٔ مشتاق و علاقه‌مند جین منصرف شدم.

راس که بی‌قراری لیندا را حس کرده، شروع می‌کند به هم‌آوردن سروته بحث با امیر و نوازش آرنج جین به نشانهٔ رفتن.

آهنگ «شب شب شعر و شوره» را رد می‌کنم و فایل آهنگ‌های مارتیک[۱] را باز. هوس کرده‌ام شب کریسمس را با صدای دلپذیر او تمام کنم.

راس پیش از رفتن در آغوشم می‌کشد و ازم قول می‌گیرد که این اولین و آخرین دیدارم از پورتلند نباشد.

ـ حالا دیگه غیر از لیندا و امیر دو تا دوست دیگه‌م اینجا داری. باید بیشتر سر بزنی. نه، جینی؟

جین مرا که دو نخ سیگار می‌لغزانم توی جیب پالتویش، کمی بیشتر از حد معمول توی بغلش نگه می‌دارد و می‌گوید: «قصه‌تم مثل غذات لذیذ و دلچسب بود. دفعهٔ دیگه یکی دیگه واسم بگو. حالمو خوب می‌کنه.»

امیر به فارسی می‌گوید: «چی تو گوش زنیکه خوندی؟» و با چشم‌غرّهٔ لیندا فوراً ساکت می‌شود.

یک‌ساعت بعد ظرف‌ها توی ماشین ظرفشویی‌اند، ته‌سیگار سوم توی جاسیگاری و خودم روی تخت نوجوانی به‌نام بئاتریس.

مدتی طول می‌کشد مغز شرقی‌ام را قانع کنم با صدای نالهٔ گوزن‌ها

۱ـ مارتیک قره‌خانیان با نام هنری مارتیک (زادهٔ ۲۶ تیر ۱۳۲۸)، خواننده، آهنگ‌ساز، تنظیم‌کننده و نوازندهٔ گیتار ارمنی‌تبار اهل ایران و ساکن آمریکا است.

و سورتمهٔ بابانوئل در شب کریسمس به خواب رود. دیوارها نازک‌اند، و بالاخره صدای خرخر لیندا خانه را پر می‌کند.

* * * * *

صبح توی دست‌شویی قاب عکس لیندا را از میخ کوچکی که بهش متصل است جدا می‌کنم. بئاتریس راست گفته بود. رنگ دیوار پشتش با رنگ بقیهٔ دیوار ذره‌ای توفیر ندارد.

توی عکس، زن سرخ‌موی زیبایی است که به پهلو روی مبلی لمیده. شکم باردار آماسیده‌اش را توی دست‌هایش گرفته، نافش برجسته و بیرون‌زده و پستان‌های بلورینش با آن هاله‌های سرخ‌تر از مو آمادهٔ فوران.

تابلو را سر جایش برمی‌گردانم، سریع دوش می‌گیرم و از خانه می‌زنم بیرون. می‌خواهم پیش از آنکه مجبور شویم حلیم و آش شله‌قلمکار بار بگذاریم و با چای هل‌دار بخوریم، خودم را به رستورانی برسانم و برای صبحانهٔ کریسمس بیکن و پن‌کیک و اگ‌ناگ سفارش بدهم.

دگردیسی

بیـن مـن و تریسـتان[1]، بانـی[2] نشسـته کـه منشـی اسـت و در انتظـار دو سـال دیگـر تـا از کاری کـه ۵۰ سـال بـا نفـرت انجـام داده بازنشسـته شـود و بـرود دنیـا را بگـردد. روبرویـم آدری[3]، کـه صبـح دوی نیمه‌استقامت را دویـده و حـالا بیـن دو راند رقـص دیوانـه‌وار اسـتراحت می‌کند. با دسـت راسـت موهـای یک‌دسـت سفیدش را پس می‌زند و بـا دسـت چـپ نـی نوشـیدنی‌اش را چسـبیده کـه مِک‌هـای محکمش را تاب بیاورد. در سـال‌های دور سـیگاریِ قهـاری بـوده. دورتـادور میـز چهـار زن دیگر هم نشسـته‌اند، امـا رقیـب مـن بایـد همیـن بانـی باشـد. زنـی کـه نـه مثـل تریسـتان چشـم راسـتش کمـی انحـراف دارد و عینکش ته‌اسـتکانی اسـت، و نـه مثـل آدری لاغر‌مردنـی و چروکیـده اسـت. اسـتاد بازنشسـتهٔ فیزیـک کـه حـالا عکاسـی حرفـه‌ای می‌کنـد. مثـل بقیهٔ زن‌هـای جالـب تحسـین‌برانگیزِ دور میـز حول‌وحـوش ۶۰ تـا ۶۵ سـال سـن دارد، امـا به‌زحمـت ۵۰ سـاله به‌نظـر می‌رسـد. گونه‌هایـش برجسـته و چشـم‌های آبـی‌اش زیبـا و هشیارند، و

1- Tristan
2- Bonnie
3- Audrey

گَرد سفید ملایمی موهای لَخت طلایی‌اش را فقط کمی کدر کرده است. اندازهٔ سینه‌ها، فرم ناخن‌ها، بینی تراشیده، حتی فریم عینکش عالی و بی‌نقص است.

وارد بار که شدم، دیدمش که چسبیده به استیج می‌رقصد. چشم انداختم آندره[1] را آن دوروبر ببینم که نبود. پس نیامده. وگرنه که داشتند چیک تو چیک[2] می‌رقصیدند. خودم را زدم به ندیدنش و شروع کردم به رقصیدن و همان‌طور که آبجویم را مزه‌مزه می‌کردم، حضورش را از یاد بردم. موسیقی بی‌نظیر بود و بار هی شلوغ و شلوغ‌تر می‌شد و ریتم‌ها پرشورتر. یک‌وقت چشمم افتاد به فضای نُقلی سمت راست استیج و دیدمش که با آدری و تریستان از فشار جمعیت فرار کرده‌اند و سه‌نفری آنجا می‌رقصند. رقصش، حالا که بعد از مدت‌ها تنها می‌دیدمش، زیبا و شیداوار بود. برای اولین بار جور متفاوتی لباس پوشیده بود. شلوار جین تنگ که قالب تنش بود و کفش‌های کتانی. رقص آن دو تای دیگر در مقایسه با پیچ‌وتاب اندام زیبای او و مثل جست‌وخیز دو کودک پیر بود. یادم آمد به جملهٔ معروف آدری که هرازگاهی تکرارش می‌کرد: «نیلا، از شرّ ما خلاص شو و برو بگرد دنبال دوستای تازه. ما می‌میریم و تنها می‌مونی ها!»، اما این بانیِ زیبای بانشاط حالاحالاها مردنی نبود.

رفتیم سر میزی که آدری رزرو کرده بود بنشینیم و من، نه می‌خواستم روبروی بانی باشم و نه کنارش. باز خودم را به ندیدنش زدم و نشستم کنار تریستان و شروع کردم از گوشهٔ چشم عکس‌هایی را که به بهش نشان می‌داد، دیدزدن.

1- Andre

۲- چیک تو چیک (Cheek to Cheek) ← اشاره به نزدیکی فیزیکی یا به‌عبارتی چسبیده به‌هم

ـ آندره اینا رو امروز برام فرستاده. از ویسلر[1].

پس آندره ویسلر است که امشب نیامده.

ـ در ضمن آندره می‌گه امسال برای اسکی عالیه. برف خیلی به‌اندازه‌س. هوا بی‌رحمانه سرد نیس. اکثر روزا آفتابی‌ان و...

برای اولین بار متوجه شدم طنین صدایش به‌خصوص وقتی این‌طور مسلسل‌وار حرف می‌زند، چندان دلپذیر نیست. یاد نوک‌زدن دارکوب می‌اندازدم و همین کمی تسکینم می‌دهد. شاید روزی آندره به‌خاطر همین قضیه رهایش کند.

* * * * *

آدری به‌هم معرفی‌مان کرد. نیلا، آندره. آندره، نیلا. مرد مسن تروتمیزی بود. با عینک ذره‌بینی و چشم‌های آبی مشتاق.

ـ خوشوقتم، آندره. اسمت فرانسویه؟

ـ آره. کِبِکی[2] هستم. اونجا به‌دنیا اومدم، اما از وقتی خودمو شناختم ونکوور زندگی می‌کنم.

تنفس بین دو راند موزیک بود و وقت داشتیم با عجله از امور مهم حرف بزنیم. او کشته‌مردهٔ بلوز بود و من عاشق راک. او اسکی‌بازی قهار بود و من به کون‌سُرک روی برف‌های گراوس مانتِین[3] راضی. من درانک درایْو[4] می‌کردم و او حتی پیش از سوارشدن دوچرخه، درصد الکل توی خونش را با دستگاه کوچکی که همیشه همراهش بود اندازه می‌گرفت. من یک کانادایی ـ خاورمیانه‌ای خوشحال و راضی بودم و

۱- ویسلر (Whistler)، شهری کوهستانی و توریستی است در استان بریتیش کلمبیای کانادا که در محدودهٔ جنوب اقیانوس آرام و سلسله‌کوه‌های شمال غربی آمریکای شمالی واقع شده است. این شهر مقصد رفت‌وآمد مکرر گردشگران به‌ویژه از شهرهای اطراف است.

۲- کِبِکی، اهل کِبِک (Québec)، استان فرانسه‌زبان کانادا واقع در شرق استان اُنتاریو

۳- گراوس مانتِین (Grouse Mountain)، نام کوهی در شمال ونکوور که مردم برای کوهنوردی، و در زمستان برای اسکی و فعالیت‌های مشابه به آنجا می‌روند.

۴- درانک درایْو (Drunk drive) ← رانندگی در حال مستی

او یک کاناداییِ فرانسوی‌الاصل منتقدِ ناراضی. حتی آبجوی من لاگر[1] بود و مال او آی‌پی‌ای[2]، اما موزیک که شروع شد نقطه گذاشتیم و پریدیم وسط پیست. ۲۵ ساله به‌نظر می‌آمدم و تا کسی نمی‌پرسید نمی‌گفتم چندساله‌ام. می‌گذاشتم آدم‌ها نصیحتم کنند و از عهد رادیو، تلویزیون سیاه‌وسفید و دوران طلایی موسیقی برایم حرف بزنند. آندره آشکارا مسحور درک من از زیروبم ملودی‌های بلوز در عنفوان جوانی شد و رفیق شدیم.

* * * * *

چهارشنبه‌ها توی پابِ پاتریشیا[3] همدیگر را می‌دیدیم و سه ست کامل می‌رقصیدیم. گاهی مردی پیدا می‌شد که بخواهد با من برقصد یا آشنایی قدیمی. این‌جور مواقع آندره فروتنانه کنار می‌کشید و تنها می‌رقصید. چهره‌اش وقتی حرف نمی‌زد و از همه‌چیز ایراد نمی‌گرفت، وقت رقص و وقتی لبخند می‌زد مثل یک سنجاب کوچولوی دوست‌داشتنی بود. آن روزها باب[4] تازه مرده بود. بندی[5] که ده سال عاشقانه باهاش رقصیده بودم از هم پاشیده بود و من به‌نوعی سوگوار بودم. باب، خواننده و نوازندهٔ گیتار گروه چهارنفرهٔ باب کَتز[6]، مهارتش در نواختن طیف وسیعی از آهنگ‌ها از راک و هارد راک گرفته تا بلوز و حتی متال بود. سلیقهٔ موسیقایی‌اش در انتخاب آهنگ‌ها بی‌نظیر بود و به‌باور من، گاهی آهنگ‌ها را از اصلشان بهتر اجرا می‌کرد. آندره یکی‌دوبار اجرایشان را گوش کرده و نپسندیده بود. دلیلش به‌نظر من پایبندی به موسیقی بلوز بود و اینکه هیچ سبک دیگری را برنمی‌تابید. بهش می‌گفتم که از تعصب و تنگ‌نظری بیزارم

۱- لاگر (Lager)، رایج‌ترین گونهٔ آبجو دیررس است و طعم شیرین‌تری دارد.

۲- آی‌پی‌ای (IPA یا India Pale Ale)، آبجویی با طعم نسبتاً تلخ‌تر و درصد الکل بالاتر

3- Patricia

4- Bob

۵- بندی (A Band) ← یک گروه موسیقی

6- Bobcats

و آرزو دارم باب زنده می‌شد و به‌زور می‌بردمش توی آن پاب و منتظر می‌شدم ببینم می‌تواند قرش را جمع کند و روی صندلی دوام بیاورد یا نه. شب‌هایی که با کس دیگری رقصیده بودم، شبیه سنجابی لجباز می‌شد و می‌گفت وقتش بوده باب پیر بمیرد و بعد از عمری غرولندکردن و نوشیدن، توی گور آرام بگیرد. پوزخند می‌زدم و دعوتش می‌کردم به رقص. تمام شب به همه جواب رد می‌دادم.

* * * * *

حدود شش ماهی دیدارهای ما همان چهارشنبه‌شب‌ها در پاب پاتریشیا بود. پیش از آشنایی با آندره گاه‌گداری آنجا می‌رفتم، اما حالا هر هفته. در فاصلهٔ بین رقص‌ها عکس نوه‌ها و دخترش را نشان می‌داد که در جزیره‌ای خارج از ونکوور زندگی می‌کردند. از ملاقات‌هایشان می‌گفت و عشقش به نوه‌ها که دوقلو بودند: یک پسر و یک دختر. و او عاشق این بود که دخترک چهارساله سلطه‌جو و رئیس‌مآب و پسرک مطیع و عاشق است، و من عاشق این طرز فکر او. حالا دیگر اجازه نمی‌داد مست برانم. فقط یک آبجو و آن هم تا پیش از راند سوم رقص. پیش از جداشدن ازم می‌خواست توی الکل‌سنجش فوت کنم و خیالش که راحت می‌شد، بوسه‌ای به گونه‌ام می‌زد و جدا می‌شدیم. او به‌سمت دوچرخه و من به‌سمت ماشینم. آن‌وقت‌ها بانی هم بیشتر هفته‌ها می‌آمد. یکی از فوج دوست‌های مشترک بود که همگی سر میز بزرگی که آدری رزرو کرده بود می‌نشستیم و در فاصلهٔ بین رقص‌ها گپ می‌زدیم. بعضی‌هاشان مؤدبانه از ایران و وضعیت و امنیتش سؤال می‌کردند. گاهی پیش‌تر می‌رفتند و خجولانه از حس من که هیچ عضوی از خانواده‌ام در ونکوور نبود می‌پرسیدند. آندره هیچ‌وقت مستقیم سؤال نمی‌کرد و با ظاهری بی‌تفاوت به تمام مکالمات گوش می‌داد. بانی اما، با دقت. بعضی شب‌ها دوربینش را با آن لنز عظیم

می‌آورد و از بند و ماها و رقصیدنمان عکس می‌گرفت. توی فیس‌بوک که عکس‌ها را تماشا می‌کردم یک لحظه از ذهنم می‌گذشت که جوان‌بودنم ـ آدم ۴۵ ساله میان آن‌ها جوان محسوب می‌شد ـ کمی توی ذوق می‌زند. مهم نبود. مهم این بود که همه‌شان دوستم داشتند.

٭ ٭ ٭ ٭ ٭

یک شب آخر هفته که دلتنگ و تنها بودم، تصمیم گرفتم بروم پابِ فِئرویوو[1]. بند را نمی‌شناختم. یک‌سری جوان قرتی بودند که توی عکس جالب به‌نظر می‌آمدند. حقیقتش این بود که حوصله‌ام از پیرها کمی سر رفته بود. هوس کرده بودم قدری حماقت کنم و بعد از مدت‌ها مست برانم. پایم را که توی پاب گذاشتم، دیدمش که پای بار ایستاده و دارد آبجویش را سفارش می‌دهد. یک آن باید تصمیم می‌گرفتم عقب‌گرد کنم و بروم جایی دیگر، یا بروم تو و باز تمام شب را با او برقصم، موقر و موجه باشم و سر آخر توی دستگاهش فوت کنم. اما نه! این بندی که من می‌بینم بلوزبِزن نیستند. آندره هم احتمالاً بعد از دو سه تا آهنگ و جلف‌بازی این جوانک‌ها سرخورده می‌شود و می‌رود. رفتم سر میزی نشستم و گذاشتم که او پیدایم کند. از گوشهٔ چشم پاییدمش که توی تاریکی مرا دید و چشم‌هایش را باور نکرد. چند بار عینکش را جابه‌جا کرد و درست دچار همان دودلی من شد. گمانم او هم آمده بود در گمنامی نفسی تازه کند. بند جوان و قرتی همان‌طور که من و آندره دل‌دل می‌کردیم روی استیج در حرکت بود و اتصال کابل و سیم و تست سازها و میکروفن‌ها در جریان. از سمتی که نخواهم باهاش رودررو شوم رفتم طرفِ بار که آبجویم را سفارش بدهم. وسط پرداخت پول بودم که خواننده و گروه بدون سلام‌وعلیک و خوش‌وبشی شروع

کردنـد بـه نواختـن و تا برسـم سـر میزم، رسیده بودنـد به بخـش دوم آهنگ:

Ch-ch-ch-ch-changes

Turn and face the strange

Don't want to be a richer man

There's gonna have to be a different man

Time may change me

But I can't trace time[1]

آبجوهایمـان را رهـا کـرده و بـا آنـدره وسـط پیسـت رقـص بودیـم. و او به‌جـای سـلام‌وعلیک هیجـان‌زده برایم توضیـح داد این آخریـن آهنگی بوده کـه دیویـد بویـی[2] به‌طور زنـده اجرا کـرده. او هـم مثل مـن عاشـقش بود.

آن شـب آهنگـی نواختـه نشـد کـه بتوانیـم آرام بگیریـم و نرقصیم. بنـد جـوان بااسـتعداد هـر چـه ترانـهٔ طربنـاک بـود از دل اعصار و قرون موسـیقی پـاپ و راک کشیده بـود بیرون و بـا اسـتادی می‌نواخت. آنـدره می‌گفت: «بـاور نمی‌کنـم، این‌همه جـوان و این‌قدر حرفـه‌ای!» اصولاً به هـر پدیده‌ای کـه بعـد از دهـهٔ هفتـاد شکل گرفتـه بی‌اعتمـاد بـود. در فاصلهٔ تنفس گروه موسـیقی و تـوی مسـیر سـفارش آبجوی سـوم، متوقفـم کـرد و وادارم کرد به دروغ بگویـم بـا اتوبـوس آمده‌ام. نفس راحتی کشـید و گفت: «این یکی رو مهمـون مـن بـاش. می‌تونم شـراب بگیرم بـرات؟»

شـب بـه آخـر می‌رسـید و ریتـم تنـد ترانه‌هـا رو به آهسـتگی می‌گذاشت.

۱- دگرردیسی

بچرخ و با نامنتظر روبرو شو

نمی‌خوام مرد پولدارتری بشم

قراره مرد متفاوتی بشم

زمونه ممکنه دگرگونم کنه

اما واقعاً نمی‌دونم تا کجا

۲- دیویـد رابـرت جونـز (David Robert Jones)، که با نام حرفـه‌ای دیویـد بویـی (David Bowie) شـناخته می‌شـود، خواننده، ترانه‌سـرا و بازیگـر بریتانیایی بـود (۲۰۱۶ - ۱۹۴۷).

از یک لحظه غیبت آندره برای رفتن به دست‌شویی استفاده کردم و برگشتم سر میز که گوشی‌ام را چک کنم. سه دقیقه بعد که سر بلند کردم، جلوی رویم ایستاده بود. سازهایی که همین نیم ساعت پیش با حرارت تمام لیدی گاگا[1] می‌نواختند، نم‌نمک به تانگوی بسامه موچو[2] تغییر کوک داده بودند.

ـ نیلا، با این آهنگ می‌رقصی باهام؟

گونه‌هایش گل انداخته بود و چشم‌های آبی‌اش توی تاریکی بار برق عجیب ناآشنایی داشت.

ـ تانگو بلد نیستم، آندره.

گوشی‌ام را ازم گرفت و گذاشت روی میز. دستم را گرفت و کشاندم طرف خودش.

پیش از آنکه فرصت کنم عضلاتم را منقبض کنم و فاصلهٔ مطمئن را برآورد، توی آغوشش بودم و نرم و سبک با حرکت پاهایش می‌رفتم. لمس دست‌هایش آن‌قدر طبیعی و اطمینان‌بخش بود که چند دقیقه بعد سرم روی شانه‌اش، ضربان قلب‌هامان هماهنگ و نفس‌هامان عمیق و آرام بود.

ـ نیلا؟

ـ چیه، آندره؟

ـ می‌دونی چرا امشب اینجام؟

ـ نه والله! تو عشای ربانی روز یکشنبه می‌دیدمت این‌قدر تعجب نمی‌کردم که اینجا. فکر می‌کردم یه مؤمن حقیقی به موسیقی بلوزی.

ـ راستش امشب شب تولدمه. خواستم سرکش و وحشی باشم. قرار بود با دوستام برم اسکی. چه شانسی آوردم که به‌جاش اومدم اینجا.

۱- لیدی گاگا (Lady Gaga)، با نام اصلی استفانی جوآن آنجلینا جرمنوتا (Stefani Joanne Angelina Germanotta) زادهٔ ۲۸ مارس ۱۹۸۶، خواننده، ترانه‌نویس و بازیگر آمریکایی

۲- بسامه موچو (Bésame Mucho) یا مرا فراوان ببوس، نام ترانه‌ای مکزیکی و به‌زبان اسپانیایی، ساختهٔ ونسونلو ولاسکس در سال ۱۹۴۰ است.

سرم را از روی شانه‌اش برداشتم.

ـ آره، موزیکش واقعاً عالیه.

چشم‌هایم را دراندم و با دلخوری گفتم: «چرا زودتر نگفتی؟»

ـ چی رو؟

ـ که تولدته.

ـ می‌خواستی چی‌کار کنی؟

راست می‌گفت. می‌خواستم چه‌کار کنم؟

ـ یـه هدیـه‌ای، چیـزی بـرات می‌گرفتـم. حداقل یه شـامپاین مهمونت می‌کردم.

شـانه‌اش را به نشانۀ اینکه سـرم را برگردانم رویش، چرخاند. انگشت‌هایش را قفل کرد توی انگشت‌هام و فشـار داد.

ـ هدیه‌مو گرفتم، نیلا.

آهنگ کـه تمام شـد بی‌نگاهی از هـم جدا شـدیم. زیر لب گفتـم می‌روم دست‌شـویی و سـریع برمی‌گردم.

بـر کـه گشـتم کاسکتش روی میـز نبـود. آنـدره رفتـه بـود. تلوتلوخوران خـودم را بـه ماشـین رسـاندم و قیقاج‌زنـان بـه خانـه.

٭ ٭ ٭ ٭ ٭

الی عزیزم،

آنـدره رو یادتـه؟ همونی که از روی عکس‌های دسـته‌جمعی با سـالمندانم گفتـه بـودی مـرد نکته‌بینیـه بـا بارقـۀ ظریفـی از خودخواهـی در چهـره‌ش. امشـب بـرای اولیـن بـار بـا هـم تانگـو رقصیدیـم و شـاید باورت نشـه کـه این یکـی از زیباترین چیزایـی بـود کـه تابه‌حـال تو زندگـی‌م اتفـاق افتاده. دلـم می‌خواسـت هیچ‌وقت تمـوم نشـه. فکـر کنـم یه‌جـورِ نـرم و سـبک و لطیفی عاشـق هـم شـدیم. امشـب فهمیـدم طرفـدار پروپاقرص دیویـد بویـی هـم

هست، فهمیدم که با موسیقی راک هم حال می‌کنه و باهاش می‌رقصه، و گاهی مست هم دوچرخه می‌رونه. و اگه همهٔ اینا رو زودتر فهمیده بودم، شاید زودتر عاشقش شده بودم. بعد از رقص اونقدر دستپاچه بودم که بلافاصله چپیدم توی دست‌شویی. اون تو با خودم فکر کردم برای اینکه دلشو ببرم داستان آهنگ بسامه موچو رو براش تعریف کنم. اما فکر می‌کنی چی‌ شد؟ بی‌انصاف تا من دست‌شویی بودم زده بود به چاک. بدون خدافظی. لابد اونم دستپاچه بوده، نه؟ خلاصه که فرصتی برای دلبری من فراهم نشد.

تو در چه حالی؟ رُود تریپ[1] خانوادگی رو رفتین؟ خوش گذشت؟ گفتم پیش از اینکه بخوابم اعتراف شبانهٔ مستانه‌مو به تو کرده باشم. برام بنویس نظرت راجع به اختلاف سن بیست و اندی سال بین یه زوج چیه.

بوس و بغل

* * * * *

آنفلوانزای سخت همراه با بدن‌درد دو هفته زمین‌گیر و خانه‌نشینم کرد. در تب می‌سوختم و توی رؤیاهای هذیان‌آلودم تا ابد با آندره می‌رقصیدم. چهارشنبه‌شب هفتهٔ سوم خودم را رساندم به پاب پاتریشیا. کمی دیر رسیدم و آندره را دیدم که وسط پیست با بانی جست‌وخیز می‌کنند و شاد و سرخوش‌اند. و کمی بعدتر توییست[2] می‌رقصند. چرخ‌زنان و گاهی چیک تو چیک. آدری که استثنائاً آن لحظه نشسته بود، از سر میزشان برایم دست تکان داد و صندلی‌ای را که برایم نگه داشته بودند بهم نشان داد:

۱- رُود تریپ (Road trip) ↩ سفر جاده‌ای

۲- توییست (Twist)، رقص توییست گونه‌ای رقص است که در اوایل دههٔ ۱۹۶۰ میلادی رایج شد. حرکت‌های چرخان سریع باسن، دست، و پای این رقص، به «خشک‌کردن باسن با حوله‌ای خیالی هنگام پا خاموش‌کردن تهسیگاری خیالی» تشبیه شده است. دو همرقص وضعیت‌های بدنی و چرخش‌هایشان را هماهنگ می‌کنند اما یکدیگر را لمس نمی‌کنند.

ـ کجا بودی پیدات نبود، نیلا؟

تا نشستم با انگشت نشانشان داد و گفت: «تحسین برانگیزن، نه؟ ده روز با هم هاوایی بودن و همین دیشب برگشتن. این‌همه سال می‌دیدمشون و نفهمیده بودم چقدر به هم میان.»

گفتم: «آره، خیلی. من از سر کار برگشته‌م و خسته‌ام. گفتم سر راهم بیام یه دیداری بکنم. به بقیه‌م سلام منو برسون.»

* * * * *

بانی عکس‌ها را که به تریستان نشان داد و توضیحاتش که تمام شد، خودش را روی میز کش آورد و دستش را دراز کرد طرف من.

ـ چطوری، نیلا؟

ـ دیدمت که می‌رقصیدی. می‌بخشی، بانی. دیدم خیلی سرگرمی و نخواستم حواستو پرت کنم. سلام.

ـ تو کجایی دختر؟ خیلی وقته پیدات نیس. انرژی جوون جمعمون کم شده مدتیه. با ما پیرا مهربون باش.

آدری گفت: «از الآن بگم بعد از اینجا داریم می‌ریم فرَنکیز[1]. مشروب نخوردم که با ماشینم ببرمتون. میای اونجا، نیلا! شام و مشروبم مهمون ما. بانی واقعاً نیاز به استراحت داره امشب.»

فکر کردم: «آره، چه روزگار سختی. به‌جای پیچ‌وتاب تو بغل آندره باید با ماها برقصه.» و گفتم: «باشه، بریم. شنیدم کَنِری رُو[2] امشب اونجاس.»

توی فرَنکیز چهارنفری سر میزی نشستیم. پیش از اینکه به خودمان بجنبیم، بانی یکی یک گیلاس شراب برای همه‌مان سفارش داد. من پیشاپیش دو تا آبجو خورده بودم. کله‌ام گرم بود و لبخندهای ملیحش را راحت‌تر پاسخ می‌دادم. من و او و تریستان نیمه‌مست بودیم و آدری

1- Frankie's

۲- کَنِری رُو (Cannery Row)، یک گروه موسیقی سه‌نفره از سواحل غربی بریتیش کلمبیا

هـم حـالا کـه ماشینش را نزدیـک خانـه‌اش پـارک کرده بـود شروع کرده بود به نوشیدن.

کَنِری رُو موسیقی تلفیقی ریتمیکی می‌نواخت که مقاومت در برابرش ناممکـن بـود. اعجازی از بلوز و نیواورلئان، آمیختـه بـا ملودی‌هایی از کوبا و آمریـکای لاتیـن. و همهٔ این‌ها با شـور و حـرارت نوازندگان میانسالی که رقص ما سـر ذوق‌شان می‌آورد و تا بالکان و مدیترانه هم می‌کشاندشـان.

موسیقی که شروع شـد، خودمان را رساندیم بـه فضای کوچکی که کنار میزهـا بـرای رقـص بـاز کـرده بودند. آن‌قـدر کوچک کـه به هـم تنه می‌زدیم و پـای هـم را لگـد می‌کردیـم و یک‌بار حتـی، با ضربـهٔ یکی‌مان عینک تریستان از چشـمش پـرت شـد روی پیانـوی کوچک گَری.[1] همین‌جا آدری اشاره کرد رقص را بس کنیم و شاممان را تا سـرد نشـده بخوریم. سرِ میز من با سالادم ور می‌رفتـم و منتظـر بـودم زودتـر غذایشـان تمام شـود و برگردیم بـرای رقص. هم‌زمـان رفتـه بـودم تـوی بحر بانی کـه با اشتهای کامل استیکش را می‌بلعید و غـرق لـذت بـود. یک‌بار که سـر بلند کـرد و نگاهـم را غافلگیر کـرد، خطاب بـه بقیـه گفـت: «نیلا جریـان منـو نمی‌دونـه، نـه؟» آدری و تریستان با دهان پر سر تکان دادند.

ـ مامـان ۹۳ سـاله و خواهـر ۶۵ سـاله‌م به‌فاصلهٔ یـه روز، یکی از روی تختخـواب و اون یکی از روی نردبون پرت شـدن و هر دو تو بیمارستانن. پنـج شـبه نخوابیده‌م و تو بیمارستان غذا خورده‌م. امشـب دیگـه دیدم دارم دیوونـه می‌شـم و زدم بیرون.

آدری همان‌طـور کـه لنگ جوجـه را بـه نیـش می‌کشید، گفـت: «آنـدره مادرقحبـه چهـار روز پیـش با دوستاش رفت اسکی و قـرارم نیس تا سـه روز دیگـه برگرده.»

سرکهٔ سالاد پرید توی گلویم و به سرفه افتادم. از پشت پردهٔ اشک به بانی که سیب‌زمینی را با طمأنینه به سس آغشته می‌کرد، گفتم: «خیلی متأسفم. اوهو اوهو، باید لِهولَوَرده باشی.» گیلاسش را بُرد بالا و گفت: «این نجاتم می‌ده، و شما دخترا، و رقص!»

گیلاس‌هایمان را به هم زدیم و به‌سلامتی خودمان رفتیم بالا.

در لحظه‌ای از شب به خودم آمدم و دیدم من و بانی با ریتم موسیقی فلامنکو در حال رقصیم، آدم‌های سر میز کارد و چنگال، و گارسن‌ها و پرسنل آشپزخانه کارشان را رها کرده و محو تماشای ما شده بودند.

نگاه کردم به بانی که دست‌ها را می‌بُرد بالا و با چشم‌های بسته و لبخند شیرینش رو به آسمان می‌کرد، بعد خم می‌شد، سُرین زیبایش را کمی عقب می‌داد و دست‌ها را از آرنج خم می‌کرد و می‌آورد پایین، بازوها چسبیده به سینه و دست‌ها مشت، بعد پیچ‌وتابی به کل اندامش می‌داد و دست‌ها را با پنجه‌های باز مثل بال فلامینگو حرکت می‌داد. دلم می‌خواست توقف کنم و تنها نگاهش کنم، اما ریتم موسیقی مرا هم با خودش می‌برد. چشم‌های بانی باز که می‌شد، با چنان عشقی به من می‌نگریست که شرم‌زده‌ام می‌کرد. یک‌جا وسط رقص بهم نزدیک شد و گفت: «قرار بود امشب بیمارستان باشم. چه شانسی آوردم که به‌جاش اومدم اینجا.»

گذاشتم آهنگ تمام شود و از گَری خواستم بسامه موچو را بنوازند. بانی گیلاس شرابم را از سر میز آورد و داد دستم. یک قلپ خوردم، گیلاسش را از دستش گرفتم و برگرداندم سر میز.

ـ تانگو می‌رقصی، بانی؟

همدیگر را در آغوش گرفتیم و جلوی چشم‌های ناباور همهٔ آن آدم‌ها خودمان را سپردیم به موزیک. گَری که شروع کرد به خواندن، گفتم: «داستان این ترانه رو می‌دونی، بانی؟ سال ۱۹۹۰ تو برزیل وزیر

اقتصاد و وزیر دادگستری تو مهمونی شب تولد خانم وزیر اقتصاد با این آهنگ چیک تو چیک رقصیدن و رسوای عالم شدن. چند وقت بعد وزیر دادگستری و بعدترش خانم وزیر مجبور به استعفا شدن.»

سَرَم با دم عمیقی که بانی کشید داخل ریه‌ها، روی سینه‌اش جابه‌جا شد.

ـ هاوایی که بودیم، یه شب آندره این داستانو واسم گفت. داشتیم تو یه بار محلی باهاش تانگو می‌رقصیدیم.

سرم را بلند کردم و توی چشم‌هایش خیره شدم. شانه‌اش را به نشانهٔ اینکه سرم را برگردانم رویش، چرخاند. انگشت‌هایش را قفل کرد توی انگشت‌هام و فشار داد.

ـ آخر قصه آقای وزیر که ۲۱ سال از خانم بزرگ‌تر بوده، به‌طور ناگهانی رهاش می‌کنه. آندره اینم گفت که یه بار شب تولدش چیزی شبیه این براش اتفاق افتاده. داشته عاشق می‌شده که زده به چاک. انگار این آخرین آهنگی بوده که با اون دختر جوون زیبا رقصیده و یه چیزی به دلش برات شده. اون شب که اینا رو می‌گفت خیلی مست بود البته!

تا آخر آهنگ ساکت و هشیار رقصیدیم. مستی هر دومان پریده بود.

آنجا سر میز، آدری و تریستان که سیاه‌مست بودند الکل‌سنج را از توی کیف بانی بیرون آورده بودند و داشتند رویش تف می‌کردند و به آندره فحش می‌دادند. من و بانی هم نشستیم و قهقهه‌زنان بهشان پیوستیم. کیک شکلاتی و چای سفارش دادیم و قول دادیم ماهی یک‌بار همین برنامه را تکرار کنیم.

هر چهارتامان تاکسی گرفتیم و رفتیم خانه.

شبی در بوستون بار

دخـل آبجـوی سـوم را کـه مـی‌آورَد، سـریع چهارمـی را برایش بـاز می‌کنم و حـرف «بوسـتون بار»¹ را پیش می‌کشـم.

بوسـتون بار حتی پیش از آنکه دیده باشـمش، بـا نامش مرا جادو کرده بـود. «بوسـتون» تداعی‌گـر تصویـری در مجلـه‌ای خارجـی در خانـهٔ پدر و مـادرم بـود. عـده‌ای جـوان شـاد و بی‌خیال دستکشـی غول‌آسـا بـا شسـت برافراشـته به‌علامـت هیچ‌هایک² را دستشـان گرفتـه و کنار جاده‌ای ایسـتاده بودنـد. روی دسـتکش بـا حروف درشـت نوشـته شـده بـود: «بوسـتون». در عالـم کودکـی فکـر می‌کـردم جایـی کـه ایـن آدم‌هـای ول‌معطل خوش‌حال خوش‌چهـره می‌رونـد، بایـد جـای فوق‌العـاده‌ای باشـد.

«بـار» هـم کـه تکلیفـش معلـوم اسـت. آدمیـزاد بایـد یک تختـه‌اش کم باشـد کـه از بـار خوشـش نیاید.

از قلب سـوم آبجـوی چهارم، توصیـف زیبایی‌هـای منحصربه‌فرد منطقه شـروع می‌شـود و بـا جرعـهٔ آخـرِ آبجـوی پنجـم اوج می‌گیـرد. تـه آبجوی

هفتـم کـه بـالا می‌آید، تاریـخ رفتـن تعییـن می‌شـود و پراندن تشتک آبجوی هشتم مقـارن اسـت بـا آوردن کاغـذ و قلـم و تهیـهٔ لیسـت لـوازم موردنیاز، کـه خیلـی هـم بلندبالا نیسـت. مادر و ناپـدری نوئل[1] در بوستون بـار خانهٔ بزرگـی دارنـد بـا حیاطـی وسیـع کـه می‌شـود در آن چـادر زد و از امکانـات آشپزخانه و سـرویس بهداشتی‌اش استفاده کرد.

نوئـل، دوست‌دختر کانادایـی سـروش دوسـت آبادانـی ماسـت و مـا، چنـد ایرانـی مهاجر کـه سـه چهـار سـالی اسـت در ونکـوور زندگـی می‌کنیم و همدیگـر را در محیـط کار و مدرسـه پیـدا کرده‌ایـم. قضیـهٔ آبجوخـوری و قرارومـدار ماه‌هاسـت کـه هـر آخـر هفتـه اتفـاق می‌افتـد، امـا هیچ‌وقـت به نتیجـه نمی‌رسـد. هـر بـار یکـی عـذر و بهانهٔ گرفتـاری مـی‌آورد و یک‌جای کار می‌لنگـد. «آچـاک»[2] ناپـدری بومـیِ نوئـل هم رئیس قبیلـه و درمان‌گر اسـت و بـرای پذیـرش مهمـان در حیـاط خانه سـرش زیادی شـلوغ.

امشـب امـا به‌تنگ‌آمـده از بدعهدی‌هـا، بذر شیطانی پیام‌دادن به آچاک را حیـن بازکـردن آبجوی دهـم در ذهن نوئل می‌کارم. دختر بامعرفتی اسـت. به‌محـض اینکـه شـات تکیلایـی را هـم کـه برایش ریختـه‌ام می‌اندازد بـالا، به ایـن نتیجهٔ درخشـان می‌رسـد کـه تلفنـی کار را یک‌سـره کند.

گوشـی را کـه قطـع می‌کنـد و چکـهٔ آخـر آبجوی دهـم را قـورت می‌دهد، مـژدهٔ سـفر هیجان‌انگیز به بوسـتون بـار برای دو هفتـه بعد را اعـلام می‌کند.

* * * * *

سـاعت ۴ بعدازظهـر از ونکـوور راه می‌افتیم. خانوادهٔ مهـدی و مَلی با دختر هشت‌ساله‌شـان السـا و دوسـت مسـن‌ترمان بهـروز در یـک ماشین‌انـد. من و دوست‌پسـرم فـراز با سـروش و نوئل در ماشـین فراز.

دو چـادر داریـم کـه در یکـی خانـوادهٔ سـه‌نفره می‌خوابـد و در آن یکی

<hr>

1- Noel
2- Achak

مـن و فـراز و بهـروز. سـروش و نوئـل هـم کـه عضـو خانـواده‌انـد و می‌تواننـد داخـل خانـه بخوابند.

سـر راه از فروشـگاه زنجیـره‌ای والمـارت[1] اعلاتریـن تشـک‌های بـادی و شـیک‌تریـن میـز و صندلی‌هـای کمپینـگ را بـا دلـی آرام می‌خریـم چـون اطمینـان داریـم همه‌شـان را در راه بازگشـت بـه ونکـوور پـس می‌دهیـم. مدل ارزان‌ترشـان را در خانه‌هامـان داریـم، ولـی بـرای ایـن سـفر استثنایی دلمـان می‌خواهـد سـنگ تمـام بگذاریـم و در چشـم خانـوادهٔ نوئل هم شیک جلوه کنیـم. همچنـان کـه تصمیـم گرفته‌ایـم تـوی راه لب به مشـروب نزنیـم و در پیشـگاه آن خانـواده بانزاکـت و موجـه به‌نظـر بیاییـم. صـد البتـه کـه لزومی بـه نوشـیدن هـم نیسـت. جـاده سرشـار از زیبایـی، و چشم‌انداز کوه و آبشـار و رودخانـه بـا پس‌زمینـهٔ موسـیقی گوش‌نـوازی کـه از رادیـو پخـش می‌شـود به‌قـدر کافـی هوش‌ربـاست.

یکـی دو بـار هـم می‌زنیـم کنـار و سـیگاری دود می‌کنیم، چایی می‌نوشـیم و سـری بـه آسـمان، عقاب‌هـا را رصـد می‌کنیـم. حـدود سـه سـاعتی راه در پیش اسـت و نمی‌خواهیـم زیبایـی بوسـتون بـار را در گرگ‌ومیـش غـروب از دسـت بدهیـم. جایـی تـوی بزرگـراه شـمارهٔ یـک، نوئـل از جـاده‌ای فرعـی صحبـت می‌کنـد کـه چشـم‌اندازهای متفاوتـی دارد و نظرمـان را بـرای انشـعاب از بزرگـراه و رانـدن در آن جـاده می‌پرسـد. چـه از ایـن بهتـر؟ نوئـل بیـن دو خروجـی شـک دارد، امـا مطمئـن اسـت کـه در نهایـت همـهٔ راه‌هـا بـه بوسـتون بـار ختم می‌شـوند. دخـتری اسـت کـه بـا چشـمان آبـی آرام و صـورت دل‌فریب تـو را بـه ارتـکاب جنایـت هـم متقاعد می‌کنـد، انحـراف از جـاده که چیز مهمی نیسـت. فراز از همـان خروجـی اول می‌رانـد به‌سمت جادهٔ فرعی.

٭ ٭ ٭ ٭ ٭

۱ـ والمارت (Walmart)، فروشگاه زنجیره‌ای آمریکایی، از بزرگ‌ترین فروشگاه‌های زنجیره‌ای در کانادا

چشم‌اندازها همان‌طور کـه نوئل وعـده داده بـود، کم‌کَمَک شـروع می‌کند بـه تغییـر: درخت‌هـای تنومنـد پرشاخ‌وبرگ به نیزه‌هـای خـاردار بی‌بـرگ، و کوه‌هـای سرسبز پوشیده از جنگل به صخره‌های غول‌آسـای لُـخت و مهیب.

سـیگنال رادیـو در گـذر از هـر پیـچ ضعیف و ضعیف‌تـر می‌شـود و سر آخـر بـه پارازیت مطلـق می‌رسد. فـراز خاموشـش می‌کند و حالا موسیقی متـن نـوای رودخانه اسـت کـه رفته‌رفته از زمزمـه‌ای آرام و گوش‌نواز به غرشـی مخـوف و وهمنـاک بدل می‌شـود.

جـور غریبانه‌ای سـاکتیم. دیگـر برنمی‌گردم بچه‌هـا را در صندلی عقب نـگاه کنـم. فقـط گاهـی می‌گویـم: «اوه، چـه متفـاوت!» بقیـه می‌گوینـد: «اوهـوم»، یـا آه می‌کشـند. نوئـل مدتـی اسـت سـر بـه‌روی شانۀ سـروش بـه‌نرمی خُرخُـر می‌کند.

فـراز سـی‌دی را می‌سُـراند تـوی دسـتگاه و «نـورا جونـز»[1] بـا صدایی رازآلـود می‌خوانـد:

Come away with me in the night

Come away with me[2]

* * * * *

حدود دو سـاعتی اسـت کـه دیگـر زحمـت خوانـدن تابلوها را هـم به خودمان نمی‌دهیـم و بـا سرگشـتگی در جـاده می‌رانیـم. خرنـاس نوئـل سـکوت بین آهنگ‌هـا را می‌شـکند، بـازوی سـروش بی‌حـس شـده و میگـرن معـروف فـراز دارد عـود می‌کند. تـوی آینـه ماشـین پشت‌سـر را می‌بینم و اشاره‌های تردیـد و دودلـی سرنشـینان را بی‌جـواب می‌گـذارم.

درسـت زمانـی کـه امیدمان را بـرای رسـیدن بـه بوسـتون بـار از دست

۱- نورا جونز (Norah Jones)، خواننده، نوازنده و ترانه‌سرای آمریکایی

۲- با من بیا در دل شب

بیا با من

داده‌ایـم و سـروش زیرلبـی شـروع کرده بـه فحـش‌دادن، تابلوی «به بوسـتون بـار مرکـز شگفت‌انگیز درهٔ فریـزرِ¹ خـوش آمدیـد» نوری بـه قلب‌هامان می‌تابانـد. با دیـدن پمپ بنزین اِسـو² و اعلان وعدهٔ جایـزهٔ نیم‌میلیون‌دلاری بخت‌آزمایـیِ سردرش، انـگار کـه جایـزه را بـرده باشـیم، هلهلهٔ شـادی سر می‌دهیـم و نوئـل را از چـرت بعـد از آبجـو می‌پرانیـم.

خیابانـی کـه قـرار اسـت بـه خانـهٔ آچـاک منتهـی شـود، دراز و بی‌انتهاسـت و بـرای غـروب جمعه‌شب کمـی بیـش از انـدازه خلـوت و خالـی. در طـول مسـیر تنهـا یـک فروشـگاه محقـر مـواد غذایـی، چنـد مُتل متروکه و بـاری با ماکت‌هایـی توسـری‌خورده و رنگ‌ورورفتـه از الویس پریسـلی و مریلین مونرو به‌چشـم می‌خـورد. بـر کـه می‌گـردم، الویـس بـا نـگاه پرسشـگر و مریلیـن بـا چشـمان ملامتگـر، بی‌نشـانی از شوخ‌وشـنگی و طنـازی بدرقه‌مـان می‌کننـد.

نوئـل بـه فـراز فرمـان می‌دهـد بپیچـد تـوی خیابانـی فرعـی و بعـد از ده دقیقه رانـدن در جادهٔ خاکـی، بانـگ می‌زنـد کـه رسـیدیم و می‌توانیـم ماشـین‌ها را در حیـاط پـارک کنیم.

* * * * *

حیاط، محوطه‌ای اسـت چهارگِوش حدود صد مترمربع بـا چمنی رنگ‌پریده و تُنُک، بی‌هیـچ گل‌وگیـاه و تنهـا از یک‌طرف بـا دیوار خانهٔ مجاور محصور. دورتـادورش حصارکشـی و بـا میله‌هـای فلـزی فاصله‌گذاری شـده. نوکِ تیز میله‌هـا تـوی گوشـت تـن ماهی‌هـای سـلمون فربهـی فـرو رفتـه که چشـمان غضبناک‌کشان بـه کوهسـاران لُخـت وهمنـاک خاکسـتری خیره، و دهانشـان باز مانده اسـت.

خانهٔ نوئل در ضلع شمال شرقی حیاط است؛ عمارتی صورتی‌رنگ و دوطبقه. داریم آماده می‌شویم به‌سرعت و پیش از تاریک‌شدن هوا چادرها را علم کنیم که سَندی[1] و آچاک برای خوشامدگویی از خانه می‌آیند بیرون. آچاک، شبیه بومی‌های توی فیلم‌های سرخ‌پوستی آفتاب‌سوخته است با موهای لَخت و رها، و سَندی مثل نوئل چشم‌آبی و زیبا. هر دو بلند و ستبر و جذاب.

دست می‌دهیم و خودمان را معرفی می‌کنیم و کم‌رویی ایرانی اجازه نمی‌دهد دعوتشان را برای ورود به خانه و دیدن نقاشی‌های سندی به بعدتر موکول کنیم.

خانه، روشن و تمیز و دلباز است. کفش‌ها را می‌کَنیم و برای نیم‌ساعت از نقاشی‌ها با سوژهٔ بیماران روحی آچاک و چهره‌هاشان قبل و بعد و در طول درمان بازدید می‌کنیم. بوم‌ها روی دیوارهای طبقهٔ اول، راه‌پله‌ها، طبقهٔ دوم و چهار اتاق بزرگ خانه نصب شده‌اند و چند تابلو از منظرهٔ کوهستان و رودخانه و چند نقاشی آبستره هم بینشان است. سندی هنرمند قابلی است و در مورد هر تابلو توضیح مختصری هم می‌دهد.

سر آخر، دست‌شویی را نشانمان می‌دهند و به قوانین استفاده از آن و وسواسشان بر تمیزی تأکید می‌کنند. حضور السا به‌عنوان کودک، مهر و عطوفت این زوج را برانگیخت و ما را مشمول برخی استثنائات در قوانین پذیرش مهمان در حیاط کرد. در منزل را قفل نمی‌کردند و می‌توانستیم هر چند بار که می‌خواهیم به دست‌شویی برویم، ترجیحاً نه برای اجابت مزاج! و اجازه داشتیم آب کتری را یک‌بار برای چای یا قهوهٔ صبحانهٔ روز بعد جوش بیاوریم.

تعظیم و تشکر می‌کنیم و سریع برای عَلَم‌کردن چادر دست‌به‌کار

1- Sandy

می‌شویم. برپاکردنِ چادرِ اول بـرای خانـوادهٔ سـه‌نفره بـا موفقیـت، و برپایـی چـادرِ دوم بـرای مـن و فـراز و بهـروز، بـا مواجهـه بـا ایـن حقیقت تلـخ کـه دیرک‌هـا را در خانـه جـا گذاشتـه‌ایم همـراه است؛ زیروروکردن صنـدوق عقـب هـم بی‌نتیجـه.

سـندی و آچـاک پیـش از تـرک خانـه بـرای رفتـن به مهمانی برایمان شب خوشـی آرزو، و خاطرنشـان کردنـد کـه خوابیدن زیر آسـمان پرسـتاره تجربهٔ چنـدان بـدی هـم نیسـت. گفتـد می‌توانیـم گاراژ ـ انبـاری خانـه را هـم بـا نظـارت نوئل بـرای یافتـن احتمالی دیـرک چادر جسـت‌وجو کنیـم. نوئل که سـرگرم جابه‌جاکـردن بار و اثاثیه‌اش اسـت این قسـمت را خوب نمی‌شـنود؛ کم‌رویـی ایرانـی هـم اجازه نمی‌دهـد اسباب زحمتـش را فراهـم کنیم. کیسـه‌خواب‌های مرغوبـی داریـم و مصمـم می‌شـویم شـبی را بی‌سقفی بالای سـر بـه صبح برسـانیم.

٭ ٭ ٭ ٭ ٭

تاریـک شـده اسـت. آتش را میـان حیاط افروختـه‌ایم و نشسـته روی کُنده‌های چـوب، گرداگـردش حلقـه زده‌ایم. هوا آن قَدَری سـرد اسـت کـه گرمای آتش و الـکل بچسـبد و اشـتهامان بـاز شـود. نوئـل ازمان خواسـته بود سـاندویچ و سـالاد بیاوریـم و در حیاط خانـه پخت‌وپـز راه نیندازیـم.

همان‌طـور گپ‌زنـان، سیب‌زمینی‌هایی را که مآل‌اندیشـانه برای کباب‌کردن تـوی آتـش آورده‌ایـم فویل‌پیچـی می‌کنیـم کـه هیکلـی در نـور آتـش پدیدار می‌شـود. نوئـل هیجـان‌زده از جا می‌جهد و مرد سـتبر را در آغوش می‌کشـد.

ـ بچه‌هـا؛ برادر ناتنـی‌ام، نیول[۱].

از جامـان بلنـد می‌شـویم و خودمان را بـرای دسـت‌دادن و بوسـه و آغوش آمـاده می‌کنیـم. نیـول بـا نگاهـی گنـگ تک‌تک‌مـان را برانـداز می‌کنـد و

1- Niyol

تقریباً می‌غرد: «بـه بوسـتون بـار خـوش اومدیـن، جماعـت!» سـری هم بـرای سـروش تکان می‌دهـد: «میزونـی، رفیق؟»

هنوز کامل ننشسته‌ایم که دو مرد دیگر هم از راه می‌رسند.

یکی‌شـان سفیدپوسـت ریغـوی تقریبـاً شصت‌سـاله‌ای بـا کلاه کَـپ و بنـد شـلوار اسـت و دیگـری بومی‌ای حـدوداً سی‌سـاله، هم‌قدوقوارهٔ نیـول و به‌همان سـردی و بی‌اعتنایـی. مرد سفیدپوسـت خودش را آنکِل پاکِت[1] معرفی می‌کند و تندتنـد بـا همه دسـت می‌دهد.

نوئـل می‌گویـد: «چطوری، عمـو؟ خوشـحالم می‌بینمت.» بعد رو می‌کند بـه مـا: «آنکل پاکـت سـال‌هاس کـه بـا بومیـا زندگی می‌کنه. اینجـا دیگه عضـو قبیلـه حسـابش می‌کنـن. دلیل اسمشـم علاقـهٔ دیوونه‌وارش بـه پوله.»

عمـو برخلاف تصـور از معرفی کوتاه و سـریع نوئل ناراحت که نمی‌شـود هیـچ، در حیـن دسـتبرد بـه جعبـهٔ آبجوهـای مـا سـرش را هـم بـا افتخـار بالا می‌گیـرد و به‌نشـانهٔ تأییـد می‌جنباند.

دوسـتان تـازه‌وارد خیلـی خودمانی صندلی‌هـای تاشـویی را کـه آورده‌اند، بـاز می‌کننـد و حلقـهٔ دور آتـش را تکمیل. تا بـه خودمان بجنبیم، عمـو آبجوهای دو نفـر دیگـر را هـم باز می‌کنـد و می‌دهد دستشـان.

سـروش که آشـکارا عصبی شـده، زیر لـب می‌گویـد: «بی‌ناموسـا، انگار خونهٔ باباشـونه.» و کندهٔ چوبـش را از صندلی‌هـا دور می‌کند.

فراز می‌گوید: «اون نیـول که خب، خونهٔ باباشه.»

سروش می‌خروشد: «گه خورده! الان حسابشونو می‌رسم.»

هنـوز حرفـش تمـام نشـده کـه شـبحی در تاریکـی نمایان می‌شـود: یک پسـر بومـیِ ریزنقش با صورت اسـتخوانی، چشـمان ازحدقه‌بیرون‌زده و موهای سـیاه پاشـنه‌نخواب. به‌نظر بیسـت و چنـد سـاله می‌رسـد و بی‌قرار.

سـه نفـر دیگر زیـر لب می‌گوینـد: «خداونـدگار رید![1] ایـن عوضی دیگه از کجا پیداش شد؟»

عوضی نزدیک‌تـر کـه می‌آیـد، ردّ زخمـی روی صورتش پدیدار می‌شـود و لبخنـدی گَل‌وگشـاد دندان‌هـای فاسـد یک‌درمیانش را به‌نمایـش می‌گذارد. عمـو قهقهـه می‌زنـد: «به‌به! آهیگا[2] هم که از راه رسید. جمعمـون جَمعه.» بعـد هـم درِ آبجویـی را بـا لبـهٔ یکـی از کنده‌هـای چـوب می‌پرانـد و می‌دهـد دست پسـر.

آهیـگا بـا حـظ فـراوان تک‌تـک مـا را از نظـر می‌گذرانـد و همان‌طور کـه قلـپ اول آبجویـش را در دهـان می‌گردانـد، روی مـن و مَلـی مکـث می‌کند. سروش با غیظ می‌گوید: «انگاری دیوانه‌ها اومدن هواخوری، وُلِک.»

نوئـل کـه کلمـهٔ «دیوانـه» را بیـن حرف‌هـای سـروش تشـخیص داده، تشـر می‌زنـد: «دهنتـو ببنـد، سـروش! ایـن بنده‌خـدا دیوانـه نیـس.» «دیوانـه» را بـه فارسـی می‌گویـد.

آهیـگا آبجوی تـوی دهانـش را می‌پاشـد طرف نوئل و می‌گویـد: «آی اَم دیواین. آی اَم دیواین»[3] و شـروع می‌کنـد مثل اسـب دور آتـش یورتمه‌رفتن. سـروش داد می‌زنـد: «دیـدی گفتـم؟ جمـع کـن بریم بابـا با این محلهٔ خرابه‌تـون. مـن خـوف دارم از اینا.»

نوئـل دارد بُـراق می‌شـود کـه بهـروز می‌گویـد: «شـما دو تا دعـوا نکنین. مـن کنترل می‌کنـم این پسـره رو.»

و بـا فریـاد السـا کـه از آن‌طرف داد می‌زنـد «عمو، این پسـره رفته سـر غذاهـا» دور می‌شـود. نیـول هـم به‌اشـارهٔ نوئل مـی‌رود بـرای کمـک بـه آن‌هـا و دستگیری آهیـگا کـه سـرش تـوی کیسـهٔ خوراکی‌هاست.

1- Holy shit!

2- Ahiga

۳- آی اَم دیواین. آی اَم دیواین (I am Divine. I am Divine) ← من خدای‌گونه‌ام

* * * * *

نیم‌ساعت بعد باز همه دور آتش نشسته‌ایم. آهیگا ملچ‌مولوچ‌کنان ساندویچ‌های ماهی تُن نازنین مرا می‌بلعد. عمو و نیول و دوستش هم سیگاری ماری‌جوآنایی را که پیچیده‌اند، یواشکی بین خودشان دست‌به‌دست می‌کنند و لابه‌لایش برای رفع خشکی دهان آبجوهای ما را سر می‌کشند.

عمو کله‌اش گرم شده و معلوم است سکوت آزارش می‌دهد:

ـ خب، سر راه اومدن به اینجا تو هِلز گِیت[۱] واسّادین؟

بهروز شگفت‌زده می‌پرسد: «هِلز گِیت؟ هِلز گِیت دیگه کجاس، عمو؟»

ـ بعععه، نوئل! نشونشون ندادی؟

ـ من بیشتر راهو خواب بودم. امروز تا دمِ اومدن تو اون مغازهٔ لعنتی کار می‌کردم.

عمو پک قایمی به سیگاری می‌زند: «اونجایی رو که رودخونهٔ فریزر باریک می‌شه، می‌گن هِلز گِیت. یه پل قرمزیَم بالاشه. ۷۵۰ میلیون لیتر آب تو یه پهنای ۳۳ متری جریان داره. یعنی دو برابر جریان آبشار نیاگارا. سایمون فریزر[۲] که اومده اینجا دنبال تجارت و پول‌وپَله این اسمو روش گذاشته. بعضی جاها عمقش ۲۱۰ فوته. خایه می‌خواد بری اون حوالی بپلکی.»

می‌گویم: «اوه، همون‌جا بود که صدای رودخونه وحشتناک شد.» و یادم می‌آید که تابلوی هِلز گِیت را هم دیده بودم.

مهدی که دخترکش را روی زانویش نشانده می‌گوید: «کوه‌ها، این کوه‌ها هم یه کمی متفاوت و...»

بهش فرصت نمی‌دهم تعارف کند: «ترسناکن.»

۱ـ هِلز گِیت (Hell's Gate) ← دروازهٔ جهنم

۲ـ سایمون فریزر (Simon Fraser)، تاجر پوست و کاوشگر اسکاتلندی قرون ۱۸ و ۱۹ که بسیاری از سرزمین‌هایی را که در حال حاضر استان بریتیش کلمبیای کانادا می‌شناسیم، شناسایی کرد.

عمـو مـی‌گویـد: «پـس چـی کـه ترسـناکن! می‌دونـی اون سـالا کـه ملت میومـدن دنبـال طـلا بگـردن، چن نفرشـون از اون بـالا پرت شـدن پایین و نفله شـدن؟»

بهروز با حیرت می‌گوید: «دنبال طلا؟»

سروش به فارسی می‌گوید: «این مادرجنده خالیَم می‌بنده.»

مَلی از این سر به مهدی اشاره می‌کند که گوش السا را بگیرد.

عمو چشـم‌غرّه‌ای به سروش مـی‌رود و می‌گوید: «پـس چی؟ ایـن رودخونه هنوزم طلا تولید می‌کنه. فقط اسـتخراجش سـخته.»

نیول می‌گوید: «حالا حدس بزن اسم کوهه چیه!»

همه برمی‌گردیم طرفش که دارد سیگاری دوم را می‌پیچید:

ـ جَک‌اَس مانتین[1]

چهار نفری می‌زنند زیر خنده.

فـراز مـی‌گویـد: «یعنی مـا بین این‌همـه جا تو کانـادا باید صاف میومدیم جک‌اس مانتیـن و هلز گیت؟»

و چشـم‌غرّهٔ نامحسوسی بـه من مـی‌رود. مَلی کُنده‌چوبش را می‌کشـاند طرفـم و آهسـته مـی‌گویـد: «از صبـح بـه دلـم بـد افتـاده بـود. کاش این‌قدر دور نبـود همین الان برمی‌گشـتیم.»

مـن کـه هنـوز تصویـر جوان‌هـای خرکیـف تـوی مجلـه جلـوی چشـمم اسـت، دسـتم را می‌انـدازم دور شـانه‌اش و گونـه‌اش را می‌بوسـم: «حـالا تازه سـر شـبه. قراره مسـت کنیـم و گـپ بزنیـم و خوش باشـیم. اینام کم‌کـم پراکنده می‌شـن مـی‌رن پـی کارشـون. فکر فردا بـاش که می‌ریم حسـابی ایـن دوروبر می‌گردیـم و تـو رودخونـه آب‌تنـی می‌کنیم.»

آنکل پاکـت رو می‌کنـد بـه مـا و بـا تغیّر می‌گویـد: «نبینم دیگـه بـه

زبون خودتون حرف بزنین. اومدین اینجا مهمون ما، باید انگلیسی گپ بزنین. حرف خصوصیَم نداریم.»

نوئل رو ترش می‌کند: «بس کن، مرد حسابی. این‌جور که مثل آفت افتادین به جون آبجوها و غذاها، به‌نظرم بیشتر شما مهمون اینایی.»

بهروز به نوئل نگاه می‌کند و لب می‌گزد: «حالا مهم نیس. این دوروبرا مشروب‌فروشی پیدا می‌شه؟»

آنکل پاکت دود فروخورده را با خسّت بیرون می‌دهد و با سربلندی می‌گوید: «البته که پیدا می‌شه. تو داون‌تاونِ[۱] بوستون بار لیکور استور[۲] داریم.»

این بار نوبت ماست که غش‌غش خنده‌مان را سر بدهیم.

فراز می‌زند روی شانهٔ سروش و می‌گوید: «داون‌تاون؟»

سروش سکسکه‌کنان می‌گوید: «داون‌تاون بوستون بار؟ انگار بگی داون‌تاون امیدیه.[۳]» و ریسه می‌رود. همه‌مان انگار یک‌جورهایی علاوه بر مستی بخوری هم شده‌ایم.

من وسط قهقهه می‌پرسم: «راس‌راسی؟ همون‌جا رو که اون پمپ بنزین و بقالی پیزوری‌یه‌س، می‌گی؟»

ناگهان هر چهار بیگانه خیره می‌شوند به من و عمو تشر می‌زند: «هی، تو نیم‌وجبی دیگه به چی می‌خندی؟ معلوم نیس از کدوم جهنم‌درّه‌ای بلند شدی اومدی اینجا، بعد با اون لهجهٔ ضایعت بوستون بارو مسخره می‌کنی؟»

جا می‌خورم و خنده‌ام بند می‌آید. همان لحظه چشمم می‌افتد به سیگاری‌ای که مخفیانه ردّش کرد به نیول و سریع خودم را جمع‌وجور

۱- داون‌تاون (Downtown) ← قسمت شلوغ و تجاری مرکز شهر

۲- لیکور استور (Liquor Store) ← مشروب‌فروشی

۳- امیدیه، شهری کوچک در استان خوزستان

می‌کنم: «اون جهنم‌درّه‌ای که ازش اومدم هر قدرم عقب‌مونده باشه فرهنگش از مال تو خیلی بالاتره. مهمون که میاد شهرمون به‌جای اینکه راهش ندیم داخل و مشروب‌بشو بخوریم و قایمکی سیگاری‌مونو بکشیم، تو خونه ازش پذیرایی می‌کنیم و ده جور غذا و نوشیدنی جلوش می‌ذاریم.»

سکوتی که برقرار می‌شود کمی بیش‌ازحد طول می‌کشد و سر آخر عمو می‌شکندش. می‌آید طرف من، سیگاری را می‌گیرد جلوی صورتم و می‌گوید: «بیا بکش! ما فِک نمی‌کردیم شما اهلش باشین.»

بعد هم به دوست نیول اشاره می‌کند و می‌گوید: «بدو برو دو باکس آبجو از تو ماشین وردار بیار که تشنمونه، پسر.»

سروش با گوشه‌چشمی به سیگاری زیرلب می‌غرّد: «دیوث، حالا دیگه؟»

نوئل که دیوث را بلد است با لهجهٔ غلیظ می‌گوید: «دیوث؟ هاهاها، عاشقتم سروش. دیوث؟ هاهاها.»

عمو با اشتیاق می‌گوید: «دیوُرْس[1]؟ می‌خواین طلاق بگیرین؟»

سروش می‌گوید: «آره، داداش!» بعد هم رو به ما به فارسی می‌گوید: «به مولا برگردیم ونکوور ولش می‌کُنم، با این فک‌وفامیلای غربتی‌ش.»

همگی یک‌صدا شیشکی می‌بندیم و مهدی از آن‌طرف با سر اشاره می‌کند: «بشین بینیم، بابا!»

در گیرودار ردکردن سیگاری تف‌آلود تعارفی عمو هستم که هُرم نفسی را پشت گردنم احساس می‌کنم و از جا می‌پرم. بر که می‌گردم، آهیگا را می‌بینم که روی زمین خزیده و توی تاریکی خودش را رسانده به من و مَلی. دست دیگرش هم روی گُردهٔ اوست.

مَلی همان‌طور که به روبرو خیره شده می‌نالد: «یا امام هشتم!»

آهیگا صبر می‌کند عمو دور شود و توی گوش من نجوا می‌کند:
«کدوم یکی از شما خوشگلا بیشتر دلش می‌خواد شبو با من بگذرونه؟»
یک لحظه باهاش صورت‌به‌صورت می‌شوم و یادم می‌آید که توی یکی
از تابلوهای سندی دیده بودمش. همان بود که سینهٔ چاک‌خورده داشت.

آب دهانم را قورت می‌دهم و با اشتیاقی ساختگی می‌گویم: «دیدم
آشنا به‌نظر میای. نقاشی‌تو که سندی کشیده بود دیدم.»

ناگهان از جا می‌جهد و تی‌شرتش را با یک حرکت از تن درمی‌آورد.

سروش از آن‌طرفِ آتش داد می‌زند: «این بی‌ناموس چرا لخت شد؟»

نوئل می‌گوید: «کوتا بیا، سروش. می‌خواد زخمشو نشون بده.»

زخم کهنه که از شکافش جابه‌جا گوشت‌های اضافه به‌رنگ بنفش تیره
بیرون‌زده، چنان ناسور است که بخیه‌های درشت هم نتوانسته لبه‌هایش را
هم آوَرَد؛ خط اریبی که از شانهٔ چپ شروع شده و با گذر از روی قلب تا
زیر آخرین دندهٔ سمت راست کشیده شده.

عمو با خونسردی می‌گوید: «همینه که اسمش آهیگاس دیگه!»

نوئل پوزخند می‌زند: «به‌زبون بومی یعنی هی فایتس.[1]»

آهیگا قهقههٔ بلندی سر می‌دهد و پیروزمندانه می‌گوید: «اون مادربه‌خطا
زخم زد، اما من دخلشو آوردم. کشتمش.»

مهدی می‌گوید: «من برم بچه رو بخوابونم که دیروقته.» و السا را
که توی بغلش دست‌وپا می‌زند و تقلا می‌کند، به‌سمت چادر می‌برد.

مَلی که از ترس جنب نمی‌خورد با صدای لرزان داد می‌زند: «قربون
قدت بشم، مادر. برات سیب‌زمینی نگه می‌دارم صبحونه بخوری.
شب به‌خیر.»

عمو با لحن کارشناسانه‌ای می‌گوید: «حکم حبس ابدش تأیید نشد.»

۱- هی فایتس (He Fights) ← او می‌جنگد.

بعد هم چشمکی به ما می‌زند: «خب، می‌دونین؟ ثابت شد تو شرایط روحی مساعدی نبوده.»

نوئل می‌گوید: «آره، بابا براش خیلی زحمت کشید.»

آهیگا باز قهقههٔ چندش‌آورش را سر می‌دهد: «هیچم همچین نیس. می‌ترسن ازم. می‌دونن خرس گریزلی[1] رو نمی‌تونن تو قفس نگه دارن.»

بعد دست می‌کند و از جیب عقبش چاقوی ضامن‌داری درمی‌آورد، به یک آن تیغه‌اش را آزاد می‌کند و می‌گیردش طرف جمع.

ـ حالا هم اگه منو با این دو تا خوشگل تنها نذارین، دخل همه‌تونو میارم.

یک لحظه همه ساکت می‌شویم و صدای جیرجیرک‌ها فضا را پر می‌کند.

مَلی مویه می‌کند: «یه گوسفند نذر امام رضا کردم که همه‌مون سالم از اینجا بریم. همین دفعه که برم ایران.»

نیول و دوستش بی‌معطلی بلند می‌شوند و می‌آیند طرف ما. نیول با زانو می‌زند توی شکم آهیگا و چاقویی را که از دستش افتاده برمی‌دارد و پرت می‌کند توی آتش. دوستش با یک حرکت آهیگا را بغل می‌زند و می‌اندازد روی دوشش و راه می‌افتد به‌سمت در خروجی حیاط.

نوئل خنده‌ای عصبی سر می‌دهد: «چاقوکشی این ریغونه رو ندیده بودیم که دیدیم. اینم از سرگرمی امشب!»

صدای ناسزا جیرجیرک‌ها را ترسانده. سروش چند قدمی دنبال شکارچی و اسیر می‌دود و چند فحش ناموسی می‌دهد که توی فضا گم می‌شود. من و مَلی نفس‌هامان را می‌دهیم بیرون و همدیگر را بغل می‌کنیم.

٭ ٭ ٭ ٭ ٭

طرف‌های نیمه‌شب است و با لب‌ولوچهٔ سوخته و دهان تاول‌زده از

۱ـ خرس گریزلی (Grizzly Bear)، گونه‌ای از خرس قهوه‌ای که در ارتفاعات مناطق غربی آمریکای شمالی زندگی می‌کند، عظیم‌الجثه و همه‌چیزخوار است و در صورتی‌که احساس خطر کند، دست به حمله می‌زند.

خوردن سیب‌زمینی داغ، مست و خراب دور آتش ولو شده‌ایم و هر کس در گفت‌وگویی بی‌سروته و صمیمانه با دیگری. گرمای آتش و رخوت الکل کارگر شده و اختلاف‌ها فراموش. نوئل سر سروش را از روی زانویش برمی‌دارد و تلوتلوخوران می‌رود از جعبه آبجویی برمی‌دارد. قوطی مقوایی را می‌اندازد توی آتش: «خلاص! همه رو زهرمار کردیم، رفقا.»

آه تأسف از نهادمان برمی‌آید.

عمو می‌گوید: «خب، بچه‌ها. جمع کنیم بریم.» و هم‌زمان آخرین موز را از توی ساک خوراکی‌ها در می‌آورد.

مَلی می‌نالد: «بمیرم برای بچه‌م. فردا صبحونه چی بخوره؟»

فراز می‌گوید: «نگران نباش. صبح می‌ریم داون‌تاون بوستون بار خرید.»

سروش می‌گوید: «ریدُم تو اول و آخر بوستون بار.»

نیول از جایش بلند می‌شود: «نونو، تو که شب توی خونه می‌خوابی؟» کلماتش کِش‌دار و نامفهوم است.

نوئل می‌گوید: «من و سروش تو می‌خوابیم. بقیه تو چادر و کیسه‌خواب.»

نیول می‌گوید: «اونایی که تو چادر می‌خوابن، زیپشو کیپ ببندن. اونایی‌یَم که تو کیسه‌خوابن سنگین نخوابن.» یک چشمش را می‌بندد و می‌گوید: «یه چِششون باز باشه.» و با دوستش کِرکِر می‌خندند.

من و فراز و بهروز یک‌صدا می‌گوییم: «چطور مگه؟»

عمو همان‌طور که موز را گاز می‌زند می‌گوید: «این ماهیا رو که دورتادور حیاط سر چوب‌ن برای خشک‌شدن، ندیدین؟ بوشون خرسا رو می‌کشونه اینجا. به‌خصوص آتیش که خاموش بشه.»

مَلی جیغ خفیفی می‌کشد. مهدی که چرتش برده بود، نیم‌خیز می‌شود و دوروبرش را می‌پاید. سروش به فارسی عضوی را به مادر

همه‌شان حواله می‌دهد. فراز یادآوری می‌کند که نیول و نوئل از یک مادرند و این کار تف سربالاست.

من مست‌تر از آنم که عکس‌العملی نشان بدهم و شاید به‌همین دلیل نیول می‌آید طرفم، آلبومی را به‌زحمت از توی گوشی‌اش پیدا می‌کند و می‌دهد دستم: «ورق بزن و ببین.»

توی تاریک‌روشن شب و آتش نمی‌توانم چیزهایی را که روی آن صفحهٔ کوچک می‌بینم باور کنم: مردی با یک چوب‌دستی روبروی خرسی غول‌پیکر ایستاده روی دو پا، مردی در حال مشت‌زدن به یک خرس ایستاده روی دو پا، مردی در حال شلیک به یک خرس، جنازهٔ خرس، مردی در حال پرتاب سنگ به خرس و...

مستی از سرم پریده. آهسته به نیول می‌گویم: «اینجا کجاس؟ این مرد کیه؟»

ـ عکسا مال همین حوالیه. اینام خودم و رفیقمیم.

حرف‌زدنش شل‌ووارفته است و باورکردنش را مشکل می‌کند. رفیقش هم با طمأنینه سر تکان می‌دهد.

عکس‌ها را بزرگ می‌کنم و دقیق می‌شوم. اول به کلهٔ خرس و آن دندان‌های نیش تیز دراز و بعد به پنجه‌ها، با آن ناخن‌های عظیم عجیب خمیده که حتی نگاه‌کردنشان زهرهٔ آدم را آب می‌کند. و راست می‌گفت. خودشان بودند.

ـ حالا قراره اینا امشب بیان سراغ ما؟

دو نفری خندهٔ نشئگی را سر می‌دهند و می‌گویند: «این آتیشو روشن نگه دارین تا صبح. احتمال زیاد نیان طرفتون.» و باز بلندتر می‌خندند.

عمو می‌گوید: «اینا یه گروهن که تفریحشون جنگیدن با خرسا و شکارشونه.» و شیئی را که به گردن‌بندش آویزان است، به من نشان می‌دهد.

به‌خاطر لحن سربلندش کنجکاو می‌شوم: «تو هم تو شکار خرس شرکت می‌کنی؟»

رفیق‌ها باز کِرکِر می‌خندند: «نه، ولی تو خوردنش خوب همکاری می‌کنه.»

همگی با انزجار می‌پرسیم: «گوشت خرس می‌خورین؟»

ـ اگه خرسه ماهی سلمون نخورده باشه، خیلیَم خوشمزه‌س. چراکه نه؟ هدیهٔ طبیعته به ما در قبال کشتن یه خرس که کار خیلی سختیَم هس.

از نیول اجازه می‌گیرم و گوشی را دست‌به‌دست می‌دهم که بقیه هم عکس‌ها را ببینند.

ـ همیشه اسلحه همراهمونه که اگه دست خالی نتونستیم شکستش بدیم، با گولّه بزنیمش.

رفیق نیول به هیجان آمده.

ـ می‌تونی با شاخهٔ درختَم بترسونی‌ش.

ـ اگه سنگ دم دستت باشه، می‌تونی بهش پرت کنی.

ـ از دستش فرار کنی، دخلت اومده. باید بهش نشون بدی ازش قوی‌تری. بفهمه ترسیدی، کارت تمومه.

می‌پرند توی حرف هم. بقیه هم با دیدن عکس‌ها مثل من کُرک و پرشان ریخته و مَلی یک‌درمیان ائمه و معصومین را یاد می‌کند.

عمو می‌گوید: «مشت بزنی تو تخمش، اثرش از همه بیشتره. ولی اون خرسه رو که وایساده، می‌بینین؟ هشت فوت[1] بود. دستشون حتی به تخماشم نمی‌رسید. همینه که ناخونش از گردنم آویزونه. اینو با وینچستر مگنوم زدیم.» و اشاره می‌کند به اسلحه‌ای کنار حصار که تا آن‌موقع متوجهش نشده بودم.

نیول با ریشخند می‌گوید: «اینو می‌ذارم اینجا بمونه واسه‌تون.»

اسلحه را می‌گوید.

سروش به فارسی برای نوئل و قوم و قبیله‌اش خطونشان می‌کشد. بقیه‌مان هم توی دلمان فحش می‌دهیم.

نیول گونهٔ نوئل را می‌بوسد، سه دوست شبِ خوشی را برایمان آرزو می‌کنند و نشئه و آوازخوان توی تاریکی شب گم می‌شوند.

* * * * *

فراز ماشین را بیرون حیاط طوری پارک می‌کند که به آتش دید داشته باشیم. من و او تصمیم گرفته‌ایم توی ماشین بخوابیم و به‌خاطر سرما مجبوریم هرازگاهی موتور را روشن کنیم. بهروز که برای خوابیدن در ماشین زیادی بلند است، در پناه ماشین مهدی خودش را توی کیسه‌خوابی می‌پیچاند. سروش هم که از اسلحه‌کشی‌هایش در آبادان داستان‌ها گفته بود، وینچستربه‌دست کنار آتش پاسداری می‌کند و نوئل که می‌خواهد معرفتش را اثبات کند، از توی خانه خوابیدن چشم پوشیده و زیر پتوهای خانهٔ مادری کنار آتش از هوش رفته است.

از سرما و نگرانی خوابم نمی‌برد. در دل شب ده بار بیدار می‌شوم و هر بار سروش را می‌بینم که تفنگ‌به‌دوش قدم می‌زند و با هیزمِ باقی‌مانده آتش را روشن نگه می‌دارد. آچاک و سندی هرگز پیدایشان نمی‌شود. نوئل گفته بود که احتمالاً خانهٔ میزبان ماندگار شوند.

* * * * *

توی دشتی سرسبز و پهناور زیر آسمان نیلگون بی‌انتها، چهار پنج بز سفید زیبا سرخوشانه معمع می‌کنند و می‌چرند. کوه و رودخانه و درختی در کار نیست و ناگهان معلوم نیست از کجا، خرس سیاه بزرگی پدیدار می‌شود و آهسته و آرام به‌سمت بزها روان. بزها همدیگر را خبر

می‌کنند و می‌رمند، خرس سر به دنبالشان می‌گذارد و می‌جهد و آن را که از همه کوچک‌تر است به‌چنگ می‌آورد. بزغاله دست و پا می‌زند و تقلا می‌کند، که خرس بی‌رحم دستش را بالا می‌برد و ضربه‌ای به پیکر کوچکش می‌زند و می‌خواهد بدردش که از خواب می‌پرم...

توی تاریک‌روشن صبح تندتند پلک می‌زنم و سعی می‌کنم حیاط را رصد کنم. صدای معمع بزها هنوز می‌آید.

آتش خاموش شده و سروش سر بر روی اسلحه خوابش برده. کمی دورتر چند بز سفید دوروبر ماشین مهدی می‌پلکند. چشم‌هایم را می‌مالم و می‌بینم یکی از بزها روی دو پایش بلند شده و سرش توی صندلی عقب ماشین مهدی است که معلوم نیست چرا درش باز مانده. جوری که فراز را بیدار نکنم از ماشین می‌خزم بیرون و وارد حیاط می‌شوم. از کنار سروش و نوئل آهسته می‌گذرم و می‌روم طرف ماشین. هِی می‌کنم و کف می‌زنم که بزها را برمانم. بز آخری که عقب می‌جهد و از ماشین بیرون می‌پرد، ریشش به جویدن می‌جنبد. دوست دارم بایستم و به‌خصوص با بزغالهٔ کوچک بازی کنم، اما یاد خواب خوفناکم می‌افتم و لرز می‌افتد توی تنم. در ماشین مهدی را می‌بندم و پاورچین برمی‌گردم طرف ماشین خودمان.

* * * * *

ساعت ۸ صبح دیگر همه بیدار شده و طبق توافقی ناگفته در تکاپوی رفتنیم. شکم‌هامان گرسنه است و خماری الکل و بی‌خوابی شب بی‌قرارمان کرده. السانق می‌زند و بهانه می‌گیرد و ما در حالی‌که سر هیچ‌وپوچ به هم گیر می‌دهیم، چادر را جمع می‌کنیم، خاکستر آتش را توی زباله‌ها می‌ریزیم و بندوبساط‌مان را می‌بندیم. اسف‌بارترین قسمت زَفت‌ورَفت[1]،

1- زَفت‌ورَفت اصطلاح رایجی که نوشتار صحیح آن ضبط‌وربط است به‌معنای جمع‌وجورکردن یا اداره و سرپرستی جایی یا کاری (به‌نقل از فرهنگ معین)

غبارروبـی و چپانـدن اجنـاس مرجوعـی داخـل پلاسـتیک‌ها و جعبه‌هاسـت که بـا نثـار ناسـزاهای زیرلبـی سـروش و درایـت بهـروز و کدبانوگـری مَلـی به‌انجـام می‌رسـد.

نوئـل دست‌وروشسـته و شـاداب از در خانه بیـرون می‌آیـد و برایمان نان تُسـتِ کره‌مربازده و قهـوه می‌آورد.

ـ بـه نیـول زنـگ بزنم بگم بیـاد ببردمـون رودخونـه. لابد فکـر نمی‌کرده این‌قـدر زود بیدار شـیم.

مَلـی بی‌معطلـی می‌گویـد: «نـه، نوئـل جـان. السـا تکلیـف مدرسـه‌ش رو یـادش رفتـه بیاره. مـا بایـد زودتر برگردیـم کـه برسـه بـرای فردا انجامشـون بده.»

سـروش بـه فارسـی می‌گویـد: «بـدم نمیومـد بشاشُـم تو رودخونه‌شـون. امـا حیفِ شـاشِ مو!»

نوئـل بـا سـوءظن نگاهـش می‌کنـد و محـض احتیـاط پس‌گردنـی‌ای بهـش می‌زنـد.

بهـروز لازم می‌بینـد توضیـح بدهـد: «رفیـق نیمـه‌راه به انگلیسـی چـی می‌شـه؟»

فراز می‌گویـد: «فِئر ـ وِدِر فرند»[1]

ـ نمی‌خوایم رفیق نیمه‌راه بشیم. پس همه با هم می‌ریم.

سـروش در حالی‌که جـای پس‌گردنـی را می‌مالد، می‌گویـد: «خالی‌بندان در جهـان صنعت‌گرند.»

همه برمی‌گردیم و بی‌حرفی بهش می‌فهمانیم که خفه شود.

سـی ثانیـه بعـد از اینکـه از در حیـاط می‌پیچیـم تـوی جـادهٔ خاکـی، نیـول را می‌بینیـم کـه کنار ماشـینی بـه پشـت روی زمیـن خوابیـده و شـکم بزرگـش بـا هر نفـس بـالا و پایین می‌رود. نوئـل در حالی‌که آواز می‌خواند

1- Fair-Weather Friend

و آبجویی را که از یخچال خانه برداشته می‌نوشد، می‌گوید: «طفلک برادر کوچولوم. گمونم دیشب نتونسته خودشو برسونه خونه.» می‌زند سرشانهٔ فراز که توقف نکند. «خرسم که ببیندش، فکر می‌کنه مرده. کاری بهش نداره.»

✳ ✳ ✳ ✳ ✳

توی مسیر دوباره تابلوی هلز گیت را می‌بینم، اما جرئت نمی‌کنم بگویم توقفی حتی کوتاه داشته باشیم. قرار گذاشته بودیم تا فروشگاه والمارت یکسره برانیم و بعد از پس‌دادن جنس‌ها همان‌جا چیزی بخوریم و استراحت کنیم. شیشه را کمی پایین می‌دهم که غرّش مخوف رودخانه را برای بار آخر بشنوم.

✳ ✳ ✳ ✳ ✳

مهدی و سرنشینان پیش از ما رسیده بودند به پارکینگ والمارت. همگی از ماشین پیاده شده و هر کس از دری روی صندلی عقب به جست‌وجو مشغول بود. فراز ماشین را پارک می‌کند و می‌آییم بیرون.

مَلی با درماندگی می‌گوید: «رسیدا. رسیدا رو پیدا نمی‌کنیم. انگاری آب شدن رفتن توی زمین.»

سروش می‌گوید: «دیدم اون دیوانه‌هه دیشب رفته بود سر وقت ماشین.»

همان‌طور که بقیه سرگرم حدس و گمان‌اند، تصویر صبحگاه دلپذیر بوستون بار پیش چشمم زنده می‌شود و داستان را که هیچ‌کس جز خودم به آن نمی‌خندد با آب‌وتاب برایشان نقل می‌کنم. حکایت آن کاغذ سفید دراز، آویزان از پوزهٔ بزِ ریش‌جنبان...

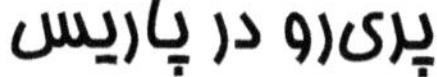

پری‌رو در پاریس

دخـتـری که از دور می‌دیدم به چشـمم آشـنا بود و نبـود. حالات و حرکاتش همـان، امـا هالـۀ فربهـی و رخـوت گرداگـردش به شَـگّم می‌انداخـت. فکـر کـردم بنشینم روی صندلـی سـالن انتظـار فرودگاه و به‌دنبال نشانۀ آشـناتری دیـد بزنمش.

پشـت به مـن با متصدی اطلاعات صحبـت می‌کرد. موهـای بی‌نهایت لَخـت طلایی همـان بـود، امـا کم‌پشـت و نامیـزان، بی‌درخشـش و تا کمرِ لباسـی ازمدافتـاده و راهبه‌وار.

حرفـش که تمام شـد، برگشت و صـورت مهتابی‌اش در یک لمحـه مرا برد بـه بیسـت سـال پیش. به اولیـن ملاقاتمـان در خانۀ دوسـتی مشـترک، و اینکه چطـور در دم مسـحور زیبایـی معصومانه‌اش شـده بودم. بلند شـدم و با آغوش بـاز رفتـم طرفـش. چهـرۀ سرگشـته و مضطربش بـه آنی بـه لبخندی شـکفت، ولـی مثـل قدیم خودش را رهـا نکرد تـوی بغلم. من اما فشارش دادم و قاه‌قاه خنـده را سـر دادم. قصـد داشـتم دوری ده‌سـاله را در ده ثانیـه بی‌اثر کنم.

خـودش را از حلقۀ بازوانم رهانید و توی چشـم‌هایم خیره شـد. آن گونه‌های برجسـتۀ دل فریـب ناپدیـد شـده و غبغب بزرگـی زیـر چانـه‌اش روییـده بـود. و

نگاهش گنگ و بی‌رمق و عاری از درخششی که آن‌همه دلتنگ بازیافتنش بودم. اطرافمان را مضطربانه پایید و آهسته گفت: «چون پیدات نمی‌کردم مجبورشدم با اون آقا صحبت کنم.» متصدی اطلاعات را می‌گفت که حالا با کس دیگری مشغول بود. ادامه داد: «زودتر از اینجا بریم.»

دستم را گرفت و کشاندم طرف در خروجی. بیرون تاکسی منتظر بود.

ـ مهرو، بیا با مترو بریم. این اولین لحظهٔ ورود من به پاریسه. چمدونم که اصلاً سنگین نیس.

ـ نه، نه! من مترو سوار نمی‌شم. امن نیست.

یادم آمد که همان قدیم‌ها هم ترسو بود و توی ذهنم ربطش دادم به حملات تروریستی در پاریس. سوار که شدیم، راننده سؤالی کرد که حتماً در مورد آدرس بود. مهرو جوابش را داد و بعد یک‌وری شد، سرش را گذاشت روی سینه‌ام و انگشت‌هایش را قلاب کرد توی انگشت‌هام. بوی تنش را نیمه‌کاره با آهی دادم بیرون. آن بوی شاداب لطیف سالیان پیش نبود.

* * * * *

بیست دقیقه بعد راننده جایی پیاده‌مان کرد. مهرو اسکناسی پنجاه‌یورویی داد دستم و اشاره کرد بدهم به رانندهٔ تاکسی. طرف دنبال پول خرد می‌گشت که مهرو احتمالاً گفت لازم نیست.

پیاده که شدیم، سرحساب شدم از آنجا تا خانه‌اش یک ربع پیاده‌روی است. پیش‌ازآنکه توی ذهنم جوابی برای سؤالم بیابم گفت که نمی‌خواسته راننده آدرس خانه‌اش را یاد بگیرد.

ـ می‌دونی؟ یه جورایی مشکوک بود.

ـ پوففف! کجاش مشکوک بود بدبخت؟ اون که تمام مسیر داشت با تلفن صحبت می‌کرد.

ـ خب همین دیگه! این کارو می‌کنن که رد گم کنن.

مشتی زدم به پهلویش و گفتم: «آفرین به تو که مچشو گرفتی، ولی حالا که زود پیاده‌مون کردی باید خودت چمدونمو بیاری.»

* * * * *

خانهٔ مهرو توی کوچه‌ای بود که انتهایش می‌خورد به محوطه‌ای که برج ایفل در آن بود. آن‌طور که می‌گفت، چیزی حدود یک ربع پیاده‌روی در مسیری از کنار بارها و رستوران‌ها، نانوایی و مغازه‌های نقلی شراب و شکلات و پنیرفروشی. دل توی دلم نبود. قرار شد چمدان را بگذاریم خانه و برویم برای زیارت.

در با کلیدی که توی جیب مهرو بود باز شد و پا به حیاطی سنگ‌فرش‌شده و غرق گل‌وگیاه گذاشتیم. پنجره‌های رو به حیاط باز بودند و پرده‌ها با نسیم رقصان. همان تصور ذهنی من از پاریس، که از هر پنجره نوای موسیقی‌ای آرام به‌گوش می‌رسد، یا نجواهای ملایم زنی که ژان پییِغ[1] را صدا می‌زنند.

پلکان مجتمع آپارتمان قدیمی تنگ و باریک بود و تا به طبقهٔ چهارم برسیم، توی هر پاگرد نفسی تازه کردیم. کلید این بار در را به آشیانهٔ مهرو گشود. بوی نا پیش از هر چیز پیچید توی بینی‌ام و به عطسه‌ام انداخت.

ـ بسم‌الله، ویروس میروسی نگرفته باشی تو اون هواپیما.

ـ نه بابا، یادت نیست به بوهای تازه آلرژی داشتم همیشه؟

یادش نبود و حق هم داشت، چون دروغ می‌گفتم. عطسه‌ام بیشتر از سر شگفتی بود. خانه تا تهش به‌فاصلهٔ یک نیم‌نگاه قابل رصد بود. اثاثیه محدود بود و با اینکه پشت تلفن شنیده بودم محل سکونتش

1- Jean-Pierre

استودیوست، توی ذهنم کنجی را برای خواب شب تصویر کرده بودم که در واقعیت وجود نداشت. کاناپه‌ای رنگ‌ورورفته در میانهٔ اتاق بود و یک میز چوبی با پوست طبله‌کرده و صندلی‌هایی غمگین دو طرفش. آشپزخانه به نشیمن وصل بود و کوه ظرف‌های شسته‌شده دمر در دو طرف سینک. روی بزرگ‌ترین دیوار، جای خالی یک تابلو توی چشم می‌زد.

ذهن مقایسه‌گرَم مدام تصویر خانهٔ پدری مهرو، آن عمارت دوطبقهٔ باشکوه با مطبخ دلباز روبه‌حیاط و استخر و باغچهٔ پرگیاه را پیش چشمم می‌آورد، ولی خب اینجا پاریس بود نه محلهٔ اختیاریه، و چه باک اگر حتی یخچال از آن یخچال‌های مینی بود و مثل خانهٔ عمهٔ پیر پدرم در چهل سال پیش بیرونِ فضای آشپزخانه و در نشیمن قرار داشت.

مهرو که گویا می‌خواست سریع‌تر سروته مواجههٔ من با واقعیت را هم بیاورد، به سقف اشاره کرد و گفت: «همه جا نم داده ولی خیلی جدی نیست.»

نم سقف و بالای دیوارها جدی نبود، اما اسف‌بار بود.

ـ خب، چرا به صابخونه نمی‌گی تا بدتر از این نشده درستشون کنه؟

ـ من با صابخونه طرف نمی‌شم. چک اجارهَرَم پست می‌کنم. صدرا جان که بیاد، خودش ترتیب کارا رو می‌ده.

صدرا همسر دوم مهرو بود که از او بیست سالی بزرگ‌تر بود و بیشتر ایام سال در ایران.

ـ آخرین بار کِی اینجا بوده صدرا جان؟

به‌جای پاسخ دستم را گرفت و کشاندم توی حمام و دست‌شویی.

ـ خیلی شانس داشتم که این خونه حموم داره، و اِلّا باید می‌رفتم حموم‌عمومی.

در به داخل باز می‌شد و فضا آن‌قدر تنگ بود که من پشت سر

مهرو تا نیم‌تنه رفتم تو. پوسته‌های دیوارهٔ وان بزرگ آبی‌رنگ ورآمده بود و شیرها و دوش زنگ‌زده. زیر سینک کاسه‌ای حلبی بود که تویش آب چکه می‌کرد.

برای اینکه جلوی هر اظهارنظر نابه‌جایی را بگیرم، با نشاطی ساختگی گفتم: «یادته خدابیامرز مامانت یه بار بردنمون اون گرمابه تو اختاریه؟ چقدر خندیدیم و خوش گذشت. بعدش رفتیم خونه و برامون شربت سکنجبین خیار درست کردن. هیچ‌وقت یادم نمی‌ره.»

طرفم که برگشت ناباوری را توی نگاهش غافلگیر کردم. پیش از آنکه فرصت کنم حرفی بزنم، گفت: «پشت تلفن بهت گفتم که خونه رو نظافت کردم.»

ـ آره. گفتی «ولی سطوح رو صیقلی نکردم.» هاها هاها، صیقلی؟ سطوح؟ آخه چقدر بامزه‌ای تو؟

ـ چرا می‌خندی؟ خب واقعاً فرصت نکردم صیقلی کنم سطوح رو.

از لحنش خواندم که مرز شوخی و جدی‌اش از ده سال پیش قدری جابه‌جا شده و نباید قهقهه‌هایم را بی حساب‌وکتاب رها کنم.

ـ همه‌چیز خیلیَم تمیز و عالیه. اصل، روح توئه که بیست ساله می‌شناسمش و صیقلی و بی‌خشه.

بی‌هوا بغلم کرد و گفت: «نمی‌دونی چقدر خوشحالم که اینجایی.»

٭ ٭ ٭ ٭ ٭

ـ پیش از اینکه بریم بیرون سوغاتی‌هاتو تحویل بدم.

می‌توانستم قسم بخورم پیراهنی که با آن‌همه وسواس برایش انتخاب کرده بودم، حداقل دو سایز کوچک است.

ـ اگه ناراحت نمی‌شی، من بیرون نمیام. ایفل که ته همین کوچه‌س، خودت برو. بعدم سوغاتی واسهٔ چی؟ تو خودت سوغاتی‌ای.

- شوخی می‌کنی؟ بعد از این‌همه سال که همو ندیدیم می‌خوای منو تنها بفرستی بیرون؟

- من شام می‌پزم و یه‌کم به کارام رسیدگی می‌کنم. تختمون رو هم آماده می‌کنم برای شب. تو هم یه ساعت وقت داری بری و برگردی. امشب قراره تا صبح حرف بزنیم.

- یه‌ساعته برم ایفلو ببینم و برگردم؟ اونم برای اولین بار؟

- به‌هرحال امشب نمی‌رسی بری اون بالا. صفش به‌خاطر مسائل امنیتی خیلی طولانیه الآن. برو یه سلامی بده و برگرد و یه‌روز از صبح سر فرصت برو.

- مگه امام‌زاده صالحه که برم سلام بدم و بیام؟ باشه، هرجور راحتی. مهمون خرِ صابخونه‌س.

*****

بر که گشتم کاناپهٔ رنگ‌ورورفته دراز و پلاس شده بود وسط نشیمن، ملحفه‌پوش با پتوی تاشده و دو متکا رویش. رایحهٔ غذا بوی نا را رانده بود و شمعی روی میز می‌سوخت. مهرو لباس خانهٔ گل‌داری پوشیده و عطر ملایمی زده بود. توی آن نورِ سوسوزن یافتن دختر دلربای بیست سال پیش کمی آسان‌تر بود.

- به‌به، چه خبره اینجا! پَغی‌غو در پَغی![1]

- چقدر دیر کردی، نوش نوشی! خوش گذشت؟

- راستش خیلی حال نکردم با این ایفلتون. پایینش خاک‌وخُلی و فرفره‌فروشی و بساط، نورای برجم که از سبز سیّدی به قرمز جیگری و رنگای درودهاتی دیگه عوض می‌شد. بیشتر شبیه شابدوالعظیم بود تا امام‌زاده صالح!

یک‌دفعه حالت چشم‌هایش برگشت و با تغیّر گفت: «تو کی هستی که راجع به قشنگی ایفل نظر بدی؟ یه دنیایی زیبایی‌شو تحسین می‌کنن و انگشت‌به‌دهنشن، حالا تو یه‌گاره پا شدی اومدی نظریات مشعشعت رو ارائه بدی؟» بعد هم به فرانسه چیزی پراند که یقیناً فحش بود.

با آرام‌ترین لحنی که خستگی و ناباوری بهم اجازه می‌داد، گفتم: «ببخشین، نمی‌دونستم رو ایفل غیرت داری. از وقتیَم کانادا زندگی می‌کنم شمّ زیبایی‌شناسی معماریم رو از دست دادم، ولی هنوز این‌قدر سرم می‌شه که بفهمم این مغازه‌ها، کافه‌ها و بارای توی محلـت خیلی قشنگن.»

و با چاپلوسی اضافه کردم: «واقعاً حسودی می‌کنم، خوش‌به‌حالت.»

آمپرش کمی آمد پایین و با دلخوری گفت: «من که هیچ‌کدوم‌مشونو نمی‌رم. فقط صبح‌به‌صبح می‌رم از اون نونوایی روبـرو باگت می‌خرم.»

به خودم نهیب زدم که حرف بی‌جایی نزنم.

ـ عالیه. هرکس هر جور راحته. بیا شراب بخوریم.

ـ من؟ شرابم کجا بود؟

ـ خریدم الآن تو راه. بذار دو تا گیلاس بیارم بریزم واسه خودمون.

دست‌هایش را باز کرد و راه ورودم به آشپزخانه را بست.

ـ تو برو بشین. خودم میارم.

* * * * *

شام اسپاگتی‌ای بود که مهرو کشید توی دو بشقاب، با کوهی از نخودفرنگی آب‌پز رویش. قطعه‌ای پنیر زردنبو هم کنار رنده‌ای مینیاتوری توی بشقاب بود.

شاهد تمام مراحل سرو غذا بودن و امکان تکان‌خوردن نداشتن، باعث شده بود گیلاس اول شرابم را کمی زودتر از موعد تمام کنم. آن لابه‌لا هم تصاویر سفره‌های رنگین خانهٔ مادر مهرو خودشان را می‌رساندند جلوی چشمم: آلبالوپلو، قیمه‌نثار، خورش کدوحلوایی و آلوبخارا.

- می‌دونی؟ من خیلی وقته لب به گوشت نمی‌زنم. امیدوارم سخت نشه. حتی دلم نمی‌خواد گوشت از در این خونه بیاد تو. عوضش کلی پنیر مرغوب اینجا دارم. این مال نُرماندیه. جون می‌ده واسه اسپاگتی.

- عالیه، امتحان می‌کنم. راستش من زیاد در بند شکم نیستم. بیشترم فکر کنم بیرون غذا بخورم. شراب بریزم برات؟

خیز برداشته بودم برای گیلاس دوم. همان‌طور که داشت از پشت میز بلند می‌شد، گفت: «غذای بیرون خطر داره. فقط یه رستوران تو پاریس هست که بهش مطمئنم. هر وقت خواستی می‌ریم همون‌جا.»

داشتم با خودم فکر می‌کردم چطور با ظرافت برنامهٔ دقیق و فشردهٔ ده روز اقامتم را برایش توضیح بدهم که چشمم به داخل قفسه‌ای که درش را باز کرده بود، افتاد. توی قفسه فقط کوکاکولا بود. حدود سی قوطی، شاید هم بیشتر.

- کوکا میل داری؟

- اوممممم، اینا برای فروشه؟

- یعنی چی؟ من دیربه‌دیر می‌رم خرید. می‌خوام خیالم راحت باشه همیشه نوشیدنی تو خونه هس.

بعد هم از توی کیسه‌ای پلاستیکی در جایخی یخچال مشتی یخ خردشده برداشت و ریخت توی لیوانش. با سر از من پرسش کرد.

- منم مدت‌هاست لب به نوشابه نمی‌زنم.

- چرا؟ فِک می‌کنی ضررش از اون شراب بیشتره؟

- تو چی؟ فِک می‌کنی ضرر نوشابه از گوشت کمتره؟

- من گوشتو به‌خاطر احترام به حق حیات نمی‌خورم، نه سلامتی خودم.

- منم به مقولهٔ سلامتی بی‌علاقه‌ام. چه برای خودم، چه گاو و گوسفند و ماهی و اردک.

خنده‌ای که سعی می‌کردم چاشنی حرف‌هایم کنم کمکی به لطیف‌کردن فضای بحثمان نمی‌کرد چون مهرو غرّید: «عادت لج‌درآرِ به‌مسخره‌گرفتن همه‌چیزو هنوز ترک نکردی؟»

خواستم بگویم ای‌کاش تو هم هنوز عادت‌های غریب اما دوست‌داشتنی قدیمت را داشتی و مرا وادار به پناه‌بردن به مستی نمی‌کردی، اما سکوت کردم. گیلاسم را لبالب، و ویدیویی را از توی گوشی‌ام پخش کردم.

* * * * *

همان بار اول دیدارمان چنان جفت‌وجور شدیم و از هر دری حرف زدیم که تنها آخر شب و وقتی از خانهٔ دوست مشترک بیرون زدیم، فهمیدیم هم‌محله‌ایم. مهرو و همسرش مهران در اختیاریه ساکن بودند و من و همسرم در محلهٔ رستم‌آباد. تا سال‌ها بعد از آن، زندگی ما به هزار و یک دلیل به‌هم گره خورد و از آن دوستی‌هایی که به خویشاوندی پهلو می‌زند شکل داد.

خانوادهٔ مهرو خانوادهٔ زیبای پرجمعیتی با پایبندی به سنّت‌هایی مثل سفره‌انداختن و نذری عاشورا، و در عین حال امروزی، هنردوست و دانش‌پژوه بودند؛ و از آنجا که خاندان پدری‌اش از مهاجران روس بودند، خواهر و برادرها علاوه بر داشتن تحصیلات عالیه همگی با موسیقی کلاسیک آشنایی داشتند. پدر که پیش از آشناشدن ما مرحوم شده بود، پزشک و نوازندهٔ چیره‌دست ویولن بود. مهرو پیانو می‌نواخت و آموزش هم می‌داد. چون اهل بیرون‌رفتن نبود، برای تمرین‌هایمان بیشتر من به خانه‌شان می‌رفتم. در می‌زدم. مه‌لقا خانم مادرش با آن صورت گشاده و نورانی در آغوشم می‌گرفت و به داخل هدایتم می‌کرد و بانگ می‌زد: «مهرویه جان، ماهنوش خانم آمدن.»

مهرو و مهران طبقهٔ دوم زندگی می‌کردند و من معمولاً پیش از بالارفتن،

در آشپزخانهٔ همیشه به‌راه مه‌لقا خانم چای و شیرینی خانگی صرف می‌کردم و به دردِدل‌هایش گوش می‌دادم. بین هفت فرزندش بیش از همه دلتنگ و نگران مریم بود که با همسرش به استرالیا پناهنده شده بود.

بعد می‌رفتم بالا. توافق کرده بودیم گپ‌وگفت را بگذاریم برای بعد از تمرین چهاردستی‌مان. می‌نشستیم به نواختن و من که نوازندگی‌ام در حد مهرو نبود، آکوردها یا دودست ساده‌تر را می‌نواختم. یک‌وقت‌هایی هم او ویولن را برمی‌داشت و با پیانوی من هم‌نوازی می‌کرد. گاهی آواز می‌خواندیم. آواهایی ناشناخته و بعضاً دیوانه‌وار سر می‌دادیم. اپراهای محبوب‌مان را تقلید می‌کردیم و می‌خندیدیم. نفس‌مان که تمام می‌شد و انگشت‌هامان ناسور، می‌نشستیم به قهوه‌نوشی و صحبت. اگر ظهر بود، اصرار می‌کردند برای ناهار نگه‌م دارند و اگر عصر بود، برای شام. گاهی قبول می‌کردم و هوا که خوب بود می‌رفتیم توی حیاط و کنار استخر غذا صرف می‌کردیم. همان استخری که تابستان‌ها با بچه‌ها و نوه‌ها تویش شنا می‌کردیم و ایام محرم دیگ نذری را کنارش عَلَم. من که در خانواده‌ای لامذهب بزرگ شده بودم، این آیین را حتی بسیار بیشتر از مهرو دوست داشتم. از آنجا که خانواده‌ام در شهرستان زندگی می‌کردند، این خانه را هم خانهٔ دوم خودم می‌دانستم.

* * * * *

گوش‌های مهرو تیز شد.

ـ اینکه مِندلسونه[1]. صبرکن ببینم.

گوشی را چرخاندم طرفش.

ـ آره، من و توییم. فلیکس و فَنی[2] رو می‌زنیم.

ـ کجا بوده این؟

۱ـ مِندلسون (Felix Mendelssohn)، آهنگ‌ساز، نوازنده و رهبر ارکستر آلمانی (۱۸۴۷ ـ ۱۸۰۹)

۲ـ فلیکس و فَنی (Felix and Fanny)، قطعه‌ای تنظیم‌شده برای پیانو و ساز زهی توسط فلیکس و خواهرش فَنی مندلسون

ـ این فیلم رو یه روز که مهران خونه بود ازمون گرفته.

ـ آخ، مهران. اون دوران. نمی‌خوام یادم بیاد. قطعش کن!

گوش‌هایش را گرفت.

ـ چیه مگه؟ منم جدا شدم، اما من و کیان هنوز دوستیم. مگه تو از مهران خبر نداری دیگه؟

ـ دورادور. خب، یه زن خوشگل جوون گرفته.

ـ آره. آیدا. رفتم ایران دیدمشون. اشکالش چیه؟ تو هم با صدرا ازدواج کردی و اون آوردت پاریس.

به‌جای آنکه راجع به دیدارم از مهران و آیدا بپرسد، رنده را برداشت و افتاد به جان پنیر نرماندی.

ـ یادته همیشه می‌گفتی من فَنی هستم و تو فلیکس؟ می‌گفتی من نوازندهٔ بهتری هستم، اما تو استعداد آهنگ‌سازی داری؟

همان‌طور که سرش را تندتند به چپ و راست تکان می‌داد، کپه‌ای پنیر رنده‌شده ریخت روی کوه نخودفرنگی. لبی به کوکایش زد و رویش را در هم کشید.

ـ می‌بخشی فضولی می‌کنم، اما پیانوی دیجیتالم نداری؟ پس کجا ساز می‌زنی؟ دلت تنگ نمی‌شه؟

لیوانش را بو کرد و گفت: «تا اون‌موقع که دانشگاه می‌رفتم با پیانوی اونجا تمرین می‌کردم. از وقتی نمی‌رم، سعی می‌کنم بهش فکرم نکنم. بعدم از هر چیز دیجیتالی حالم به‌هم می‌خوره، به‌خصوص پیانو.»

ـ دانشگاه چرا نمی‌ری دیگه؟ مگه رو تز دکترات کار نمی‌کردی؟

چنگالش را برداشته بود و افتاده بود به جان اسپاگتی‌ها. قلپ‌قلپ کوکا هم رویش.

ـ چرا. دیگه نمی‌کنم. دیگه غیر از مواقع ضروری از خونه بیرون نمی‌رم.

کمی عصبی شده بودم.

- چرا؟ مگه چه خبر لعنتی‌ایه اون بیرون؟

چنگالش را گذاشت روی میز و مستقیم خیره شد توی چشم‌هام: «من غیرقانونی اینجـام. به‌هردلیلـی سـروکارم بـا پلیـس بیفتـه، از فرانسـه دیپورت می‌شـم. این کوکا هـم یه بـوی عجیبی می‌ده.»

شـرابی کـه در یک لحظه دزدکی قاطی کوکایش کـرده بـودم، اثـرش را گذاشـته و بـه حـرف آورده بـودش.

- مگه با صدرا ازدواج نکردی؟

- پیـش از اینکـه کارای اقامتم درسـت بشـه، صدرا گذاشـت رفت ایران و حـالا هـم این‌قدر دیربه‌دیر میاد و کـم می‌مونه که بـه کارای اداری نمی‌رسه.

- پـس چه‌جـوری این سـالا تـو دانشـگاه درس خوندی، فوق‌لیسـانس گرفتـی و داری دکتـرا هـم می‌خونی؟

همان‌طـور کـه رشـته‌ای اسپاگتی را هـورت می‌کشـید، گفت: «تو فرانسـه هیچ‌کـس حق نـداره تابعیت دانشـجو رو چک کنـه، جناب فلیکـس! می‌تونی بـا وجود اقامـت غیرقانونـی فوق‌دکترا هـم بگیری.»

ویدیـوی مـا مدتـی بود تمام شـده بود و شـمعِ سوسوزن خامـوش. پنیر نرمانـدی هـم روی اسپاگتی سـرد مـن ماسـیده بـود. مهرو بلند شـد شـمع تـازه‌ای بیـاورد و یـک کـوکای دیگر.

✳ ✳ ✳ ✳ ✳

تـوی رختخـواب کـه دراز کشـیدیم، مهـرو گفـت: «نوش‌نوش جـان، نمی‌خـوام بترسـونمت امـا اینجا شـبا بایـد هشـیار بخوابـی.»

- منظورت چیه؟ جن داری؟ یا نازی‌ها قراره حمله کنن؟

- راسـتش یه پسـری تـو این سـاختمون هس که عاشـق منه. بعضی شـبا که می‌زنه به سـرش، سـعی می‌کنـه از پنجره بیـاد تو.

غش‌غش خنده‌ام را سر دادم.

ـ اینکه خیلی عالیه. امشب اگه اومد، می‌رم دم پنجره بهش می‌گم از در بیاد تو.

با غیظ گفت: «شوخی ندارم باهات. ممکنه شیشه رو بشکونه بیاد تو. خیلی دیوونه‌س.»

ـ کی هست، آخه؟

ـ فیلیپ، پسر یکی از این همسایه‌ها. مثل ماه می‌مونه از خوشگلی، ولی سنش خیلی کمه. فکر کنم هیجده نوزده سالش باشه. امروز که رسیدیم خونه، اومد تو حیاط نگاه کنه ببینه من با کی اومدم. خیلی حسوده.

ـ چرا به من نشونش ندادی، پس؟

با لحن عشوه‌آلودی گفت: «واااا، نمی‌خواستم توجهشو جلب کنم، خب. هر وقت تو حیاط یا پله‌ها می‌بینمش شروع می‌کنه به آواز عاشقانه خوندن. اگه صدرا بفهمه... »

داشتم می‌گفتم ده ساعت توی پرواز بوده‌ام و یک بطر شراب نوشیده‌ام و چشم‌هایم را به‌زحمت باز نگه داشته‌ام، که صدای خردشدن شیشه آمد.

ـ دیدی؟ بعضی شبا می‌زنه شیشه و چیزمیزای تو اتاقشو می‌شکونه که بیاد خودشو برسونه به من.

هم‌زمان صدای پایی روی پله‌ها به‌گوش رسید و صدایی مابین زوزه و فریاد. مطمئن نبودم، اما انگار تق‌تقی به شیشهٔ پنجره هم شنیدم.

ـ واسه همینه شبا با بلوزشلوار می‌خوابم. احساس امنیت ندارم. واسه همینم بهت گفتم بری تو حموم لباس عوض کنی. پسره دائم نشسته تو اتاقش و نورا و سایه‌های توی خونهٔ منو چک می‌کنه.

حرف‌ها و لحنش حالت دوپهلویی داشت که هم‌زمان می‌ترساند و از کوره به درم می‌برد.

ـ مهرو، اگه شوخی می‌کنی که شوخی جالبی نیس. اگرم جدی می‌گی که خیلی خودخواهیه منو تو همچین موقعیتی قرار بدی.

پشتش را بهم کرد و با لحن بی‌قیدی گفت: «فردا پسره رو نشونت می‌دم. حواست باشه عمیق نخوابی.»

* * * * *

چشم که باز کردم مهرو کنارم نبود. سرم درد می‌کرد و یادم آمد تا صبح هر نیم‌ساعت یک‌بار نامم را صدا زده بود و پرسیده بود بیدارم. داشتم فکر می‌کردم عذر و بهانه‌ای جور کنم، وسایلم را جمع کنم و بروم هتلی را که مجبورم کرده بود کنسل کنم دوباره بگیرم، که در باز شد و با باگتی دراز در دست وارد شد.

ـ بُن‌ژوغ[1]، قشنگم!

لبخند و صدایش مرا به صبح‌های روشن خانهٔ اختیاریه برد.

ـ صبح‌به‌خیر، جانم!

بلند شدم و شروع کردم به مرتب‌کردن تخت.

ـ لطفاً به هیچی دَس نزن. فک کن اومدی هتل. دست‌ورو بشور و بیا بشین اینجا تا من صبحانه رو آماده کنم.

ـ اگه اجازه بدی، یه دوش بگیرم اول.

ـ این باگت داغه و از دهن می‌افته. بذار بعد از صبحانه دوش بگیر.

ـ راستش من به‌خاطر بیماری گوارشی‌م یه کمی از گلوتن پرهیز می‌کنم. نون می‌خورم، ولی یکی‌دو لقمه.

ـ وا؟ پس چی می‌خوری صبحانه؟

ـ معمولاً دو تا تخم‌مرغ با کمی سبزیجات و آووکادو.

ـ من که تخم‌مرغ ندارم.

۱ـ بُن‌ژوغ (Bonjour) ← روز به‌خیر به زبان فرانسه

ـ سه سوت می‌رم از همین روبرو می‌خرم و برمی‌گردم.

ـ صَب کـن. صَب کـن. یه چیزی الآن تو رادیـوی نونوایی به گوشـم خورد راجـع بـه آلودگی تخم‌مرغا به یـه باکتری. الآن چک می‌کنم بهت می‌گم.

تلفـن بی‌سـیم را برداشـت و شـروع کـرد بـه شماره‌گرفتن. همان‌طور کـه تـوی آن یک‌وجب جـا عقب و جلـو می‌رفت، بـه چهار پنج نفر زنگ زد و در مـورد کشـنده بودن یـا نبـودن تخم‌مرغ پرسید. با بعضی‌ها فارسـی حـرف می‌زد و بـا بعضی‌هـا فرانسـه. رفتـم سـراغ کتابخانهٔ پروپیمـان صـدرا جـان و کتابی از نقاشـی‌های مـری ویکتـوار لِمویْـن[1] را برداشـتم و شـروع کردم به ورق‌زدن.

مهـرو همان‌طـور گوشـی‌به‌دسـت رفـت طرف دست‌شـویی و مـن از فرصت اسـتفاده کـردم، کتـری را آب کـردم و گذاشـتم روی گاز بـرای چـای یا قهـوه. از دست‌شـویی کـه درآمـد همان‌طـور کـه به تحقیقـش ادامـه می‌داد رفـت تـوی آشـپزخانه، لحظـه‌ای را کـه محـو تماشـای پرتره‌های زیبـای کتاب بـودم به‌خیال خـودش شـکار، و کتـری را خالـی کـرد تـوی سـینک ظرف‌شـویی. بعـد هـم آبی تویش گردانـد، دوباره پـرش کـرد و گذاشـتش روی اجاق.

دسـت کردم یک مشت آجیل مغزشـده از تـوی کاسهٔ روی میز برداشـتم و حواسـم را دادم به نقاشـی‌ها. ورق‌زنان رسیدم بـه پرترهٔ «خواهـر و برادر». هر دو بـه نقطهٔ مشـترکی خیره شـده بودنـد. دختـر بـا بی‌اعتنایی و نخـوت از ورای شـانهٔ چـپ. بـرادر امـا در پس‌زمینـه، مسـتقیم نـگاه می‌کـرد و از چشـم‌های قهوه‌ای‌اش عشـق و شـیدایی می‌تراوید.

بالاخـره مهرو گوشـی را از زمین گذاشـت، رفـت تـوی آشـپزخانه و همان‌طور کـه آب جـوش را تـوی قـوری قهوه‌سـاز می‌ریخت، گفـت: «کسـی نظـر قاطعی نـداد، امـا بهتـره فعـلاً تو پاریـس تخم‌مرغ نخـوری. قـرار نیـس دو روز اومدی اینجـا ناخوش‌احـوال بشـی و خدای‌نکرده کارت به دکتر و بیمارسـتان بکشـه.»

زیبایی خیال‌انگیـز پرتـره و تـای کوچـک بـالای صفحـه حواسـم را از خشـم و گرسـنگی پـرت کـرده بـود. پسـته‌ای تـوی دهانـم گذاشـتم و گفتم: «اوکیـه، مهـرو جـان. همـون قهـوه و یه لقمـه نون باگـت و پنیر خوبه. من سـیر شـدم بـا ایـن آجیلا.»

در یـک چشـم‌به‌هم‌زدن باگـت سردشـده را تُسـت کـرد و بـا چنـد مـدل پنیـر و میـوه و مربـا آورد سـر میـز. بـوی قهـوه کـه تـوی فضا پیچید، سـردردم و خُلقـم کم‌کَمـک بهتـر شـد.

* * * * *

صبحانـه کـه تمـام شـد، کامپیوتر عهدبوقش را روشـن کـرد و ژُرژ موستاکی[1] نامـی را پیـدا، و ویدئویـش را گذاشـت. همـان‌طـور کـه مشـغول ارزیابی ژُرژ کـه آوازخـوان در کوچه‌پس‌کوچه‌هـا قـدم می‌زد بـودم و شـباهتش را با صدرا جـان پیـدا می‌کردم میـز را جمـع کـرد و ظرف‌ها را روانۀ سـینک، و بـا آلبومی در دسـت برگشـت. بسـاط اسـارت مرا از پیش چیـده بود.

ـ آلبوم مال شب قبل از خواب، مهرو. الآن بپوش بریم بیرون.

ـ بابا برنامه‌هات به‌هم نمی‌خوره با چهار تا عکس‌دیدن.

آلبـوم را کـه بـاز کـرد امـا، عکس‌هـای خانوادگـی غرقمان کـرد. پـدر و مـادر مرحـوم، دایـی، خاله‌هـا، عمه‌هـا، کودکی خـودش و خواهـر و برادرها. همیشـه حسـرت خانوادۀ منسـجم و پرجمعیتشـان را خـورده بـودم. خانواده به‌مفهـوم سـمبلیک. نـه مثـل مـا نیم‌بنـد و ازهم‌گسـیخته و بی‌بنیـاد.

ـ می‌دونـی، مهـرو؟ مامانـم سـه سـاله بـا مـن و ماهیار حرف نمی‌زنه. بـا بابا هـم کـه یـه عمره.

ژرژ موسـتاکی را قطـع کـرد، یـک گیلاس شـراب بـرای مـن ریخت و یک کـوکا هـم بـرای خـودش آورد و نشسـت روی کاناپه.

۱ـ ژُرژ موستاکی (Georges Moustaki)، ترانه‌سرا و خوانندۀ مصری-فرانسوی (۲۰۱۳ ـ ۱۹۳۴)

ظهـر شـده بـود و مـن روی شانهٔ مهـرو گریسته بـودم. شانزه لیزه و مون‌مارتـر و رود سن، هیچ‌کـدام را هـم ندیـده بـودم.

* * * * *

رسـیده بودیـم جلوی کتاب‌فروشـی شکسـپیر و شـرکا[1] و مـن آماده کـه از آن ورودی سبزرنگ بپـرم داخل.

ـ بدو بریم تو. قلبم داره از هیجان میاد تو دهنم.

سـرش را چرخانـد به‌سـمت مخالـف و گفت: «تـو بـرو. من می‌شینم تو همین کافی‌شـاپ تا برگردی.»

چنـد روز بـود بـه هزار ترفند متوسـل شـده بـودم کـه ببرد سـوربن را نشـانم بدهـد. و بیـن همهٔ روزهـا بـا سرسـختی همیـن امـروز را کـه مـن قصد کرده بـودم کتاب‌فروشـی شکسـپیر و شـرکا و محلهٔ سن‌میشـل را زیرورو کنـم، انتخـاب کـرده بـود. چاره‌ای جـز تـن‌دادن بـه تصمیمـش نبـود. صبح به‌بهانهٔ پـادرد سـوار متـرو کرده بودمـش و حالا بعـد از آن‌همه مرارت راهی جز توسـل بـه زور نمی‌دیـدم. دسـتش را گرفتـم و کشـیدمش طـرف در.

ـ اگه قرار بود تنها برم، مگه احمق بودم تو رو تا اینجا بکشونم؟

دسـتش را بـا شـدت از دسـتم آزاد کـرد و تقریباً با گریه گفـت: «ولم کن بابا. نمی‌خـوام بیـام. صـد بـار اینجا بودم تا حـالا. دوس ندارم. چرا نمی‌فهمی؟»

یـک آن دلـم خواسـت خـودم را بینـدازم رویـش و موهایـش را بکشـم و بکَنـم و زیـر پـا لگد کنـم. از روزی که رسـیده بودم، از تـرس شـبیخونِ عاشقِ بی‌قـرارِ نامرئـی حتی یک شـب خـواب آرام نکرده بـودم، هـر روز صبح باگت داغ خوشـمزه‌ای را کـه مهرو می‌آورد بـا مرباها و پنیرهای مانده می‌خوردم و از روده‌هـای آسیب‌پذیر دم نمی‌زدم. تمـام محله‌هـای توریسـتی پاریس را تنهـا گشـته و شـب‌ها کنارش آن قسـمت از خاطره‌هـا را کـه او مایل بـه

۱ـ شکسپیر و شـرکا (Shakespeare & Co)، نـام کتاب‌فروشـی بسیار مشـهوری در پاریس بـا پیشینه‌ای جالـب کـه در طول سـالیان حیـات خود از سـال ۱۹۱۹ پایگاه نویسـندگان و هنرمندان بسیاری بوده است.

یادآوری‌شان بـود، مـرور کـرده بـودم. مهـرو مجبـور شـده بـود بـرای خریـد کوکاکـولا بـرود و من شب‌به‌شب ته یـک بطر شـراب فرانسوی را بالا آورده بـودم؛ تـا امـروز کـه بـرای اولین بار موفق شـده بـودم از خانه بکشـمش بیـرون. و حـالا احسـاس می‌کـردم مـورد خیانـت واقع شده‌ام.

از تـرس اینکـه بازدیـد سـوربن منتفی شـود، سکوت کردم. سـری تکان دادم و رفتـم داخل.

٭ ٭ ٭ ٭ ٭

مهـرو روی صندلـی‌ای بیرون کافی‌شـاپ نشسـته و غرق بررسـی منوی دراز کاغـذی بـود. چنـد لحظـه از دور تماشـایش کـردم و به‌امیـد سـرایت‌دادن شـادی‌ام دویـدم طرفش.

ـ وای عاشـق اینجـا شـدم، دخترـ. یـه کـم پیانـو زدم، رو اون صندلی چرم سبزه نشسـتم و کتاب ورق زدم. اون شـعر روی پله‌هـا رو دیدی؟ مال حافظه‌ها!

سـرش را بلنـد کـرد و نگاه گنگی را کـه در این چند روز بـا آن انس گرفته بـودم، نثـارم کرد. کنـار فنجان قهـوه‌اش حدود ده بسـتهٔ کاغـذی شکر و یک کروسان[1] عظیم شکلاتی بود.

ـ چقدر طول دادی! بیا اینجا اینو نشونت بدم.

پشـت منوی خـوراک و نوشـیدنی پرسش‌نامهٔ پروسـت[2] بود. نشسـتم و نگاهـی بـه سـؤال‌ها و بـه مهـرو انداختم. می‌دانسـتم دلـش می‌خواهـد تا شـب همان‌جـا قوزکرده بنشـیند و سـؤال‌های روان‌شناسـانه را جـواب بدهد. مـن امـا بـرای دیـدن سـوربن دل تـوی دلـم نبـود. سـؤال یـک تا شـش را هر

1- Croissant

۲- پرسش‌نامهٔ پروست (Marcel Proust)، مارسل پروست نویسندهٔ فرانسوی (۱۹۲۲ - ۱۸۷۱). او در چهارده‌سالگی بـه درخواسـت دوسـت دوران کودکی‌اش پرسش‌نامه روانکاوانه‌ای بـرای یک بـازی کـه در آن زمـان بیـن اقشار فرهیخته مرسوم بـود، تنظیم کـرد. این پرسـش‌نامه طی سـالیان اهمیتی نمادین یافت و بـه شـکل‌های گوناگونی تکثیر شـد. نمونه موجز این پرسـش‌نامه پشـت منوی قهوه‌خانـه مجاور کتاب‌فروشـی شکسپیر و شـرکا چاپ شده است.

طـور کـه بـود، شـوخی و جدی سـمبَل کـردم و بـه سـؤال هفتم که رسـیدم، چیـزی زیر پوسـتم دویـد و قلقلکـم داد: «قهرمـان شـما در زندگـی حقیقی‌تان کیسـت؟ قهرمـان شـما در زندگـی خیالی‌تان کیسـت؟»

ـ مال من که ماری کوریه، مال تو هم لابد صبا.

مـاری کـوری همـان لحظـه آمده بـود تـوی ذهنم. صبا امـا، جوابی بود کـه انگار ساعت‌ها راجـع بهـش فکر کـرده بودم.

٭ ٭ ٭ ٭ ٭

سـال هشـتم دوسـتی‌مان بـود کـه صبـا از طریق آشـنایی مشـترک سروکله‌اش تـوی جمـع ما پیدا شـد. خانمـی پنجاه‌سـاله از خانـواده‌ای سرشـناس و متمول از تهـران، تحصیل‌کـردهٔ فرانسـه و مربی یـوگا. سـال‌هایی را بعـد از تـرک پاریس در هنـد زندگـی کـرده و یـوگا را نـزد یکـی از سـوآمی‌های[1] صاحب‌نـام آمـوخته بـود. حـالا ده سـالی بـود کـه به ایـران برگشـته بـود و در خانهٔ ویلایـی بزرگش در میگـون زندگـی می‌کـرد. تنها دخترش لارا، سـاکن آمریکا بـود و گاهگاهی بـرای سـرزدن بـه خانـواده به ایـران می‌آمد.

صبا ملغمهٔ دلپذیری از فرهنگ فرانسـوی، آییـن و سـنّت ایرانی، عرفان بودایـی با اسانسـی از اسـلام شـیک و مدرن بود. در آن حد که ایام محرم روسـری سرش کنـد و قیمـهٔ نـذری تـوی دیگ کنار اسـتخر را هـم بزنـد، و رمضـان روزه بگیرد و مهمانی‌هـای مفصـل افطـاری ترتیب بدهـد. تـوی خانـه‌اش دائم عود می‌سـوزاند و موسـیقی تانتـرا[2] پخـش می‌کـرد و هفتـه‌ای چند بار یـوگا درس می‌داد. در طب سـنتی آیورودِا[3] هـم دسـتی داشـت. روی دیوارهای خانه عکسش با پـدر و مادر و عمـو و عموزاده‌هـا در حـال اسـکی در پیسـت شمشـک و کوه‌هـای آلـپ بود و

۱- سوآمی (Swami)، مرشد عرفانی هندو

۲- تانترا (Tantra)، موسیقی درمانی برای پاک‌سازی چاکراها

۳- آیورودِا (Ayurveda)، یک سیسـتم جایگزیـن طـب اسـت کـه از شـبه‌قارهٔ هندوسـتان ریشـه گرفتـه و به‌خصـوص در هنـد و نپال بسـیار مرکز توجه اسـت. در آیورودا از گیاهان طبی، ماسـاژ و یوگا بـرای درمان بیماران اسـتفاده می‌شـود.

توی آلبومـش عکس‌هایی در آشرام،[1] بـا گورویـش[2] همان سـوآمی معروف، و بازدیدهایـش از جذام‌خانه‌هـای ایـران. همیشـه یکـی دو خدمتکار یـا مریـد دم دسـتش بود و ماشـین شـورلت قدیمـی‌اش را هـم کس دیگـری می‌رانـد.

دیدارهـای مـن بـه همـان کلاس‌هـای یـوگا و مهمانی‌هـای گاه‌وبی‌گاه خانگـی منـزل او یـا مه‌لقا خانم محدود می‌شـد؛ داسـتان مهرو امـا متفاوت بـود. محفـل دونفرهٔ پیانونـوازی مـا حالا سـه‌نفره برگـزار می‌شـد و او غالباً پیشـنهاد نواختـن آهنگ‌هـایی را می‌داد کـه صبـا بتوانـد بـا مانتراهـا[3] و صـدای نافـذ و دلنشینش همراهی‌مان کنـد. رفته‌رفته به‌عـذر تقویت زبان مهـرو کـه در دانشـگاه زبـان فرانسـه خوانـده بـود، شـروع کردنـد به فرانسـه حـرف‌زدن، و پشـت‌بندش نگاه‌هـای رازآلـود ردوبدل‌کردن. بهانـه‌ای آوردم و دیگـر در هم‌نوازی‌هایمـان حاضـر نشـدم.

یـک روزِ ۲۸ اسفند هـم مهران زنـگ زد و اعـلام کرد کـه بـرای تعطیلات نـوروز تنهـا بـه منـزل پـدری‌اش در آسـتارا می‌رود و وقتـی علتـش را پرسـیدم، گفـت کـه روز قبـل از مهرو جـدا شـده‌اند. چند ثانیه گوشی‌به‌دسـت خشـکم زد و باقـی انـرژی‌ام صـرف ایـن شـد کـه از انفجـار اشک‌هایـم موقـع ابراز همـدردی و دعوتـش بـرای سـال تحویـل به منزلمـان خـودداری کنم.

دوران بعـد از طـلاق را مهـرو بیشـتر در خانهٔ صبـا گذرانـد و ارتباط ما کمتـر شـد. هنـوز گاهـی بـرای سـرزدن بـه مه‌لقا خانـم می‌رفتـم و از آنجا کـه می‌دانسـتم سـعی می‌کنـد ایـن جریـان را بـه‌کل نادیده بگیـرد، حرفی از مهـرو نمی‌زدم.

یک‌بـار بـرای مراسـم سـماعی بـه خانهٔ صبـا دعـوت شـدم و بعـد از مدت‌ها مهـرو را دیدم. بدون آرایش، در لبـاس گشـاد سـراپا سفید. دور چشـمانش حلقه‌های

۱- آشـرام (Ashram)، صومعه و دیر در ادیان هندی

۲- گـورو (Guru)، آموزگار و راهنمای دینی در آیین‌های هندو، بودایی و سیک

۳- مانترا (Mantra)، واژهٔ ذکر در زبان سانسکریت

کبـود بـود و تـوی دسـتانش دف بزرگـی کـه بـا شـور و حـرارت می‌نواخت. جفت همـان دف هـم دسـت صبـا بـود و نغمه‌هـای یاحـق و هوهویشان در همراهـی بـا چرخنـدگان حلقـۀ سـماع بـه راه. بی‌گمـان از اینکه مجلس را زود تـرک کردم دلخـور شـد و تـا مدت‌هـا تلفن‌هایـم را به‌سـردی جواب می‌داد.

چنـد مـاه بعـد تـوی کوچه‌هـای اختیاریـه سـوار بـر دوچرخـه دیدمـش و همان‌طـور کـه داشـتم بـا او کـه آشکارا معـذب و دستپاچه بود سلام‌وعلیک می‌کـردم، شـبح مـردی را کـه تـوی تاریک‌روشـن غـروب بـا دوچرخـه بـه ما نزدیـک می‌شـد رصـد کـردم. مـرد موسـفید را کـه پنجـاه و چنـد سـاله به‌نظر می‌آمـد، مهـر و «دایـی صـدرا» معرفـی کـرد. بـرادر دوقلـوی صبـا کـه بعد از سـالیان از پاریس به خانه برگشـته و قرار بود ماندگار شـود. رفتـارش مهربانانه و دایـی‌وار بـود و دوچرخه‌سـواری مهروی خانه‌نشین بـا او در نظرم نشانه‌ای خـوب. مدتـی بـود تصمیم گرفته بودم از کمی دورتر دوسـتش داشـته باشـم و بـه کمتـر دیدنـش عـادت کنم. با مهاجرت من و همسـرم موافقت شـده بود و به‌زودی عـازم کانـادا بودیم.

چنـد مـاه بعـد کـه زنـگ زدم بـه مهمانـی خداحافظی‌مـان دعوتـش کنم، گفـت کـه چنـد روز پیـش در محضـر بـا «صـدرا جـان» ازدواج کـرده و قـرار اسـت بـرای ادامـۀ تحصیل او و زندگی مشـترک بروند پاریس. بـا اینکه هضم فرآینـد تبدیـل «دایـی صـدرا» بـه «صـدرا جـان» برایـم کمی دشـوار بـود، اما از تـه دل بـرای مهـرو و خصوصـاً تحصیل در دانشـگاه سـوربن کـه رؤیـای همیشـگی‌اش بـود خوشـحال شـدم. پرسـید مهـران بـه مجلس مـا می‌آید. گفتـم می‌آیـد، و مهـرو عـذر خواسـت و گفت کـه در فرصت دیگـری پیش از رفتنمـان بـا مـا دیـدار می‌کنند.

تـا پیـش از تـرک ایـران چنـد بـار دیگـر صـدرا را بـا مهـرو در منـزل صبا دیـدم و مـرد جنتلمـن مهربانـی یافتمـش. دوزانـو در حلقـۀ مریـدان خواهرش

می‌نشست و چشم به دهانش می‌دوخت. صبا از این وصلت راضی به‌نظر می‌رسید؛ مه‌لقا خانم از وصلت، و بیش از آن از پایان‌گرفتن شایعات.

* * * * *

سرش را تند از روی پرسش‌نامه بلند کرد و نگاه آزرده‌اش را دوخت توی چشم‌هام.

ـ کی گفته صبا قهرمان زندگی منه؟ این حرفو از کجات درآوردی؟

ـ منظور بدی نداشتم. به‌هرحال به‌نظر من بعد از اینکه صبا اومد تو زندگی‌ت، همه‌چی یهو تغییر کرد. از جدایی‌ت از مهران گرفته تا... چه می‌دونم، حتی سلیقهٔ موسیقی‌ت. الآنم که اینجایی. دکتراتم که داری می‌گیری. به‌هرحال...

کروسان را از روی میز قاپید و با غیظ گاز زد.

ـ می‌دونی یه شوهر کرده که سنش نصف سن خودشه؟

آمدم بگویم این جوان‌همسرگیری گویا در خانواده‌شان مرسوم است، که مجالم نداد.

ـ لارا رو هم از آمریکا کشونده ایران، یه شوهر ایرانی براش پیدا کرده و حالا با صدرا همگی تو اون ویلای میگون زندگی می‌کنن. می‌خواد منم بکشونه اونجا بکنه جزو مایملکش.

آمدم بگویم «چه ایرادی داره، زندگی خونوادگی تو اون باغ قشنگ؟ تو که خودتم تو یه خونهٔ گرم و پرجمعیت بزرگ شدی.»، که تکهٔ آخر کروسان را بلعید و با چشم تقریباً اشک‌بار گفت: «از اون شوهر چاپلوس نوکرصفت و اون لارای انگلِ بچه‌ننه متنفرم.»

رگبار وقایعی که روحم هم ازشان خبر نداشت و شنیدن ناسزا از دهان پاک مهرو چنان گیجم کرده بود که واژه‌ای برای همدلی پیدا نمی‌کردم. منوی کاغذی را تا کردم و گذاشتم توی کیفم و از جا بلند شدم.

ـ گـور بابـای گذشته! پـا شـو بریـم بقیهٔ پرسـش‌نامه رو تـوی سـوربن جـواب بدیم.

* * * * *

سـوربن مثـل یـک دژ مسـتحکم دروازه‌هایـش را به‌روی ما بسـته بـود. مهرو اعلانـی را سـردر دانشـگاه خوانـد و گفـت از خلـوت تعطیـلات تابسـتانی استفاده کـرده و مشـغول تعمیـر و بازسـازی بنـای داخلـی دانشگاه‌اند.

ـ تا کِی؟

ـ اوم م م م م... تا حدود یه ماه دیگه.

مـن می‌خواسـتم سـرم را بگیـرم و زار بزنـم، مهرو اما خیلی خونسـرد و حتـی آسـوده‌خاطر به‌نظر می‌رسـید. یعنـی هیـچ شـوقی نداشـت دانشگاه رؤیاهایـش را بـه مـن نشـان بدهد؟

ـ خـب دیگـه. بـزن بریـم خونه. حـالا دفعهٔ دیگـه که اومدی پاریس، می‌بینی سـوربنو.

جوری بهش نگاه کردم که بفهمد شاید بار دیگری در کار نباشد.

* * * * *

روزی کـه قـرار بـود برویـم رسـتوران، مهرو صبح زود بیدار شـد و رفـت حمام. دو سـاعتی آن تو بود و من فرصت کردم آبی جوش بیاورم و یک لیوان چای کیسـه‌ای عَلـم کنـم. کمـی از کورن فلکسـی کـه با خـودم آورده بودم تا رژیـم بی‌گلوتنم را حفـظ کنـم، ریختم توی کاسـه‌ای شـیر و هـوس کردم کمی از میپل سـیروپ[۱] را کـه برایـش سـوغات آورده بـودم هـم بریـزم رویـش. تک‌تک کابینت‌هـای کهنهٔ بوینـاک را سرکشـی کـردم و سـر آخـر شیشـهٔ بـزرگ را تـوی بالاتریـن کابینتی که بی‌چهارپایـه قابلِ‌دسترسـی نبـود، پیـدا کـردم. آوردمـش پایین و فکر کـردم آن‌قدر کـم بریـزم کـه مهرو متوجـه خالی‌شـدن سـر شیشـه نشـود اما بـا یـک حرکت،

شیره که گویی هیچ غلظتی نداشت سرازیر شد توی کاسه. این شیره چطور این‌قدر رقیق و آبکی بود؟ نکند سرم کلاه گذاشته باشند؟ ریختمش توی قاشق و دو سه بار چشیدم و مزه‌مزه کردم. کوکاکولا بود. کوکاکولایی که با آب رقیق شده و به رنگ میپل سیروپ درآمده بود. کمی از چایم ریختم توی شیشه، درش را بستم و برگرداندمش سر جایش توی کابینت. شیر و کورن فلکس را ریختم توی چاهک سینک و آب گرفتم رویش. چایم را سرکشیدم و لیوان را شستم. خزیدم توی رختخواب و خودم را زدم به خواب.

٭ ٭ ٭ ٭ ٭

از تاکسی پیاده شدیم و رفتیم داخل رستوران. اگر چشم‌بسته می‌بردندم توی آن محل، محال بود بفهمم آنجا پاریس است. انگار کن در ناف بمبئی یا کراچی هستی.

توی رستوران بوی عود و کاری و ماسالا می‌آمد. به‌محض واردشدن پیشخدمت زنی ضمن خوشامدگویی شنل مهرو را که مثل یوگینی‌ها[1] لباس پوشیده و دستاری هم دور سرش بسته بود، تحویل گرفت. پیشخدمت حتی سراغ موسیو صدغا را هم گرفت و ما را به‌سمت بهترین میز رستوران راهنمایی کرد.

منو را که آوردند، مهرو پیش از آنکه چشمم به‌ش بیفتد، قاپش زد و گفت: «خودتو خسته نکن، نوشی. همهٔ غذاهای اینجا رو می‌شناسم و خودم سفارش می‌دم.»

ـ مشروب چی؟ مشروبو هم تو می‌خوای برام سفارش بدی؟

نوک زبانش را بیرون آورد و تکان‌تکان داد: «اینجا رستوران آیورودا هست. الکل سِرو نمی‌کنن.»

خُلق تنگم تنگ‌تر شد. دندان ساییدم و تصمیم گرفتم تن به قضا

۱- یوگینی (Yogini)، عنوان پیشوای عرفانی مؤنث در آیین هندو و بودایی

بدهم. فردا عازم کانادا بودم و نمی‌توانستم اجازه بدهم چیزهایی که گفتنش دردی از هیچ‌کداممان دوا نمی‌کند ته‌ماندهٔ دوستی‌مان را تباه کند. پیشخدمت که آمد سفارش غذا را بگیرد، کلی با مهرو گپ‌وگفت کرد و چیزی هم با اشارهٔ سر به من از او پرسید که مهرو با یک کلام جوابش را داد.

یاد جلسه‌های سه‌نفرهٔ موسیقی با صبا افتادم و ترجیح دادم خودم را سرگرم تماشای زلم‌زیمبوها و تابلوها و مجسمه‌های دوروبر نشان بدهم، اما بر که گشت و کوکاکولا را که جلویم گذاشت خونم به جوش آمد و همان‌طور که نوشیدنی را پس می‌زدم به فرانسهٔ نیم‌بندی تقریباً غرّیدم: «نمی‌دونستم تو رستوران آیوروِدیک[1] کوکاکولا سرو می‌کنن.»

مهرو شگفت‌زده نگاهم کرد و همان‌طور که قوطی روی میز را به‌سمت خودش می‌سُراند لبخند گشاده‌ای به پیشخدمت هراسیده زد و گفت برای من چای ماسالا بیاورد.

زیرلب گفت: «یادمه ایران که بودی دوست داشتی.»

زن که رفت، با حالت ترس‌خورده‌ای گفت: «انگار یه فرانسهٔ دست‌وپاشکسته‌ای بلدی؟»

دوست داشتم بگویم «به تو چه» و بلند شوم بزنم به چاک، ولی تصمیم گرفتم به عهد و پیمانم با خودم وفادار بمانم.

ـ برای پروسهٔ مهاجرتمون به کانادا مجبور شدم در حد مقدماتی یاد بگیرم.

هنوز داشتم می‌غرّیدم.

ـ آفرین، بابا. رو نکرده بودی. می‌گفتی این مدت با هم تمرین می‌کردیم. حالا جریان این بَدبودن تو با کولا چیه؟

- هیچی. به‌خصوص که یه کم رقیقش کنی، رنگش می‌شه عین میپل سیروپ.

نوشابه پرید توی گلویش و سرفه‌کنان گفت: «منظورت چیه؟»

پشیمان شده بودم اما کمی دیر.

- رفتی تو آشپزخونه؟ رفتی سر کابینت من؟ دنبال چی می‌گشتی؟

هر کلمه را با یک سرفه از دهانش می‌پراند و صورتش برافروخته شده بود.

دیگر جای کوتاه‌آمدن نبود.

- رفتم یه چیکه میپل سیروپ رو کورن فلکس وامونده‌م بریزم. بهت گفته بودم نون اذیتم می‌کنه، اما تو این‌قدر کله‌ت پُرِ خیالاته که اصلاً حرف آدمو نمی‌شنوی. چی با خودت فکر می‌کنی؟ آب کتری‌رم که من از شیر پر می‌کنم می‌ریزی دور؟ چی تو سرت می‌گذره؟

با لحن خشن اما نجواوار گفت: «فکر کردی نمی‌دونم ایران بودی رفتی صبا رو دیدی؟ دوا مَوا داده منو چیزخور کنی، آره؟»

دهانم از تعجب باز ماند.

- دیوونه شدی، دختر؟ این مزخرفات چیه؟

- من دیوونه شدم؟ نه جونم. این تویی که الکلی شدی و آلتِ دست. حالام تلافی مشروب‌نخوردن امروزتو داری سر من درمیاری.

در همین حین زن پیشخدمت آمد و چای را آورد. یک قلپ از چای داغ تا اعماق معده‌ام را سوزاند و فرصت داد شیرفهم شوم که فاجعه از آنچه فکر می‌کردم عمیق‌تر است.

- فکر کردی نفهمیدم از قصد لباس کوچیک برام آوردی؟ می‌خوای منو خورد کنی؟ اون یادت داده، نه؟

- نُه شب با توهمات و وسواسای ذهنی‌ت نذاشتی بخوابم، مهرو.

تو احتیاج به مشاوره و درمان داری. باور کن داری مریض می‌شی. قوطی خالی کوکاکولا را چنگ زد و مچاله کرد و گفت: «من روانی‌ام؟ من مشاوره لازم دارم یا تو که هرشب یه بطر شرابو تموم می‌کنی؟ بیخود نیس مامانت سه ساله باهات حرف نمی‌زنه.»

صورتش با آن لبخند قلابی از پشت بخار دال و کاری و پَلَک پنیر به پیشخدمت و طنین جملهٔ آخرش، شد فصل آخر از دوستی با مهرویی که سالیانی می‌شناختم.

* * * * *

بیرون رستوران از او که با رانندهٔ تاکسی قرار گذاشته بود برمان دارد، جدا شده و گفته بودم می‌خواهم این روز آخری در پاریس پرسه بزنم. گفت محله ناامن است و پرسه‌زنی‌های شب آخر را در محلهٔ او انجام بدهم. بی‌پاسخی خدانگهدار گفتم و زدم به دل جمعیت و ازدحام. صدایش را از پشت‌سر شنیدم. «شب زود برگردی.»

غروب که رسیدم خانه، پیش از آنکه زنگ بزنم در حیاط باز شد و یک زن و پسر در قاب آن پدیدار. زن شصت و چند ساله به‌نظر می‌رسید و پسر حدوداً هفده هجده ساله. چند لحظه روبروی هم درنگ کردیم و درست لحظه‌ای که چشم‌های آبی پسرک روی صورت من ثابت ماند و صورت فرشته‌وارش به لبخندی گشوده شد، زن دستش را کشید و کشاند که ببردش. یک رشتهٔ ظریف آب از کنار دهان پسر راه گرفت تا زیر چانه و گردنش «بریم فیلیپ، بریم عزیزم.» فیلیپ هر چند قدم یک‌بار برمی‌گشت مرا نگاه می‌کرد و با تکان‌های شانه و گردن تقلا می‌کرد دستش را از دست زن برهاند. یک‌جا هم شروع کرد به فریادزدن. توی خم کوچه که گم شدند، فریادهایش بدل شد به زوزه‌هایی که این نُه شب در دل شب شنیده بودم.

* * * * *

تـوی رختخـواب کنـار هم دراز کشـیده بودیم. مهـرو مطلقاً از اینکه فـردا پاریس را تـرک می‌کنـم حرفی نـزده بود و نمی‌زد. آرزوی محال بازگشـتن بـه حال‌وهوای پیـش از دیدارمان یک آن شـعله کشـید. آخریـن تیر ترکشـم را رها کردم.

ـ شعری رو که مه‌لقا خانوم در فراق مریم‌تون می‌خوندن یادته، مهرو؟

بـا بی‌تفاوتی گفت: «نـه. چـی بـود؟ مامان خانـوم بـرای هر مناسـبتی یـه ترانه داشـتن.»

ترانـه را روی گوشـی‌ام تـوی یوتیـوب پیـدا کـردم، دوزانـو نشسـتم تـوی رختخـواب، چشـم‌هایم را بسـتم و همان‌طـور کـه سـر می‌جنبانـدم با شـور و احسـاس بـا خواننـده همـراه شـدم:

مگه تموم عمر چند تا بهاره

باقی‌مونده جز مختصری نیست

تا چشم به‌هم خورد، شد آذر و شد دی

گفتی که میای، پس کِی پس کِی پس کِی پس کِی؟

از لای چشم نگاهش کردم و دیدم با حیرت و ناباوری بهم خیره شده.

این جور که گواهی می‌ده قلبم

این شام سیه را سحری نیست

ببین چند تا بهار رفته و از تو خبری نیست

ببین چه کرده غم با من و از تو اثری نیست[1]

گوشی‌ام را برداشت و پاوز[2] را روی صفحه فشار داد.

ـ خـب، بسـه دیگـه. عالـی بود، ولـی اصلاً یـادم نیـس. باید فـردا زنگ بزنـم از منیژه بپرسـم.

ـ آره، حتماً بپرس. شـاید اینم یکی از توطئه‌هـام باشـه. اون ماس‌ماسـکو زدی اونجا که طلسـم و جـادو رو باطل کنی؟

داشـت بـا سـنجاق‌قفلی‌ای کـه بـه ملحفهٔ پتـو زده بـود ورمی‌رفت و بازوبسـته‌اش می‌کـرد.

- بی‌مـزه! نـه. از وقتـی اومـدی این سـنجاقو زدم کـه قسـمت لحافم با مال تـو قاطی نشه.

پشـتم را بهـش کـردم و شـب‌به‌خیر گفتم. می‌ترسیدم به جایی برسانَدَم کـه ملاقاتم با فیلیـپ را برایـش تعریف کنم.

＊ ＊ ＊ ＊ ＊

روی صندلـی هواپیما ولو شـدم و نفسـی به‌آسـودگی بیـرون دادم. غمگین بودم و تنهـا تصور چند سـاعت خـواب آرام بی‌انقطاع تسـکینم می‌داد.

مهـرو صبـح زود بیـدار شـده و برایـم صبحانـه درسـت کـرده بـود. یک خرمن سـوغات فرانسـه در چمدانـم چپانـده و تاکسـی خبر کرده بود. پشـت ورودی کنتـرل پاسپورت محکـم بغلـم کـرده و تنـگ گوشـم گفتـه بـود «اگه داسـتانمو بنویسـی، می‌کشـمت!»

از خـودم جدایـش کـرده، چشـم‌هایم را درانده و گفته بودم «چه داستانی؟ داسـتانی نداری تو.»

شانه‌هایش را بالا انداخته و گفته بود «گفته باشـم!»

ایسـتاده بـود آنجـا و تـا آخرین پیچـی که قـادر به دیـدن هم بودیـم، برایم دسـت تکان داده و بوسـه فرسـتاده بود.

هواپیما کـه اوج گرفـت، فکـر کـردم تا آماده‌شـدن بـرای خـواب شـراب بنوشـم و عکس‌هـای سـفر را از گوشـی بـه لپ‌تاپـم منتقـل کنـم. عکس‌هـا را از روز اول ردیـف کـردم و محـو تماشـا شـدم. مهـرو اجـازهٔ عکس‌گرفتـن از خـودش را بـه مـن نـداده بـود و حـالا می‌توانسـتم سـرِصبر روی یکی دو عکسی کـه دزدکـی ازش گرفتـه بـودم، زوم کنـم و بـا خیـال راحـت برانـدازش کنم. تـوی عکسـی کـه بیـرون کتاب‌فروشـی شکسـپیر بی‌آنکـه متوجـه برگشـتم

شـده باشـد گرفتـه بـودم، دختـری رنگ‌پریـده بـا ابروهایـی جابه‌جـا ریختـه و چشـم‌هایی به‌گودی‌نشسـته بـه منـوی کاغذی روی میز خیره شـده بـود. از روی لب‌هـای بی‌خونـش همـان یک‌ذره ماتیکـی هـم کـه به اصـرار من زده بـود، پاک شـده بـود. شـلوار جین مدل بگی و پیراهـن سـفید پیش‌سینه‌دار تنش بـود، و کتـی کـه لبه‌هایـش را روی هـم آورده و تویـش مچاله شـده بود.

یـادِ نیمروی بـا تزئیـن آووکادو و گوجه‌فرنگی صبحش کـه خـودش هـم لب نـزده بـود افتـادم، و یک‌دفعـه از خـودم بدم آمـد و بغـض راه گرفت تـوی گلویم. عکـس بعـدی از تابلوی رنـگ و روغن بـه امضـای صدرا بـود. کپی‌بـرداری از نقاشـی خواهـر و بـرادر اثر ماری ویکتـور لمـوین. اتفاقـی زیـر کاناپه پیدایش کـرده و حواسـش کـه نبـود باعجله ازش عکـس گرفته بودم.

دو سه عکس بعد در بستهٔ سوربن بود و اعلان رویش.

خانـم مسـافر کناری آهسـته گفت: «اوه، شـما هم بـه اون سـه روز تعطیلی سوربُن خوردین؟»

برگشـتم طرفـش و نگاهـم بـا نـگاه عذرخواهانـه از دزدکـی دیدزدنش گـره خورد.

بـه زبان فرانسـه‌ام شـک کردم و بـا انگشـت سـه را نشـان دادم و پرسـیدم: «سه روز؟»

سـرش را بـه نشـانهٔ آری تـکان داد. محض اطمینـان بـه انگلیسـی پرسـیدم و پیـش از آنکـه جوابـی بشـنوم، عکـس را بـا ذره‌بیـن بـزرگ کـردم و عبارت «سـه روز»[1] را روی اعـلان دیدم.

زن داشـت بـه انگلیسـی دسـت‌وپاشکسـته چیـزی را توضیـح مـی‌داد. جرعه‌ای شـراب نوشـیدم، فایلی در وُرد[2] بـاز کردم و نوشـتم: پری‌رو در پاریس.

۱- در زبان فرانسه Jours 3 به‌معنای سه روز است.

2- Word

سكوت

داشـتیم ذرت شـیرین آب‌پـز می‌خوردیـم و داشـتم برای آدری[1]، که پیشـنهاد کـرده بود این جلسـه را بیـرون برگزار کنیـم توضیح می‌دادم تـوی ایران ذرت را ـ کـه شـیرین هـم نیسـت ـ روی زغـال کبـاب می‌کنیـم و تـوی آب‌نمک می‌غلتانیـم و می‌خوریـم. بعـد ناگهان یادم آمد تنها کسی که می‌شناسـم، کـه ذرت را این‌طـور آب‌پـز ترجیـح می‌دهد، مامان اسـت. یـک وقت‌هایی کـه حـالا یادم نمی‌آیـد کِـی بـود و فقـط تصویـرش تـوی ذهنـم مانـده، سـه‌تایی بـا او و خواهرکـم، آن‌طـور کـه او یادمـان داده بـود، روی ذرت آب‌پـزِ داغ کـره می‌مالیدیـم و بـا نمـک می‌خوردیـم. بعـد بـاز سرحسـاب شـدم کـه دارم با فعل گذشـته ازش حرف می‌زنـم: ذرت را این‌طور دوسـت داشـت... آشـپزی‌اش خـوب بـود...

مثـل کسـی کـه دیگـر تـوی این جهـان نیسـت و داری بـا خاطره‌هایـش زندگـی می‌کنـی، آن‌طـور کـه مرده‌هـا را می‌بخشـی و فقـط از خوبی‌هایشـان یـاد می‌کنـی.

آن لحظـه حـس کـردم حـالا بعـد از هفـت سـال بی‌خبـری، این‌طـور

حرف‌زدن خـوب است و بهـم آرامـش می‌دهد. آن لحظه به‌نظرم واقعاً فکر درخشـانی آمـد، امـا شـب تـوی رختخـواب یـاد ژولیـت و پنه‌لـوپ افتـادم و بلندبلنـد گریستم.

* * * * *

خرداد سال ۱۳۸۳

زیـپ دامنـش را تـا نصفـه کشیـده بـود بـالا که سـاختمان شـروع کـرد به لرزیـدن. وحشـت‌زده تـوی چشـم‌های من و سروناز نگاه کرد: «چی شـد؟!»

مثـل همـهٔ مواقـعِ هـراس و دلهـره، نوعی آرامـش و خونسـردی دوید توی رگ‌هایـم. تـوی رگ‌هـای سروناز هـم. بـا وجود شـش سال اختلاف سـن، عیـن خـودم اسـت. قطعاً از خانـدان پـدری بـه ارث بُرده‌ایمـش. آرام گفتم: «زلزلـه‌س. بیایـن وایسـین اینجا.»

تـا مـن و سروناز زیر چارچـوب در حمام که هنـوز لبالـب از بخار دوش بعدازظهـر مامـان بـود جاگیـر شـویم، او زیـپ را بـالا کشیـده و چهـار طبقه را به‌سـرعت نـور طـی کـرده بـود. چشـم انداختـم و لبخنـد آشـنا را در چهرهٔ خواهرکـم غافلگیـر کردم.

چنـد ثانیـه بعـد که زمیـن از تکان‌خوردن بـاز ایستاد، صـدای فریادش را از بیـرون شـنیدم. پنجـره را بـاز کـردم و دیدمـش که با سـر حوله‌پیچ‌شـده وسـط کوچه ایستاده.

ـ کیـف و سـوئیچ و مانتـو روسـری‌مو بنـداز پاییـن. من شـب اینجا نمی‌مونـم.

ـ بیا بالا، مامان جان. می‌خوای برگردی اصفهان شبونه؟

ـ نـه. می‌رم خونـهٔ تهمینه. می‌گن تـو تهران فقـط سـاختمونای اکباتان ضدزلزلـه‌ن.

می‌دانسـتم حـرف‌زدن باهـاش بی‌فایـده اسـت. پیـش از آنکـه وسـایلش

را جمع‌وجور کنـم، شـربت سـکنجبین خیـاری را کـه بـرای بعـد از حمامش درسـت کـرده بـودم دادم به سـروناز که ببرد تـوی کوچـه. در همیـن فاصله به خاله‌تهمینـه زنـگ زدم کـه خانه باشـد. گفتم با سـروناز آمده‌اند مـن و نریمان و شـما و بقیـهٔ فامیـل را ببینند و تـازه دیشـب رسـیده‌اند. دروغ می‌گفتم. چهار روز بـود کـه آمـده بودنـد و فـردا هـم قـرار بـود برگردنـد. هیچ‌کدامشـان هـم حوصلـهٔ دیـدن فامیل را نداشـتند.

تـوی کوچـه غلغلـه بـود. با همسایه‌ها کـه هنـوز بیـرون ایسـتاده بودند و گـپ و حـدس و گمان‌هـای بعـد از زلزلـه را ردوبـدل می‌کردنـد، سرسـری سـلام‌وعلیک کـردم و وسـایلش را تحویـل دادم. سـریع سـیگاری از کیفـش درآورد و گیرانـد و در همـان حال حوله را از سـرش باز کرد و روسـری را روی موهای خیسـش کشـید.

ـ تو هم نریمان که برگشت، برش دار بیاین اکباتان. فقط اونجا امنه.

ـ حرفـا می‌زنـی، مامـان جـان. خشت‌خشـت ایـن خونـه رو کـه رو هـم می‌ذاشـتن بـالای سرشـون بودیـم. تیرآهـن دوبـل ۱۸ و ۲۰ و ۲۲.

ـ از من گفتن بود.

راه گرفت به‌سمت ماشینش که توی کوچه پارک کرده بود.

ـ سروی انگار اینجا می‌مونه.

گفتـم آره؛ و همان‌طـور کـه دنبالـش می‌دویـدم، توصیه‌هایـم بـرای اینکه حرف‌هامـان پیـش خاله‌تهمینـه دو تـا درنیایـد تـوی هـوا گـم شـد. نشسـت تـوی ماشـین، اسـتارت زد و شیشـه را کشـید پاییـن. غزل به اینجا رسـیده بود:

جهان فانی و باقی فدای شاهد و ساقی

که سلطانی عالم را طفیل عشق می‌بینم

ـ تـو رو خـدا مراقب خودتـون باشـین. شـب اگـه تونسـتین بریـن تو پارک بخوابین.

لابه‌لای حرف‌هایش پک‌های عمیق می‌زد.

ـ شناسنامه‌هاتونو بذاریـن دم دسـت. شـیر گاز خونه رو ببندین. دسـت خالـیَم دارم مـی‌رم خونهٔ تهمینه. عجب اوضاعی شـد. تمـاس می‌گیریم. گاز داد و رفت و صدای شجریان از پخش صوت ماشین توی فضا ماند:

اگر بر جای من غیری گزیند دوست، حاکم اوست

حرامم باد اگر من جان به‌جای دوست بگزینـم

تـوی راهِ برگشـت، حولهٔ خیـس را از روی شـاخهٔ درخت برداشـتم و رفتـم خانه.

٭ ٭ ٭ ٭ ٭

خرداد سال ۱۳۷۵

بـا سروناز پشـت میـز و صندلی‌هـای چـرب فلـزی نشسـته بودیـم و دل و جگـر و ریحـان می‌خوردیـم. دیروقت شـب بـود و مـا تنهـا مشـتری بودیم. نـان تافتونـی کـه گـرم بـود و تـازه از تنـور درآمـده بـود، همان کـه همیشـه نرم دور تکه‌هـای خون‌آلـود جگـر گوسـفند پیچیـده بـود و آسـان از حلقومـم راه مـی‌گرفت به‌سـمت معـده، امشـب مثـل تیـغ گلویـم را می‌خراشـید. نـان زیرکبـاب را گذاشـته بـودم خواهرکـم بخـورد و هـی پرحرفـی می‌کـردم و سـربه‌سرش می‌گذاشـتم کـه پـی بـه اضطرابـم نَبَـرَد. نمی‌دانـم چـرا آورده بودمـش اینجـا. قدم‌زنـان از کوچـهٔ متصـل بـه میـدان اختیاریـه سرازیر شـده بودیـم تـوی کبابـی‌ای کـه حتـی اسـم هـم نداشـت، امـا حتمـاً همان بـود که ماهـی یک‌بـار نریمـان برایـم ازش دل و جگـر می‌خریـد. روزهـای دوم عادت ماهیانـه کـه ضعـف و درد و سـرگیجه امانـم را می‌بریـد، خانه کـه می‌رسید یـک لیمـو قـاچ می‌کـرد و می‌چکانـد رویشـان و لوله‌شـان می‌کـرد لای نان. اگـر موقع گاززدن خـون تـوی بشـقاب نمی‌چکیـد، غـر مـی‌زدم که بـه کبابی سـفارش نکـرده جگرهـا را خون‌دار بـردارد و حـالا دیگـر هیچ آهنی تویشان

نیست. در سکوت چای بابونه دم می‌کرد. می‌فهمید حالم سر جا نیست. یک‌سال بود ازدواج کرده بودیم و از چهار ماه پیش تارشدن چشم چپش شروع شده بود. تشخیص ام‌اس داده بودند. منتظر حملهٔ بعدی بودیم که بینایی چشم راست هم شروع کرد به کم‌شدن. چشم‌پزشک حاذقی تشخیص تومور مغزی داد و آزمایش‌های بعدی احتمال را تأیید کرد. فردا عملش می‌کردند. سه روز پیش زنگ زدم شهرستان و خبر را به مامان دادم. همهٔ جزئیات را گفتم. داشت صبحانه می‌خورد. حرف‌هایم که تمام شد، منتظر شدم لقمه‌اش را فرو بدهد.

ـ حالا لازمه ما بیایم؟

گفته بودم نه، لازم نیست و گوشی را کوبیده بودم روی دستگاه. دو روز بعدش تهران بودند؛ خانهٔ خاله‌تهمینه. خواهرکم آمده بود خانهٔ ما با من بماند. مطالعه آزاد امتحان‌های دبیرستان بود و از بخت خوش من حالا او پیشم بود. با انگشت‌های سفید و کشیده‌اش جگر خون‌دار را توی نان زیرکباب پیچید و داد دستم.

ـ بخور جیگرت تقویت شه واسه فردا. به‌خاطر نریمان بخور.

دهانم را باز کردم و دستش را که لقمه را در دهانم گذاشت چسبیدم و نوک انگشت‌هایش را بوسیدم.

* * * * *

خرداد سال ۱۳۸۲

از کانادا رفته بودم لس آنجلس به دیدن سروناز که حالا شوهر و پسری پنج‌ساله داشت و همگی توی هواپیما نشسته بودیم و پرواز می‌کردیم به ایران. وسط پرواز خواهرکم خودش را کش آورد و به من نزدیک کرد.

ـ می‌خواستم یه چیزی بهت بگم.

توی یک ردیف روی صندلی‌های دم راهرو نشسته بودیم. قلبم

بنـای تپیـدن گذاشـت. بعـد از دوسـال و نیـم او اولیـن عضو خانـواده بود که رودررو می‌دیدمـش.

ـ چی شده، سروی؟

دسـت راسـتش را روی دسـت چپـم کـه دسـتهٔ صندلـی را چنـگ زده بـود گذاشـت و نـگاه مهربانـش را بـه چشـم‌هایم دوخـت.

ـ اول بهـت بگـم کـه همه‌چیـز روبه‌راهـه و خطـر رفـع شـده و مامان سالم سالمه.

واژه‌هـای سـرطان، شـیمی‌درمانی، داروهـای کمیـاب و گـران کـه بعد از آن آمدنـد، بـا هق‌هـق گریـهٔ مـن آمیختنـد و بـه خـودم کـه آمدم، دسـت راسـتم تـوی دو دسـت سـفید و قشـنگ او بـود. نفهمیـدم کِی آمـده و روی صندلـی کنـاری مـن کـه از قضا خالـی بود، نشـسـته بود. همسـر و پسـرش با تعجـب از آن سـر ردیـف نگاهـم می‌کردنـد و خواهرکم هنوز داشـت قسـم و آیـه می‌خـورد کـه تمـام چکاپ‌هـای مامـان حاکـی از سـلامت کاملـش اسـت. یـک سـال و نیم بـا سـرطان دسـت‌وپنجه نرم کـرده و نگذاشـته بود احدالناسـی جـز خاله‌تهمینـه از بیماری‌اش خبردار شـود. همین‌هـا را هم خالـه یـک ماه پیـش به سـروی گفتـه بود.

بـه سـروناز گفتـم می‌خواهـم چنـد روز با مامـان تنها باشـم. قرار شـد آن‌هـا بماننـد تهـران و یـک هفته بعـد بیاینـد.

٭ ٭ ٭ ٭ ٭

پیـش از آنکـه چیزهـای دیگر اتفاق بیفتد، خطر را بو کشـیده بـودم. از همان شـبی کـه درِ آپارتمـان را بـه رویـم بـاز کرد و چشـمم به کاناپهٔ توی نشـیمن افتاد. به‌محض رسـیدن به تهران خودم را رسـاندم به شهرسـتان و خانه‌اش. نشـسـتیم تـوی بالکنـی کـه دیگر زیرسـیگاری‌ای بـا انبوه ته‌سـیگارهای ماتیکـی روی میـزش نبـود و به قصـه‌اش از شـروع آن تب بی‌دلیـل و تنگی

نفس و سرفه‌های لاعلاج، تا آزمایش‌ها و برونکوسکوپی و تشخیص دکتر، تا پرتودرمانی، شیمی‌درمانی و عوارض بعدش گوش دادم. به معجزهٔ پرستاری‌ها و مراقبت‌های خاله‌تهمینه و دوستان جانی‌اش. این قسمت آخر را خیلی شرح و بسط داد و صدایش لحن ناآشنای غریبی داشت.

پرسیدم چرا من و سروی را خبر نکرده و نپرسیدم کوسن‌ها را چه کرده و جوابش را نشنیدم، چون ذهنم تمام و کمال درگیر کوسن‌ها بود. نیمه‌شب که صدای خُرخُر آرامَش را شنیدم، بلند شدم و به همهٔ سوراخ‌سنبه‌های خانه سرک کشیدم. بی‌نتیجه...

شب آشفتهٔ جت لگی¹ را به‌سختی به صبح رساندم. سر صبحانه با آب‌وتاب از مربای بهارنارنجش تعریف کردم و آخرش با بی‌اعتنایی پرسیدم: «راستی، اون کوسنای روی مبل کجان؟»

سر صبر لقمهٔ نان و کره مربا را با یک قلپ چای پایین داد و با خونسردی گفت: «انداختمشون دور.»

فکر کردم شاید اشتباه شنیده. دوباره پرسیدم: «کوسنا، اونایی رو که خودت درست کرده بودی می‌گم.»

شهرام ناظری رفته بود سر تصنیف بعدی و صدایش از توی ضبطِ صوت کوچک مامان آشپزخانه را پر کرده بود:

حیلت رها کن عاشقا، دیوانه دیوانه دیوانه شو

وندر دل آتش درآ، پروانه پروانه پروانه شو

همان‌طور که با طمأنینه لقمهٔ بعدی را می‌گرفت، گفت: «می‌خواستمشون چی‌کار؟ دیگه حالم از ریختشون به‌هم می‌خورد.»

۱- جت لگ (Jet lag) یا پرواززدگی، وضعیتی فیزیولوژیک است که به‌دلیل تغییرات ریتم شبانه‌روزی بدن اتفاق می‌افتد و ناشی از مسافرت‌های طولانی (از شرق به غرب یا برعکس) است که در آن تنظیم خواب فرد به‌علت اختلاف ساعت مبدأ با مقصد پرواز به هم می‌ریزد.

مکث کردم و گوش دادم:

هم خویش را بیگانه کن، هم خانه را ویرانه کن

وانگه بیا با عاشقان، هم‌خانه هم‌خانه هم‌خانه شو

یک قلپ چای تلخ را قورت دادم و نالیدم: «نگهشون می‌داشتی واسه من. من می‌خواستمشون.»

شهد مربا را که چکیده بود روی میز با انگشت برداشت و زل زد توی صورتم.

ـ گفتم که، چشم دیدنشونو نداشتم.

بعد با پوزخند گفت: «راستی، یادم رفته بود تو آشغال جمع کنی!»

از سر میز بلند شد و از آشپزخانه رفت بیرون. خواننده حالا ملتمسانه می‌خواند:

گفتم که رفیقی کن با من، که منم خویشت

گفتا که بنشناسم من خویش ز بیگانه

آن‌ها دو تا کوسن سیاه بودند که مامان رویشان را با تکه‌پارچه‌های اضافهٔ لباس‌هایی که برای من و سروناز می‌دوخت، تکه‌دوزی کرده بود. روی یکی‌شان دو دختر با کلاه‌های بزرگ و دامن‌های بلند جیب‌دار بود که گویا برای گردش عصرگاهی بیرون رفته بودند و از کنار هم می‌گذشتند. یکی‌شان قلادهٔ سگی را به‌دست داشت و من و او دائم سر اینکه دختر صاحبْ سگ کداممان باشد، یکی‌به‌دو و هرازگاه گیس و گیس‌کشی می‌کردیم. روی دومی چوپانی بود نی‌لبک‌به‌دست با پنج شش گوسفند سفید پشم‌فرفری دوروبرش.

این‌ها یادگار روزهای کدبانوگری مامان بود. روزهای بوی خوش غذا و لباس‌های دست‌دوز و ترانه‌های عاشقانهٔ گوگوش.

از ایران که برگشتم، دیگر نه به تلفن‌هایم جواب داد و نه به پیام‌هایم.

خواهرکـم بعـد از هفـت سـال هنـوز زنـگ می‌زنـد و زاری‌کنـان می‌گویـد تحمـل سکوت او را نـدارد و دلیلـش را نمی‌فهمـد. عکسـی را کـه نمی‌دانـم از کجـا پیـدا کـرده، برایـم فرسـتاده اسـت.

روی تخـت مطـب نیم‌خیـز می‌شـوم و در گوشـی‌ام می‌جورمـش. بـا دو انگشـت پیـروزی عکس را از دو طرف کش می‌آورم و به آدری نشـان می‌دهم.

بـار آخـری کـه دیـده بودمـش، گفتـه بـودم دندان نیـش و کنـاری‌اش از هم فاصلـه گرفته‌انـد و بهتـر اسـت سـری به دندان‌پزشـکش بزند. درسـتش نکرده. فاصلـه هنـوز هسـت، ولی لبخنـدش کمـاکان دل‌فریـب. دیگر بسـیار زیبا نه، امـا هنـوز زن زیبایـی اسـت و خنـده‌اش، خنـده‌ای حقیقی و برآمده از شـادی‌ای اصیـل و درونـی. می‌سُـرم روی مانتویـش بـا رنگ‌هـای درهم‌آمیختهٔ سـبز و عنابـی و طرح‌هـای بتـه‌جقـه و دکمه‌هـای سـرخ. دکمه‌هـا را بـزرگ و بزرگ‌تـر می‌کنـم و از آدری می‌پرسـم چطـور می‌توانـد بی‌عشـق مـن و سـروناز هنـوز مثـل کودکـی شـاد و آرام بخنـدد و لباسـی با دکمه‌های سـرخ بپوشـد.

حـالا کـه فکـر می‌کنـم یـادم می‌آیـد از همـان صبـح دل‌شـوره بـه جانم افتـاده بـود. از طـرز حـرف‌زدن لاقیدانـه و بی‌تفاوتیِ مهیبـش. از مربـای برخـلاف همیشـه بی‌رنگ‌ورو و قوام‌نیامـده‌اش. از سرانگشـت شهدآلـودی کـه به‌جـای پاک‌کـردن بـا دسـتمال مالیـد بـه دامـن لباسـش.

* * * * *

آن روز صبـح، دنبالـش از آشپزخانه بیـرون رفتـم. فکـر کـردم حـرف‌زدن و پرس‌وجـو از علـت سـردی و بی‌مهـری و لحـن گله‌مندش بهتر از این اسـت کـه سـهواً فنجان گل‌سـرخی چایـم را بینـدازم زمین که خرد و خاکشـیر شـود و سـرویس محبوب‌ش ناقـص. تـوی اتاق‌خـواب روبه‌رویـش ایسـتادم، اما پیـش از آنکـه دهانـم را بـاز کنم چشـمم بـه کتاب «فـرار» آلیـس مونـرو روی میز کوچـک کنار تختـش افتاد.

ـ اون کتابو خوندی؟

برگشت، نیم‌نگاهی انداخت و گفت: «آره. هنوز تمومش نکرده‌م.»

کتاب را برداشتم. صفحه‌ای وسط داستان «سکوت»[1] تا شده بود.

رفتـم بیـرون و زنـگ زدم به سروناز کـه اتـاق مهمـان خالی می‌شـود و زودتـر بیاینـد. ایمیـل زدم بـه نریمان و گفتـم بلیت برگشتـم را جلـو بیندازد.

1- در داستان «سکوت» آلیس مونرو، پنه‌لوپ ۲۰ ساله برای گذرانـدن یک دورهٔ عزلت در یک مرکـز تعادل معنـوی موقتاً مـادرش ژولیـت را تـرک می‌کنـد، اما هرگـز بازنمی‌گـردد. مـادر و دختر هیچ‌گاه مشکلی با هم نداشته‌اند و در ایـن ۲۰ سال بـرای ژولیـت تحمـل حتـی یـک روز بدون تمـاس با دخترش سخت بوده اسـت. هفـده هجـده سـال بعـد ژولیـت به‌طـور اتفاقـی دوسـتِ دوران کودکی دختـرش را در خیابـان می‌بینـد و از طریق او خبـردار می‌شـود کـه پنه‌لـوپ در شـهری دوردسـت در شمال کانادا زندگـی می‌کند و شـوهر و پنج بچـه دارد. هفـده هجـده سالی که به‌جز فرسـتادن گاه و بی‌گاه کارت‌پسـتالی در یکـی دو سال اول، به‌تمامی در سکوت مطلـق گذشـته اسـت و تصمیم پنه‌لـوپ به تـرک او و خانه به‌صورت معمایی در ذهـن ژولیت باقـی می‌ماند.

اصفهان در قاب‌ها

در را مامان یا بابا، باز کرده و پیش از آنکه او برسد طبقهٔ بالا برگشته بود توی آشپزخانه. نسیم بعدها در هزاران باری که آن روز را به یاد می‌آورد فکر کرد کاش در بسته مانده بود. چه می‌کرد؟ نمی‌دانست، اما حتی رفتن با آن مرد اتفاق بهتری بود. هر اتفاقی از آنچه افتاد بهتر بود.

توی چارچوب در ایستاد. مامان و بابا توی آشپزخانهٔ اُپن که صحنهٔ جلوی رویش بود، مشغول جابه‌جاکردن ظروف بودند. سرش را که به راست چرخاند، خواهرش نه با لباس خانه، آراسته و پیراهن مهمانی به تن روی کاناپه نشسته بود. سفید و تپل‌مپل و با تبختر، مثل شاهزاده خانم‌های قاجار لمیده بود و به‌جای آینهٔ کوچک دستی تلفن همراه به دست داشت.

سلام کرد. نهال سر از روی صفحه برنداشت. مامان قابلمه‌ای را به‌زور توی کابینت جا داد. بابا همان‌طور که داشت برای خودش چای می‌ریخت دزدکی نگاهی بهش انداخت و لب‌هایش را جنباند.

نسیم ناباورانه پرسید: «چی شده؟ چرا هیچ‌کس با من حرف نمی‌زنه؟»

نهـال بی‌نگاهـی بـه قابـی کـه نسیم هنـوز درش ایسـتاده بـود، گفـت: «ما خودمونـم بـا خودمـون حـرف نمی‌زنیم!»

و ایـن جملـه را جـوری گفـت انگار کـه منتظر این سـؤال بـوده، انگار کـه هزاربـار تمرینش کـرده. تمرینش کرده‌اند. هرسه‌شان.

قلـب نسیم چنـد لحظـه از کار افتـاد، و دوبـاره کـه تپیـد، ضرب‌آهنگ دیگری داشـت.

* * * * *

نسـیم با عموبهرام و خاله‌شـهلا نشسـته بودنـد و گل می‌گفتند و گل می‌شنفتند. سپهرِ چهارسـاله هم گوشـهٔ اتـاق پذیرایـی با اسباب‌بازی‌هایش مشـغول بود. بهـرام و شـهلا عمـو و خالـهٔ واقعـی نبودنـد، امـا بنـا بـه مناسبات خانوادگی و دوسـتی و الفـت سـالیان، بچه‌هـای هـر دو خانـواده پـدر و مادرهـا را عمـو و خالـه صـدا می‌زدنـد؛ و چه‌بسـا کـه از فامیل‌هـای خونـی نزدیک‌تـر بودنـد. نسـیم حـالا تهـران درس می‌خوانـد، امـا هنـوز هـم اصفهـان کـه می‌آمـد بـه عادت سـالیان گذشـته حتمـاً شـبی، روزی را در کنار عمو و خالـه می‌گذرانـد و آن چیزهـا کـه نمی‌توانسـت پیـش پـدر و مادر بـا صـدای بلند بگویـد، بی‌نگرانی بـرای آن‌هـا بازگو می‌کـرد. دارا و دنیـا بچه‌های آن‌هـا هم کمابیـش همین رابطه را بـا پـدر و مـادر او داشـتند. دارا اولیـن ملودی‌هـای گیتار را در حضـور مامان و بابـای نسـیم نواختـه بـود و دنیـا هـم درددل‌هایش را مـی‌آورد خانـهٔ آن‌ها. دو خانـوادهٔ دوسـتدار هنـر و عرفـان در گذر دوران خجسـته‌وار در هـم تنیـده بودند و سـری از هـم سـوا داشـتند.

خانـهٔ بهـرام و شـهلا خانـه‌ای ویلایـی بـود و درِ رو به حیاط بزرگش همیشـه بـاز. عاشـقِ هـم بودنـد و این عشـق و گشـاده‌رویی خانه‌شـان را مأمـن و محل آمـد و رفـت آدم‌هـای زیـادی کـرده بـود. به‌همیـن خاطـر درِ پذیرایـی کـه باز شـد، نسـیم چنـدان تعجب نکـرد. هرکسـی می‌توانسـت هـر موقع شـبانه‌روز

وارد شـود و حتـی بیتوتـه کنـد. در کـه بـاز شـد امـا نه هر کسـی، کـه دنیا توی قابـش بـود. نسـیم کـه هیـچ از آمدنـش خبـر نداشت جا خـورد. می‌دانسـت تهران اسـت و در گیـرودار کارهـای طلاق.

بهـرام و شـهلا داشـتند حرف می‌زدند و دنیا تـوی چارچوب در ایسـتاده بـود. بهـرام و شـهلا داشـتند حرف می‌زدنـد که دنیا آمد تـو. هنوز داشـتند حـرف می‌زدنـد که سـاکش را گذاشـت زمین و زانـو زد. هنوز داشـتند حرف می‌زدنـد و اگـر سپهر ندویده و خـودش را در آغـوش مـادرش نینداخته بود، نسـیم فکـر می‌کرد آمـدن دنیـا را خواب دیده است.

دنیـا از بچگـی دختـر چمـوش و سرکشـی بـود، و بهـرام و شـهلا از قضیهٔ ازدواج عاشـقانه و طـلاق او دلخـور بودنـد، امـا ایـن برخـورد شگفت‌انگیز کـه انـگار هزاربـار تمریـن شـده بـود، نسـیم را فلج کـرد. به‌زحمـت از جایـش بلند شـد. رفـت دنیـا را بوسـید و سـاکش را بـرد توی اتـاق. پـدر و مادر هنوز داشـتند حـرف می‌زدنـد، دنیـا جا نخـورده و نگاه غریبانـه‌اش خالـی از شـگفتی بود؛ و ایـن حـزن نسـیم را حتـی بیشـتر کـرد. بهانـه‌ای آورد و اصـرار زن و شـوهر برای بیشـتر ماندنـش را ندیـده گرفـت. پیش از آنکه بغضـش بترکد، خانـه را ترک کرد.

* * * * *

از آن شـب به‌بعـد نسـیم هـر بـار می‌خواسـت از یـک قسـاوت غریـب نامنتظر حـرف بزنـد، آن صحنـه را شـرح می‌داد. یک‌بار دوسـت صمیمی‌اش در یـک شـب مسـتی جریـان کتـک خـوردن از پـدرش را بـا جزئیـات برایـش تعریف کـرد. نسـیم جا خـورده بـود، اما هنـوز در نظرش هیچ‌چیـز با خشـونتی که آن شـب جلـوی چشـمانش اتفاق افتـاده بود، برابـری نمی‌کرد. آن خشـونت فیزیکی در نظرش انسـانی‌تر بود.

در سـال‌های بعـد پیونـد دو خانـواده به‌دلایـل مختلـف گسسـته شـد. بچه‌هـا کماکان ارتبـاط داشـتند ولـی پـدر و مادرها دایرهٔ دوستی‌هاشـان را

تغییـر داده و حتی اسـمی از هم نمی‌آوردند. مهر شـهلا و بهـرام اما، از همان شـب کذایـی از دل نسـیم رفت و ایـن صحنه را بارهـا و بارها مثل کابوسی بـرای دوسـتان نزدیکـش شـرح داد؛ بـرای دلخوشـی مامـان، وقت‌هایـی کـه زبـان بـه انتقـاد از یـار دیرینـش شهلا می‌گشـود؛ و بـرای نهـال، کـه هنوز عاشـق زن و شـوهر بـود و از بی‌مهـری نسـیم بـه آن‌هـا گله‌منـد. خواهـرش سـر می‌جنبانـد و بـه حـال دنیـا دل می‌سـوزاند و بـه قسـاوت زن و شـوهر صحـه می‌گذاشـت.

نسـیم حـالا فکر می‌کرد آن لحظه‌هـا سـمعک مامان خاموش بـوده، و نهـال هـم حیـن سـرجنباندن در دل بـه نازک‌دلی‌اش می‌خندیـده.

٭ ٭ ٭ ٭ ٭

نسـیم سـال آخـر دانشـکده ازدواج کـرد و در تهران مانـدگار شـد. چند سـال بعـد همراه همسـرش بـه کانادا مهاجـرت کرد و چند سـال بعد هم دوسـتانه از او جـدا شـد. بعـد از مدتـی تنهایـی، بـا موزیسـینی کانادایی آشـنا شـد و حـالا شـش هفت سـالی بود کـه در آپارتمـان خودش بـا او زندگـی می‌کرد. زندگـی‌ای کـه تک‌تـک عناصـرش را بـا وسـواس فـراوان دسـتچین کـرده و تا پیـش از ظهـور همه‌گیـری کوویـد بـا همـهٔ فـراز و نشـیب‌هایش خـوب قوام آمـده و کم‌وبیـش دلپذیـر بود.

نسـیم طراح گرافیک بود و بـا شـروع ورشکسـتگی شـرکت‌ها، شـغلی را کـه عاشـقانه دوسـت داشـت از دسـت داد و بعـد از چندماه خانه‌نشینی و دورکاری برای محـل کار سـالیان، رسـماً بـه خدمتـش خاتمـه داده شـد. طبیعت‌گـردی، اسـکی، رقص و موسـیقی زنـده، شـنا در اقیانـوس و دریاچـه، سـفرهای ماجراجویانه، سـینمارفتن‌های بی‌پایـان؛ همـهٔ آنچـه زندگـی این‌وری‌اش را شـکل داده بـود، یک‌بـاره از دسـت رفت.

ایـن میـان دوست‌پسـرش کـه او هـم شـغلش را از دسـت داده بـود، بـا ترفند

سرمایه‌گذاری در بازار بورس نیمی از پس‌انداز نسیم را قرض گرفت و همه را نه در راه کسب‌وکار، که در قمار آنلاین از دست داد. نسیم عذر مرد را خواست و ضجه‌مویه‌هایش را که زد، سرپرستی گربهٔ بی‌صاحبی را به عهده گرفت.

در سالیان دوری از ایران نسیم سعی کرده بود سالی یا دو سالی یک‌بار برای دیدار برگردد. اوقاتش به رفت‌وآمد بین تهران عزیزش که مأوا و مأمن زیباترین خاطرات بود و شفیق‌ترین رفیقان را در خود جا داده بود؛ زادگاهش اصفهان برای دیدن بابا و مامان و دوستان بچگی، زاینده‌رود و نقش جهان؛ و شهری که بی‌دلبستگی تنها محض خاطر دیدار نهال به آن سفر می‌کرد، می‌گذشت.

بار آخری که از ایران برگشت، بیماری ویروسی پنهانی که استرس عامل بازگشت هرازگاهش بود عود کرد و ستون فقراتش را با زخم‌های دردناک پوشاند. دو سه ماهی خسته و فرسوده بود و فکر کرد دارد برای هرسال به ایران رفتن پیر می‌شود. داشت دههٔ چهارم زندگی را پشت سر می‌گذاشت و جان و روحش دیگر تاب چشم پوشیدن و فروخوردن نداشت. روابط خانوادگی آن‌ها همیشه پیچیده بود و حرف‌های ناگفته بی‌شمار. بعد از کوچ نسیم و نهال از شهر و خانه که خیلی زود اتفاق افتاد، وقت دیدار تمام سعیشان در این بود که اوقاتی را بی‌تنش کنار هم سپری کنند و سر آخر به روال خیلی خیلی متفاوت زندگی‌های خودشان برگردند.

نسیم به‌محض گرفتن دیپلم رفته بود به دانشگاهی در تهران و نهال در نوزده‌سالگی با پسری که عاشقش شده و به ازدواج با او پا فشرده بود، جواب مثبت داده و هجرت کرده بود به شهرستانی دور. مامان و بابا هم گویا نفسی به‌راحتی کشیده بودند و آن چند کلامی را هم که به‌بهانهٔ حضور دخترها ردوبدل می‌کردند، به فراموشی سپرده بودند.

نسیم به اصفهان که می‌رفت، خودش را می‌سپرد به دست خاطرات

شـش سـال اول و آن زندگـی سـه‌نفره بـا مـادر و پـدر بی‌تجربهٔ جـوان. انگار سـه کـودک کنـار هـم در خانـه‌ای نقلی زندگـی می‌کردنـد، شـاد و بی‌خیال، بی‌تعریـف و تمریـنِ نقـش پدر و مـادر و فرزنـدی بـرای هیچ‌کدام.

تلخـی سرسنگینی پدر و مادر با هم و اختلاف سلیقه و نظر شدیدشـان با خـودش را، حـالا که برمی‌گشـت، به شـیرینی و حلاوت آن دوران می‌بخشـید. لابد آن‌ها هم ملاحظات و چشم‌پوشـی‌های خودشـان را داشـتند.

پیـش نهـال اوضـاع جور دیگـری بود. از آنجا کـه از اسـاس متفاوت بودند و به‌قـول مامـان شـگفت بـود کـه کولـیِ بی‌قـرار و پرنسـسِ جاسـنگین از بطن یـک زن بیـرون آمـده باشـند، بسـیار مراعـات هـم را می‌کردنـد. نسـیم کمتر مشـروب می‌خـورد و سـیگار نمی‌کشـید و نهـال هـم به‌رغـم غرولندهـای همسـر و پسـرش کانـال ماهـواره را از «جِـم» و «مـن و تو» تغییـر می‌داد بـه «متـزو» و مستندهای بی‌بی‌سـی. به‌جـای طبیعت‌گـردی، کافی‌شـاپ و رسـتوران می‌رفتنـد و به‌جـای صحبـت از هنـر و ادبیـات کـه نهـال محـض عنـاد بـا خانـواده مطلقاً بهشـان بی‌اعتنـا بـود، یـاد خاطـرات خـوب کودکـی می‌کردنـد و از آشـناهای مشـترک حـرف می‌زدنـد.

در ایـن سـال‌ها کمتـر پیـش آمـده بـود چهـار نفرشـان یک‌جـا جمع شـوند، کـه هـم دریـغ درش بـود و هـم نوعـی آسـودگی.

* * * * *

روز تماس تصویری به‌مناسبت تولد مامان فرا رسید و نسـیم آرایش مختصری کـرد و بلـوز خوش‌آب‌ورنگی پوشـید. ایـن را هـم از خانواده‌هـای سـادهٔ خوشبخت یـاد گرفته بودنـد، منتهـی به‌جـای هفتـه‌ای یک‌بـار سـالی چهاربار به‌مناسـبت تولدهـا و یک‌بار به‌مناسـبت عیـد نـوروز اجرایـش می‌کردنـد.

نسـیم موهـای گربـه را آب و شـانه زده و نشـانده بـودش روی زانـو. یـک ماسـک ضد پـف چشـم هـم از صبحـش گذاشـته بـود کـه رد اشک‌هـا را

پوشاند. دوربین‌ها که روشن شد و سلام و تبریک و تعارفات رد و بدل، بابا که همیشه به صحت و سلامت نسیم مشکوک بود، چند سؤال پرسید و از فلسفهٔ وجودی گربه هم جویا شد. نسیم توضیح داد که «نبات» را برای حمایت عاطفی او و خودش در دوران رخوت و رکود کووید به سرپرستی گرفته و از دهانش در رفت که حیوان شبانه‌روز توی آغوشش است و با هم سریال می‌بینند و صفا می‌کنند. نهال بی‌هوا گفت به‌نظرش پلک‌های نسیم ورم دارند و بابا گفت هرچه آدم افسرده در عمرش دیده گربه داشته و مامان امر کرد که به‌نظرش بهتر است نسیم به‌جای عید همین الساعه بیاید ایران و به‌جای حمایت گربه، از مهر و شفقت خانواده بهره‌مند شود. وعده دادند دسته‌جمعی می‌روند شیراز و نوروز را هم بعد از سال‌ها کنار هم جشن می‌گیرند.

شوخی و طنازی و غش‌غش خنده‌های نسیم بی‌اثر بود و رأی بر افسردگی حاد او پیشاپیش صادر شد. خودش هم از اینکه بعد از این‌همه مرارت این‌طور موردتوجه قرار گرفته و مشمول مهر خانواده شده، دلش لرزید و درعین بی‌پولی به تغییر تاریخ بلیت و پرداخت جریمه تن داد. سوغاتی‌ها را تندتند خرید و نبات را سپرد دست هادی و آمادهٔ رفتن شد.

* * * * *

حالا که بعد از دو سال و نیم می‌رفت به ایران، نهال برایش سرویس سی‌آی‌پی[1] گرفته بود که آب توی دلش تکان نخورد. گفته بود نگران است به‌خاطر کتابی که در کانادا منتشر کرده، سین‌جیمش کنند و تا از

۱- سی‌آی‌پی (Commercially Important Person) (CIP)، به‌معنای شخص به‌لحاظ تجاری مهم، به مشتریان تجاری خاص به‌ویژه برخی مسافران شرکت‌های هواپیمایی اشاره دارد. این اصطلاح معمولاً در فرودگاه‌ها، به‌ویژه در کشورهای آسیایی، برای توصیف خدمات و تسهیلات ویژه‌ای است که با پرداخت مبلغی جداگانه قابل خرید و شامل این موارد است: استقبال مقابل در هواپیما، انتقال با خودرو تشریفاتی به محل جایگاه ویژه، دریافت بار از سوی پرسنل فرودگاه و تحویل آن به مسافر و بدرقهٔ مسافر تا محل سوارشدن به خودرو.

آن فرودگاه لعنتی گذر کند، نهال نصف‌العمر می‌شود. بررسی گذرنامه و دریافت چمدان‌هایش که با عزت و احترام انجام شد، نسیم به دفعات درایت و کاردانی خواهرکش را تحسین و از او قدردانی کرد. اصولاً در این چند سال اخیر که مامان و بابا کمی ناتوان‌تر و شکسته‌تر شده بودند و بابا هم بازنشسته، نهال که به‌لطف شرکت بازرگانی خانوادگی همسرش وضعیت مالی مناسبی پیدا کرده بود، به آن‌ها بیشتر می‌رسید و نسیم را هم با هدایایی مثل همین سرویس فرودگاهی غافلگیر می‌کرد.

نسیم که مثل همیشه انتظار کسی جز راننده‌ای را که مامان و بابا می‌فرستادند نداشت، دوستان قدیمش را بیرون سالن فرودگاه منتظر خودش یافت و از خوشی شیهه کشید. زن و شوهر نیمه‌شب با گل‌های نرگس در دست آن‌همه راه آمده بودند که فقط چند دقیقه او را ببینند و بروند. آغوش‌ها و بوسه‌ها را به‌امید روزهای خلوت نوروز تهران که قرار بود با هم بگذرانند شتاب‌زده ادا کردند و نسیم را به جاده و راننده سپردند.

مامان مثل همیشه پتو و بالشی به راننده داده بود که نسیم تا صبح که به منزل می‌رسد در ماشین بخوابد. و نسیم مثل همیشه از شوق بودن در ایران، از هیجان لحظهٔ ملاقات و همان چند ساعت سرمستی آغاز دیدار خواب به چشمش نمی‌آمد. آسمان پرستارهٔ کویر، عطر نرگس و اعجاز جاده‌ای که در طول سالیان صدها بار با حال و هوای متفاوت پیموده بود، مجال غنودن نمی‌داد.

به شهرکشان که رسیدند، قلب نسیم بنای تپیدن گذاشت. توی گرگ‌ومیش صبح خانهٔ دوست‌ها و هم‌کلاسی‌ها، مدرسهٔ ابتدایی و راهنمایی، سوپرمارکت‌ها و کتاب‌فروشی و بوتیک‌ها را رصد کرد و خاطره‌های تلخ و شیرین با دور تند از ذهنش گذشت. جلوی خانه که رسیدند، پیاده شد و زنگ زد؛ دوباره و چندباره. در، مثل هر سفر به آنی باز نشد. زنگ زد به تلفن

بابا که می‌دانست هرشب تا صبح بیدار است و آن شب هم بی‌بروبرگرد. باز هم سکوت. با اینکه بابا ده دقیقه بعد تلفنش را جواب داد و سریع در را به رویش باز کرد، اما نسیم به دلش بد آمد. شاید هم ترسیده بود. مامان و بابا سه هفته‌ای بود که از شر کرونا خلاص شده بودند و در آن ده دقیقه دل نسیم هزار راه رفت.

راننده چمدان‌ها را برد طبقهٔ بالا و نسیم وارد آپارتمان شد. بابا را که هیچ‌وقت آغوش نمی‌گشود، بوسید و بغل کرد و مثل همیشه کمی طولانی‌تر در بغل مامان ماند و جواب قربان‌صدقه‌ها را داد. مامان گفت همان‌جا در چارچوب در بایستد که با گل‌های نرگس در دست ازش عکس بگیرد و نسیم گفت چَشم.

خواستند همراه گپ‌و‌گفتشان چای بابونه بنوشند و بعدترش چرتی بزنند که گوشی نسیم جیرینگی صدا کرد. پیام از الی دوست بچگی‌اش بود: آب زنید راه را هین که نگار می‌رسد. زاینده‌رودو به‌مناسبت ورودت باز کردن، دوستم.

نسیم به چند سایت سر زد و معجزه را که باور کرد، گفت چای سیاه بنوشند و بروند سرمستی دیدار را به شادی وصال زاینده‌رود پیوند بزنند. از مسری‌بودن شعفش خیلی مطمئن بود، اما بابا یادش آورد که سال‌هاست فقط برای رفتن به بانک از خانه بیرون می‌رود و مامان هم گفت که سیاتیکش بعد از ابتلا به کرونا عود کرده و فقط در مواقع ضروری از خانه بیرون می‌رود. ایرادی هم نداشت. طی سالیان مهاجرت آن چیزی که خوب تمرین کرده و آماده و ورزیده‌اش بود، تنهایی بود. چای را با رطب محبوبش که مامان مخصوص او خریده بود نوشید، نرگس‌ها را که حالا در گلدان جا گرفته بودند بویید و شتابان رفت برای ملاقات زاینده‌رود.

فکـر کرد از پاسـخ‌دادن به پرسشـی که دلهره‌اش را داشـت نجـات یافته که درسـت پیـش از بسته‌شـدن در پشـت سـرش مامـان پرسـید: «کی بریـم برای تمدیـد گذرنامه؟»

موقـع تمـاس تصویـری از دهانـش در رفتـه و آرام طـوری کـه فقـط نهـال بشـنود گفتـه بـود گذرنامـه ایرانـی‌اش منقضـی شـده. قـرارش بـا خـودش این بـود کـه در تهـران بـرای تمدیـد اقدام کند و شـنیده بـود که حداکثر ظرف ۷۲ سـاعت گذرنامـهٔ جدیـد را دریافـت می‌کند. مامان امـا، که گویا سـمعکش را روی قـدرت بـالا تنظیـم کـرده بـود گفتـه بـود کارها در ایران حسـاب و کتاب ندارنـد و بهتـر اسـت به‌محض رسـیدن از همان اصفهـان اقدام کند. گفته بود چَشـم، و منتظـر کابوس‌هـای هرشبه‌اش مانـده بود.

* * * * *

صبـحِ بـه آن زودی کنار رودخانـه غلغلـه بـود. خـاک تشـنهٔ تَرَک‌خـورده از خـروشِ آب غافلگیـر شـده بـود و نسـیم و مـردم از هجـومِ خوشبختیِ نامنتظـر. کمـی کـه در بسـتر رودخانـه قـدم زد دلـش بـرای پل پـر کشـید. رفـت بـالا و از هـر دهانـه که عبور کرد، شـور و نشـاط مـردم و جنب‌وجوش قایـق‌داران را تـوی هشـتی‌اش قـاب گرفـت و ثبت کـرد. یک لحظه احسـاس کـرد کالبـدش تاب این‌همـه شـور را نـدارد. می‌دانسـت نهـال تـا ده صبـح خـواب اسـت اما خویشـتن‌داری‌اش را از دسـت داد و به او زنـگ زد. جوابی کـه نیامـد خـواب‌زده و تلوتلوخـوران، نیم‌نگاهی بـه زمین و آسـمان، گردش شـیداوارش را ادامـه داد.

* * * * *

متقاعدکـردن نهـال بـه سـفر اصفهـان فقـط چنـد دقیقه طول کشـید. نسـیم از جـاریِ رودخانـه گفت و آبیِ آسـمان و جاافتادگی خورش بادنجـان معروف مامـان. گفتنـد می‌رونـد جلفـا و نقش جهـان و چهارباغ و قند در دل‌هایشـان

آب شد. نهـال گفت بچه ـ امیررضا، که حـالا سـال اول دانشـگاه بود ـ درس دارد و خـودش تنهـا می‌آید، و سـفر شـیراز هم منتفی است. نسیم گفت فقط باروبندیلـش را جمـع کنـد و تا زاینده‌رود را نبسته‌اند بیایـد و راجـع بـه بقیۀ چیزهـا بعـداً تصمیـم می‌گیرند. نهـال گفت می‌رود بلیت‌ها را چـک کند و قطع کـرد، و نسـیم فیلم صبحـگاه زاینده‌رود و آواز مـردم و مرغـان دریایی و قوهـای پدالـی شـناور روی آب را کـه مدام به گِل می‌نشـستند برایش فرستاد.

دو روز بعد قاب محبوب سـالیان نسـیم توی چارچوب در خانۀ پدری شکل گرفتـه بـود. قابی کـه هربار تنگ‌تـر از بار قبل بـود. نهـال باز چند پرّه اضافه کـرده بـود. تـوی عکس‌هـا باریک‌تـر بـه نظـر می‌رسید و وقتـی کـه می‌دیدش زمـان می‌بـرد تا خـود واقعی‌اش را بـا تصویـری کـه از او داشـت سـازگار کند. رفت تـوی صف بوسـه و آغـوش. بعد از مامـان و بابا. شـاید آخرینش...

* * * * *

نهـال زیـاد نمی‌ماند و برنامه‌شـان خیلـی فشـرده بـود. نسـیم عهـد کـرده بـود تا زاینده‌رود را نبسته‌اند اصفهـان بماند و هـرروز برود بـرای زیـارت. دوتایی می‌رفتنـد و در بسـتر رودخانه شـادی مـردم و بـازی بچه‌هـا، آوازخوانـی و پخت‌وپـز روی گاز پیک‌نیکـی و سـفره‌های گسترده‌شـان را نگاه می‌کردنـد و قلبشـان مالامـال از شـعف می‌شـد. انـواع پفک‌هـا را می‌خریدنـد و بـا لـذت مزه‌مـزه می‌کردنـد. قدم‌زنـان پیراشـکی‌های چـرب بـزرگ را بـا قهوه‌های فوری پاکتـی کـه تـوی لیوان پلاسـتیکی از دست‌فروش‌ها می‌خریدنـد، فـرو می‌دادند. روده‌هـای تحریک‌پذیر نسـیم شـفا پیـدا کـرده بـود و نهـال هـم می‌گفت کـه پیـاده‌روی جبـران پرخـوری‌اش را می‌کنـد و شـب هـم شـام نمی‌خـورد.

یـک روز صبـح هـم نهـال گفت باروبندیل یـک شـبش را ببنـدد کـه می‌خواهـد ببردش یـک جای خـوب. جـای خـوب «هتـل آرمینیا» بـود کـه نهـال وقتـی بـرای مراقبـت دورادور از مامـان و بابا کـه کرونا گرفتـه بودند آمده

بود اصفهان، با همسرش چندشبی را در آن سر کرده بود. برای مامان و بابا بعد از مرخصی از بیمارستان پرستار خصوصی گرفته و خودش و همسرش هم محض احتیاط در هتل مانده بودند.

هتل، دنج و زیبا بود و اتاق رو به حیاطشان رؤیایی. ساختمان ۱۳۰ سالهٔ آجری با اسباب و اثاثیهٔ چوبی و پنجره‌های اُرسی در همان بدو ورود دل نسیم را برد. تمام پیش‌ازظهر را در کوچه‌پس‌کوچه‌های جلفا پرسه زدند و به سوپر آرارات و قنادی آختامار و خانهٔ هوانس سر زدند و ناهار شاه‌میگوی خلیج فارس خوردند.

شب توی بالکن رو به حیاط نشستند که حوض و فواره داشت، و موسیقی کلاسیک گوش‌نوازی در آن طنین‌انداز. نسیم بی‌هوا گفت ای‌کاش باری در هتل بود و می‌شد چیزکی نوشید، و نهال با سر به یخچال نقلی کنار اتاق اشاره کرد. آن تو سه قوطی بلند آبجوی هلستن کنار هم جا خوش کرده بودند. نهال که طی مدت اقامتش با کارکنان هتل رفاقتی به هم زده بود، سفارش کرده بود برای خواهرش از زیر سنگ هم که شده آبجو گیر بیاورند. نسیم قدردانی‌اش را با نگاه نشان داد و فکر کرد «فرشتهٔ بی‌بال» مناسب‌ترین نامی بوده که می‌توانسته برای خواهرکش انتخاب کند.

چیپس و پفک‌هایشان را ذوق‌زده روی میز چیدند و نهال هم که مشروب نمی‌نوشید چای یاسمن سفارش داد. شروع کردند به شادخواری و فکر کردند چه خوب که فضا از تلخی عناد مامان و بابا عاری است و همه‌چیز سیال و سبک و زیبا. نسیم مست شده بود و نهال هم انگار از هم‌نفسی با او رخوت دلپذیری در سر و تنش تنیده بود. از خاطرات دورشان گفتند، از رنج‌ها و شادی‌ها و بیم‌ها و امیدهاشان. مامان دستِ بزن نداشت اما چندباری نهال را خوب مالانده بود و

خونی که یک‌بار از دهان کوچکش روی پیراهن سپیدش چکیده بود تا ابد در خاطر نسیم نقش بسته بود. خاطرهٔ تعلیم رانندگی نسیم و ناسزاها و سیلی‌های پیاپی مامان به‌خاطر تصادف ملایمی با درِ پارکینگ را هم نهال به یاد داشت. نسیم یادش نبود که نهال کوچک روی صندلی عقب بوده و همهٔ اتفاقات را دیده. نهال گفت بعد از آن تودهنی یاد گرفته هرگز روی حرف مامان حرف نزند و نسیم گفت پنج بار در امتحان رانندگی کانادا رد شده است.

از اضطراب دعواهای وقت و بی‌وقت مامان و بابا گفتند و نسیم گفت وقتی نهال با قامت کوچکش پای آن‌ها را می‌چسبیده و اشک‌ریزان التماس می‌کرده که بس کنند، بیشتر از ترس، خشم امانش را می‌بریده و آرزو می‌کرده یکی‌شان همان لحظه بمیرد و این غائله برای همیشه ختم شود. داشتند بدون شرم و هراس حس‌های سرکوب‌شدهٔ سالیان را بازگو می‌کردند و هرچه پیشتر می‌رفتند، جسورتر و بی‌پرواتر می‌شدند. نسیم از سال‌های سرکردن با کابوس خودکشی بابا که وقت دعوا همیشه تهدیدش را می‌کرد گفت و نهال از اضطراب رفتن و هرگز بازنگشتن مامان که در دوران کودکیِ او به‌ندرت خانه بود. از نسیم پرسید یادش است که همیشه مثل کَنه به او چسبیده و حتی در مهمانی‌های خانهٔ هم‌کلاس‌ها هم دنبالش بود و لج نسیم را درمی‌آورد؟ نه، یادش نبود. هیچ آزاری از جانب نهال یادش نبود. او خواهرک سفید تپلی دلبندش بود که اولین گام‌هایش را جلوی چشم او برداشته و اولین واژه را خودش در دهانش گذاشته بود.

* * * * *

صبحانه را از بوفهٔ هتل برداشتند و توی حیاط زیر آسمان بی‌لک اصفهان خوردند. نسیم فقط حلیم و عدسی خورد که عاشقش بود و

بـرای سـال‌هـا نچشـیده بود. شـب قبـل آبجوهـا را تمام کـرده بـود و مـی‌زده، امـا بـرای اولیـن بـار نگـران اینکه شـاید حیـن مسـتی چیـز بدی گفته باشـد، نبـود. یادشـان آمـد کـه مامان دیشـب قـرار بوده سـری بیایـد هتـل و نیامـده. یادشـان آمـد کـه تـا عصر بایـد به خانـهٔ چنـد قوم و خویش سـر بزننـد و قبل از آن بـه زیـارت زاینـده‌رود هـم برونـد.

نهـال گفـت بـا شـهلا و بهرام قـرار گذاشـته کـه برونـد دیدنشـان. نسـیم به‌قـدر نهـال مشـتاق نبـود و مامان را هـم می‌دانسـت کـه این دیدار بـه مذاقش خـوش نمی‌آیـد، اما گپ دیشبشـان مصمم‌ترش کرده بـود که اندکـی از مدارا بکاهـد و کمـی بیشـتر بـه دل خودش رفتـار کند.

* * * * *

در خانـهٔ بهـرام و شـهلا به‌گرمی پذیرایی شـدند، کلی یاد قدیم کردنـد و با دنیا هـم در تهـران تماس تصویـری گرفتند. دارا حـالا برای خودش گروه موسـیقی داشـت و آهنگ‌هایش در فضـای خانـه طنین‌انـداز بـود. رابطهٔ خالـه و عمو با دنیـا که سـپهر را فرسـتاده بـود آمریـکا و تنها زندگـی می‌کرد مهربانانه‌تر شـده بـود و همین دل نسـیم را کمـی نرم کرد.

خداحافظـی کـه کردنـد و آمدنـد بیـرون، با اینکه بهشـان خوش گذشـته بـود غبار غمی هم روی دلشـان نشسـته بود. بهرام و شـهلا که تـوان نگهداری از خانهٔ بـزرگ ویلایی‌شـان را نداشـتند بـه آپارتمان نقـل مکان کـرده بودند. پـدر و مـادر آن‌هـا هـم. خانهٔ خالـه و عمـو وسیع و زیبـا و مجلـل بـود و زندگی‌شـان هنـوز گـرم و عاشـقانه. خانهٔ مامـان و بابا امـا، تنـگ و دلگیر و رابطه‌شـان هنـوز عبـوس و کینه‌جویانه.

سـر راه برگشـت بزرگ‌ترین پیراشـکی شـکلاتی را خریدند و قرار گذاشـتند نصفـش کننـد.

* * * * *

مامان سمعکش را درآورده و فضای خانه از همیشه سردتر بود. نشستند توی آشپزخانه و با بابا که املت معروفش را درست می‌کرد گپ زدند و دیدارشان با بهرام و شهلا را با جزئیات تعریف کردند. بابا همان‌طور که گوجه‌فرنگی‌ها را با حوصله و دقت ریز می‌کرد گوش می‌داد.

مامان می‌آمد و می‌رفت و هرچه نسیم و نهال می‌گفتند بیاید بنشیند و در گپ‌وگفتشان شرکت کند به گوشش اشاره می‌کرد که یعنی سمعک ندارد؛ یا دارد شارژ می‌شود، یا جایی گم‌وگور شده. املت که درست شد، گفت که شام نمی‌خورد و یک لیوان شیر برای خودش گرم کرد. همان میانه‌های شام‌خوردن بودند که گوشی نسیم زنگ زد. هادی همسر سابقش بود که می‌خواست بپرسد مدارکی که برای تمدید گذرنامه لازم است رسیده یا نه. هرگز طلاق ایرانی نگرفته بودند و حالا تصویری از صفحهٔ اول و دوم گذرنامهٔ او برای روند کار لازم بود. نسیم توضیح داد که عکس صفحهٔ اول کافی نیست و باید عکس صفحهٔ دوم هم ضمیمه شود، و ازش خواست که همان لحظه کار را انجام دهد. مامان که آن دوروبرها بود پرسید: «چی شد؟ گفت می‌فرسته؟ کِی می‌فرسته؟»

صبح روز اول که از زاینده‌رود برگشته بود، مامان برده بودش دفتر پلیس ۱۰+. می‌دانست این کارها را در تهران به‌راحتی انجام خواهد داد، اما به‌خاطر اینکه حرفش را زمین نیندازد رفته بود. چهار روز گذشته بود و سؤالی که روزی چهل بار تکرار می‌شد به‌نوعی به گذرنامه و تمدیدش مربوط می‌شد. گاهی که نسیم خانه نبود پیام تلفنی هم می‌فرستاد. نسیم چندبار خواسته بود شوخی‌وار بگوید اگر خدای نکرده گذرنامه‌اش تمدید نشود یا حتی ممنوع‌الخروج شود، به‌هیچ‌عنوان قصد زندگی در خانهٔ آن‌ها را ندارد، اما نگفته بود. یادش بود یک‌بار که با طنز و شوخی به مامان از بدخوابی‌اش به‌خاطر سفت‌بودن متکاهایشان گلایه کرده

بـود تـا چنـد روز قهـر و سکوت دیـده بـود. دامنـهٔ حرمت بسیار وسیع و بسیار لطیـف بـود و حتی اشیاء خانه را هـم در بر می‌گرفت.

برگشت سر املت نیم‌خورده و دنبالهٔ صحبتشان با نهال و بابا.

طی نیـم سـاعت بعد چنـد عکس دیگـر آمـد، امـا همـه همـان عکس صفحهٔ اول بـود. بـا هـر جیرینـگ رسیدن پیام مامـان سؤالش را تکـرار می‌کـرد، نسـیم لقمه‌هـای بزرگ‌تـر می‌گرفـت و تربچه‌هـا را بـا حـرص گاز مـی‌زد و خرت‌خـرت می‌جویـد. چیزی کـه اخیراً روح و روانـش را فرسـوده و بـا هیچ‌کس درموردش حرف نـزده بـود زوال حافظهٔ هادی بود که داشت رفته‌رفتـه جلوی چشـمش اتفـاق می‌افتـاد. مادرش اواخر عمر دچار آلزایمر شـده و نسـیم کـه نشانه‌هایی هرچند خفیـف در هـادی می‌دید چندبار ازش خواسته بـود بـا دکتر خانوادگی‌شـان مشـورت کنـد، و البتـه بیهوده. بـا وجود جدایـی هنـوز بهترین دوست‌هـا بودنـد و بـه غـم و شـادی هم حسـاس.

حـالا بابـا و نهـال هـم بـه قضیه علاقه‌منـد شـده بودنـد و مزاح‌کنان می‌پرسیدند کـه کار بـه آن سـادگی چطـور انجـام نمی‌شـود. نسـیم مطمئن بـود کـه هـادی موقتاً دچار حواس‌پرتـی شـده و نـه عمـدی در کار است و نـه شـوخی‌ای. می‌خواسـت توضیـح بدهـد امـا نمی‌دانسـت چطـور. یک‌بار دیگـر بـرای هـادی پیـام داد کـه «عزیزم، ده تـا کپـی از صفحهٔ اول دارم. لطفاً صفحهٔ دوم را بفرست.» امـا دیگـر جوابی نیامـد. حتماً رفته بـود صبحانه‌اش را آمـاده کنـد و بخـورد. حـالا تربچه‌هـا تمـام شـده بودنـد و نسـیم پیازچه‌هـا را می‌پیچیـد لای نـان و مـی‌زد تـوی کاسهٔ ماسـت و می‌خـورد. بابا و نهـال زیرچشـمی نگاهـش می‌کردند.

مامـان آمـد و شـروع کـرد بـه جمع‌کردن میـز. یکـی از آن چیزهـا کـه آن شـب در هتـل بـا نهـال راجـع بهـش صحبت کـرده بودنـد همیـن بود. کـه چقـدر دوسـت داشـتند بلافاصله بعـد از خـوردن، میز یا سفره جمع

نشــود و مدتــی دورش بنشــینند و گپ بزننـد. چیزی که هرگز در خانه‌شان اتفــاق نیفتـاده بود.

آرام گفت: «خودمـون خوردیـم، خودمونـم جمـع می‌کنیـم. تو چرا زحمـت می‌کشـی، مامـان؟»

ـ تـو لازم نیـس میـز جمـع کنـی. بـرو ببیـن می‌تونـی امشب تکلیـف گذرنامه‌تو مشخص کنی!

نسیم نگاهی به نهال و بابا که خودشان را به نشنیدن زده بودند، انداخت.

یـک لحظـه دلـش خواسـت تک‌تـک بشقاب‌ها را بـردارد و تـوی سـر خـودش خُـرد کنـد، امـا به‌جایـش گوشـی‌اش را قاپ زد و از پشـت میـز بلند شـد و رفـت تـوی اتـاق. از عصبانیت یادش رفـت در را ببندد و شـماره گرفت. بعـد از ده‌هـا زنـگ هـادی گوشـی را برداشـت و نهـال پرسـید که چرا این‌قدر طـول داده تـا جـواب بدهـد و بـدون اینکـه بـه او فرصت جواب دادن بدهـد شـروع کـرد بـه گفتـن اینکـه بی‌قابلیـت اسـت و عرضـهٔ فرسـتادن یـک عکس سـاده را نـدارد و بهتـر اسـت بـرود در خانـهٔ همسـایه را بزنـد و از او بخواهـد کـه ایـن کار را برایـش انجـام بدهد. بـا توضیحـات بی‌فایـده و اعتراض‌های او عصبی‌تـر می‌شـد و صدایـش بالاتـر می‌رفـت و جایـی بـه خـودش آمـد و دید کـه کـف اتـاق نشسـته و دارد زار می‌زنـد و گریـه می‌کنـد، و آن سـه نفـر دیگـر شـگفت‌زده از آسـتانهٔ در نگاهـش می‌کننـد.

چنـد دقیقـه بعد نشسـته بـود روی تخت و آرام اشـک می‌ریخت. مامان با یـک لیـوان آب آمـد و کنارش نشسـت. دسـتش را بـاز کـرد و قرصـی را تویش بـود بـه نسـیم نشـان داد: «بیـا اینـو بخـور. مـا هـم همه‌مـون قـرص آرام‌بخش می‌خوریـم. آخـه چـرا این‌طور از کـوره در می‌ری؟ خودتو از بین می‌بری که.»

نسـیم نگاهـش کرد و دید که هنوز سـمعک نـدارد. لیـوان آب را گرفت و وسـط هق‌هق‌هایـش جرعـه‌ای خـورد. مامـان هنـوز داشـت نصیحـت

می‌کرد که دید دارد تحملش را از دست می‌دهد. لیوان آب را بهش پس داد، نفس عمیقی کشید، برای اولین بار در زندگی تمام شهامتش را جمع کرد و گفت: «تو رو خدا بذار دهنم بسته بمونه، مامان.»

مامان که اتاق را با قهر ترک کرد، ولو شد روی تخت و توی خودش مچاله شد. صدای پچ‌پچ هرسه‌شان از اتاق بغلی می‌آمد. چند دقیقه بعد نهال آمد و گفت: «نسیم...»

نسیم گفت: «ولم کن، نهال.»

و نهال ولش کرد و رفت.

∗ ∗ ∗ ∗ ∗

کابوس مکرری که طی سال‌های مهاجرت رهایش نکرده بود؛ کابوس ازدست‌دادن پرواز برگشت، ممنوع‌الخروج بودن، چمدان‌های عظیم بسته‌نشده، وقت تنگ و ترافیک سنگین مسیر فرودگاه، آن شب به‌شکل دیگری بازگشت. داشتند با هادی ایران را برای همیشه ترک می‌کردند و توی فرودگاه سرحساب شدند همهٔ مدارک پزشکی هادی، سی‌تی‌اسکن‌ها و ام‌آرآی‌های مربوط به جراحی تومور مغزی‌اش را جا گذاشته‌اند. نه فرصتی برای برگشت داشتند و نه هیچ آشنایی که بعداً مدارک را برایشان پست کند.

هربار که خوابش می‌بُرد با همان کابوس از خواب می‌پرید و بالش خیس از اشکش را پشت‌ورو می‌کرد.

∗ ∗ ∗ ∗

صبح که بیدار شد یادش آمد امروز آخرین روز اقامت نهال در اصفهان است و قرار دارند بروند نقش جهان. دیدار اصفهان بدون زیارت عالی‌قاپو، بازار و میدان دیداری ناتمام بود. هنوز همه خواب بودند. نسیم دست و رو شست و رفت توی اتاق نهال که بیدارش کند. قرار بود صبحانه را در قهوه‌خانه و ناهار را در سفره‌خانهٔ میدان صرف کنند.

در را آرام باز کرد و هنوز داخل اتاق نشده، نهال سرش را بلند کرد و بی‌سلام و لبخند گفت: «من سردرد دارم. نمی‌تونم بیام بیرون.»

نسیم جا خورد، اما چیزی نگفت. با خودش فکر کرد حتماً استراحت می‌کند و یکی دو ساعت دیگر به او ملحق می‌شود. لباس پوشید، پف چشم‌ها را با خط چشم و ریمل پوشاند و رفت بیرون. دلش نمی‌آمد بدون نهال برود میدان. فکر کرد کنار زاینده‌رود بپلکد تا نهال قدری دیگر بخوابد و بزند بیرون.

تاکسی گرفت و تمام راه را تا مرکز شهر را چشم دوخت به گوشی که اسم نهال را رویش ببیند و با او قرار بگذارد. از تاکسی پیاده شد و خط رودخانه را گرفت و راه افتاد. تا ظهر ده‌ها بار شمارهٔ مامان و نهال را گرفت. جوابی که نیامد پیغام گذاشت. برای نهال نوشت به‌خاطر اینکه دیشب از کوره در رفته عذر می‌خواهد و بیاید که بروند و دیدار نقش جهان را به جا بیاورند. اما در پی بوق‌های مکرر سکوت بود و صفحه‌ای که با هیچ پیامی روشن نشد.

ناگهان دلش لرزید و فکر کرد نکند اتفاقی برای یکی‌شان افتاده باشد. بابا که تلفن همراه نداشت و شماره‌تلفن خانه را هم در گوشی‌اش ذخیره نکرده بود و حالا هم هرچه به ذهنش فشار می‌آورد بی‌نتیجه بود. فکر کرد خودش را سریع برساند خانه و برای اینکه در ترافیک خیابان نماند تصمیم گرفت برای اولین بار مترو سوار شود؛ که شنیده بود سریع است و نزدیکی شهرک هم ایستگاه دارد.

از کنار رودخانه خودش را رساند به ایستگاه میدان مجسمه و بلیت نخریده پرید توی قطاری که همان لحظه سر رسید. خوشبختانه مسیر درست را سوار شده بود. از یکی دو نفر ایستگاهی را که باید پیاده می‌شد پرسید و چون جواب یکسانی نگرفت تصمیم گرفت در ایستگاه نزدیک‌تر پیاده شود. از ترافیک مرکز شهر گذر کرده بود و می‌توانست بقیهٔ راه را با تاکسی برود.

از حفرۀ مترو که رسید روی زمین چشم‌انداز آشنایی ندید. شهر و به‌خصوص منطقۀ اطراف شهرکشان در سال‌های اخیر خیلی تغییر کرده بود و نسیم به‌سختی کوچه‌ها و خیابان‌ها را تشخیص می‌داد. منطقه، برهوت بود و هیچ عابر پیاده‌ای در آن حوالی نبود. مغازه‌ای هم به چشم نمی‌خورد. نسیم کنار خیابان ایستاد بلکه ماشینی سوارش کند، اما هیچ‌کدام از ماشین‌هایی که با سرعت می‌گذشتند نیش‌ترمزی هم نزدند. تصمیم گرفت پیاده خودش را به ایستگاهی جایی برساند، اما نمی‌دانست از کدام جهت.

آفتاب داغ آسمان بی‌لک اصفهان می‌زد توی مغزش و فکرش را از کار می‌انداخت. جهتی را اللّه‌بختکی انتخاب کرد و همان‌طور که می‌رفت دستش را به‌طرف ماشین‌های در حال گذر تکان می‌داد. دهانش خشک شده و اضطراب ذهنش را فلج کرده بود. یک آن تصمیم گرفت برود به‌سمت دیگر جاده و در جهت خلاف حرکت کند که با بوق ممتد ماشینی متوقف شد. ماشینی که فقط چند سانت با پیکرش فاصله داشت و نگاه راننده‌اش سرشار از خشم و هراس بود. گوش‌هایش را برای شنیدن ناسزا آماده کرده بود که دید در سمت مسافر باز شده و راننده با سر اشاره به سوارشدن می‌کند. مثل عروسک کوکی رفت و نشست روی صندلی و گذاشت که در را هم مرد برایش ببندد. فقط می‌خواست از آن جهنم خلاص شود و هیچ برایش مهم نبود کجا می‌بردش.

صحبت که کردند فهمید ایستگاه را اشتباه پیاده شده و هیچ تاکسی‌ای از آن حوالی نمی‌گذرد و مردم هم به‌دلیل ناامنی مثل گذشته‌ها عابران را سوار نمی‌کنند. اما مرد پریشانی و درماندگی نسیم را حس کرده بود و حالا می‌خواست تا در خانه برساندش. و با اینکه در لابه‌لای حرف‌ها معلوم شد دخترش هم‌سن‌وسال نسیم است، شماره‌تلفنش را هم دوست دارد داشته باشد. نسیم برای آنکه به خانه برسد به بدتر از این هم تن

می‌داد. مرد را نگذاشت که توی کوچه بپیچد و دور که شد زار و هراسیده خودش را تا در آپارتمان کشاند.

* * * * *

پله‌ها برای اولین بار به نفس‌نفس انداخته بودندش. کمی صبر کرد نفسش جا بیاید و با ضرب‌آهنگ تازهٔ قلبش خو بگیرد. نمی‌دانست از کجا شروع کند. حس می‌کرد صحنهٔ پیشِ رویش حاصل عمری کج‌فهمی و مدارای اشتباه و بی‌نتیجه است؛ از جانب هر چهارتایشان.

ـ چرا هیچ‌کدومتون تلفنا و پیامای منو جواب ندادین؟ شاید داشتم می‌مُردم.

نهال برای اولین بار سرش را از روی گوشی بلند کرد و گفت: «به مرگ امیررضا اگه دیده باشم.»

مامان هم به گوشش اشاره کرد که یعنی سمعک نداشته.

نسیم نالید: «واقعاً؟»

بابا گفت: «پدرجان، تو که این‌طور نبودی. چرا این‌قدر بدبین شدی؟ چرا فکر می‌کنی مادر و خواهرت عمداً جواب تلفنت رو ندادن؟»

نسیم فکر کرد آخرین باری که شنیده مامان و بابا در موردی توافق داشته باشند یا همدیگر را حمایت کنند کِی بوده؟

بی‌آنکه کفش و لباس بیرونش را بکَند رفت سمت اتاق. شروع کرد به بستن چمدانش که بابا آمد تو.

ـ چی‌کار می‌کنی؟

ـ هیچی. می‌رم تهران.

ـ پدرجان، تو حالت خوب نیست. باید خودتو معالجه کنی. بیش از حد حساس و نازک‌دل شدی.

حالا مامان هم آمده بود توی اتاق.

ـ سر ظهری می‌خوای بری؟ حداقل یه چیزی بخور!

نسیم دیوانه‌تر می‌شد و لباس‌ها و وسایلش را چنگ می‌زد و پرت می‌کرد توی چمدان.

ـ من که گفته بودم حالم خوب نیست. می‌خواستم برم پیش روان‌پزشک که پولشو دادم بلیت خریدم بیام اینجا شماها رو ببینم. خودتون اصرار کردین بیام.

نگاه کرد و دید نهال هم توی چارچوب در ایستاده.

ـ ممنون. دیگه خیلی زحمت دادم. نهال، لطفاً یه تاکسی برای ترمینال خبر کن برام.

نهال بی‌لحظه‌ای درنگ رفت تلفن بی‌سیم را آورد و شروع به شماره‌گیری کرد. بابا گوشی را از دستش گرفت و قطع کرد.

ـ آخه پدرِ من، بهترین جای دنیا داری زندگی می‌کنی. چی کم داری؟ چه مشکلی داری؟ زندگی به این خوبی.

نسیم فریاد زد: «تو از زندگی من چی می‌دونی؟ اصلاً از وقتی از این خونه رفته‌م، از ایران رفته‌م... »

ـ خفه شو! خفه شو!

نهال بود که می‌لرزید و فریاد می‌کشید.

ـ به بابا توهین می‌کنی؟

نسیم پس‌پسکی رفت و انگار که سنگر بگیرد افتاد روی تختش. بعد سیل ناسزاها از دهان نهال بارید. نسیم نشسته بود و گوش می‌داد. فکر کرد این قطعاً آن دهانی نیست که خودش اولین واژه را درش نهاده بود. اولین واژه که «گُل» بود؛ روبه‌روی بوتهٔ رزی در باغچهٔ حیاط کوچک کودکی‌شان. سعی می‌کرد گوش ندهد و همان صحنه‌ها را توی ذهنش مرور کند. که آن لحظات را تاب بیاورد. که عقلش را از دست ندهد؛ اولین ایستادن

نهـال. اولیـن قدم‌هـا روی پاهـای تپـل لرزانـش. حالا هـم داشـت می‌لرزید. می‌لرزیـد و عربـده می‌کشـید.

تـوی ذهنش هزار سـؤال بود. از گـوشهٔ چشـم دیـد مامان نشسـته کنارش. آهسـته گفـت: «چـرا این‌قدر کینـه و نفرت داره نسـبت به مـن؟» مامان گفت: «خب، تـو که خودتو از بیـرون نمی‌بینی!»

نسـیم کامل برگشـت سـمت مامـان کـه بـاور کنـد ایـن صحنه‌هـا را خواب نمی‌بینـد. و یک‌جـور رضایتـی در چشـم‌هایش دیـد کـه درمانده‌تـرش کـرد.

ـ اینـا داشـتن می‌مـردن اینجا. تـو چی‌کار کـردی اون‌ورِ دنیـا؟ خودت و اون شـوهر بی‌مصرفت؟

نسـیم، سـحرگاهی را بـه یـاد آورد کـه بیـدار شـده و بی‌دلیـل بـه دلـش بد آمـده بـود. بـه گوشـی بابـا و مامـان زنـگ زده بـود. شـبِ آن‌هـا بـود و قاعدتاً بایـد خانـه می‌بودنـد. گوشـی نهـال هـم خامـوش بـود و نهایتـاً یکـی از اقوام به نسـیم زنـگ زد و گفـت کـه پـدر و مادرش به کرونا مبتلا شـده و در بیمارسـتان بسـتری‌اند. نسـیم همان‌طور کـه زار می‌زد سـایت‌ها را به‌دنبـال سـریع‌ترین بلیـت جسـت‌وجو می‌کـرد، تا اینکه نهـال زنـگ زد و توضیـح داد کـه آمبولانس خبـر کـرده و مامـان و بابا بیمارسـتان بسـتری‌اند و اتـاق و پرسـتار خصوصی دارنـد. گفـت آمـدن نسـیم بی‌فایـده اسـت چـون ممنوع‌الملاقات‌انـد و خـود نهـال هم کـه اصفهان اسـت بـه دیدارشـان نمی‌رود.

در روزهـای پـس از آن نسـیم با مامـان و بابا تماس تصویـری می‌گرفت، بـا پرسـتار و نهـال در گفت‌وگـوی دائم بود و به‌هر ترفندی رضایت مامان را کـه موافق مانـدن پرسـتار در خانه‌شـان بعد از مرخصـی از بیمارسـتان نبود، جلـب کـرد. روزهـا و شـب‌های کابوس‌واری بـود کـه نسـیم به‌شـوق دیدار نوروزی و آغـوش گشـادهٔ خانـواده به‌هر طریق طـی کرد.

حـالا واژهٔ «بی‌مصـرف» اشاره بـه بی‌پولـی نسـیم و هـادی داشـت و

اینکه در پی سال‌ها کار و فعالیت، چه زمانی که با هم بودند و چه بعد از جدایی زندگی متوسطی داشتند و هرگز به گرد پای نهال و همسرش نمی‌رسیدند، و نمی‌خواستند هم که برسند. با این‌حال نسیم اصرار کرده بود نصف هزینه‌های بیمارستان و پرستار را بپردازد. و نهال و همسرش سخت امتناع کرده بودند.

حالا در برابر این‌همه بی‌انصافی حتی نمی‌خواست از خودش دفاع کند. دو سه بار گفت: «ببخشین. ببخشین که اومدم. ببخشین که ناراحتتون کردم.» و نهال باز تأکید کرد که خفه شود. گفت که جان مامان و بابا را نجات داده. گفت اگر الآن سکته کند، تقصیر نسیم است. و نسیم همان‌طور که با بهت به قاب در خیره شده بود فکر کرد وجودش و حضورش قطعاً نمی‌تواند اولین دلیل سکتهٔ آن پیکر نعره‌زن لرزان باشد.

مامان با سر به بابا اشاره کرد و گفت: «اینو ببر بیرون ساکتش کن. صداشو همهٔ همسایه‌ها شنیدن، آبرومون رفت.»

بابا رام و آرام دستور را اجرا کرد. نسیم فکر کرد حتماً تریاکش را پیش از ناهار کشیده.

مامان با خونسردی پرسید: «اون روز خونهٔ شهلا چی خوردین؟»

نسیم که منگ بود به مغزش فشار آورد: «نسکافه و شیرینی خونگی.»

مامان پیروزمندانه گفت: «همون! چیزمیز ریختن تو نسکافه و شیرینی‌تون. و اِلّا تو و نهال که یه عمر عاشق هم بودین.»

نسیم از سر شانه نگاهی بهش انداخت و در دلش گفت ما خودمان باطل‌السحر مهر و مداراییم. به طلسم و جادو نیازی نداریم.

٭ ٭ ٭ ٭ ٭

تا شد توی خودش و سعی کرد بخوابد. انگار که به کما رفته باشد، لحظاتی سایه‌هایی می‌دید که می‌آمدند و می‌رفتند، کسی اما تلاشی

برای بیدارشدنش نمی‌کرد. چندبار هـم پرهیب نهـال را دید کـه آمـد و چند تکـه وسیله‌ای کـه در اتاق او داشـت جمـع کرد و بـرد. حتماً داشـت می‌رفت فـرودگاه. یعنـی یک روز گذشتـه بود؟ نمی‌دانسـت و فهمیدنش هـم به دردش نمی‌خـورد. دیگـر هیچ‌چیـز در ایـن دنیـا به دردش نمی‌خـورد. فقـط دلـش می‌خواسـت از آن رختخـواب کَنـده شـود و بـرود، امـا تـوان نداشـت. مـدام خـواب می‌رفت و بیـدار می‌شـد و بالشـش خیـس از اشـک بـود.

یـک جایـی هم فشار مثانه مجبورش کـرد که بلنـد شـود. از دست‌شـویی کـه آمـد بیرون رفـت تـوی پذیرایی خالـی و سـاکت. سـاعت روی دیـوار پنج و بیسـت دقیقـه را نشـان می‌داد، صبـح یـا عصرش را نمی‌دانسـت. مانتـو و روسری‌اش را پوشـید و از خانـه زد بیـرون. رفـت تـوی پـارک نزدیک خانـه و از تعـداد و تـردد آدم‌هـا فهمیـد کـه بعدازظهر اسـت. ضعف داشـت. نشسـت روی نیمکـت پـارک. آخریـن وعـدهٔ غذایـش را یادش نمی‌آمـد. همان‌طـور خیـره مانـد بـه آدم‌هـا و سـعی کـرد بـه تهران فکر کنـد، به دوستانش، بـه موزهٔ هنرهـای معاصـر، بـه خیابان انقـلاب و همهٔ آن چیزهـای دیگـری کـه سـر سـوزنی دوپامیـن در بدنـش می‌تراوشـاند.

بلنـد شـد و مثـل خوابگردهـا راه افتاد سـمت خانـه. این بـار کلید تـوی جیبـش بـود و بـاز قدم گذاشـت به پذیرایی خلوت و سـاکت. پیـش از آنکه بـرود اثاثش را جمـع کند ولـو شـد روی مبـل و چشـم‌هایش را بسـت تا قوایـش را جمـع کند. نفهمید چقدر گذشـته کـه با لمس دسـتی به خودش آمـد. بابـا بـود کـه آمـده بـود و شـانه‌های نـزار و خسته‌اش را می‌مالیـد. نسـیم کـه از ایـن محبـت ناغافـل شگفت‌زده شـده بـود اشـک‌ها را رهـا کـرد و خـودش را سـپرد بـه دسـت‌های بابا. یادش افتـاد تا شش‌سالگی نمی‌دانسـت موهایـش فرفـری اسـت، چـون بابا همیشـه بعد از حمـام موهایش را سشـوار کشـیده بـود. بعد از آمـدن نهال بود که پیچ‌وخم گیسـو

و زندگی آشکار شد، اما نسیم تا این لحظه هرگز حسرت زندگی پیش از او را نخورده بود.

بابا زمزمه‌وار گفت: «برو دنبال زندگی خودت، پدرجان. ما به درد تو نمی‌خوریم. تو که بلدی زندگی کنی و شاد باشی. برو و فکر ما رو هم از سرت بیرون کن.»

روانکاو بعدها به نسیم گفت که حرف‌های پدرش غمگین‌ترین قسمت ماجرا بود. غمگین‌تر از همهٔ آن ناسزاها و بی‌مهری‌ها.

* * * * *

روی میز تحریر توی اتاق یک نصفه پیراشکی توی پاکتی کاغذی بود. نسیم با همان پاکت انداختش توی سطل کنار اتاق. مامان سریع ساندویچی برای توی راهش پیچید. بابا هم تاکسی خبر کرد و نسیم همان بالا با مامان که هنوز سیاتیکش آزرده بود و نمی‌توانست از پله‌ها پایین بیاید خداحافظی کرد و تصویر بابا را که در آستانهٔ ساختمان ایستاده بود توی شیشهٔ عقب تاکسی قاب گرفت.

برای اولین بار اصفهان عزیزش را بی‌دیدار دوستان کودکی و بی‌دیدار نقش جهان ترک می‌کرد. ساندویچ را توی اتوبوس داد به مسافر بغل‌دستی و پیام عذرخواهی بیات‌شدهٔ نهال را هم با ته‌ماندهٔ مهری که در وجودش مانده بود جواب داد.

تهران محبوبش را سر فرصت سیاحت کرد و گذرنامه‌اش را سه‌روزه گرفت.

وقت برگشت در فرودگاه بین‌المللی، نه سرویس سی‌آی‌پی در کار بود، نه بی‌قراری و نه شوقی. باز همان دو دوست بودند و قلب گرمشان و آغوشی که این بار برای خداحافظی گشوده می‌شد.

توی هواپیما که نشست جوانه‌زدن اولین تاول روی ستون فقراتش را حس کرد.

Shām-e Krīsmas; Khoresh-e Qeymeh Bādenjān
(Christmas Dinner; Eggplant Stew)
Nousha Vahidi
Editor: Sima Ghaffarzadeh
Cover Design: Romina Zakeri
Back Cover Photo: Banafsheh Saberi

Rahaa Publishing is the book publishing division of Hamyaari Media Inc.
PO Box 31055, St Johns Street, Port Moody, BC V3H 4T4, Canada
+1-604-671-9505
info@rahaa.pub
www.rahaa.pub

Shām-e Krīsmas; Khoresh-e Qeymeh Bādenjān
(Christmas Dinner; Eggplant Stew)
Manufactured in Canada
Print ISBN: 978-1-7777355-6-2
eBook ISBN: 978-1-7777355-7-9

Shām-e Krīsmas; Khoresh-e Qeymeh Bādenjān

(Christmas Dinner; Eggplant Stew)

Nousha Vahidi

Vancouver, Canada